Elisabeth Reichart
Die Voest-Kinder

ISBN 978-3-7013-1187-3

Satz: Media Design: Rizner.at
Coverfoto: Sibylle Bergemann/OSTKREUZ
Druck und Bindung: CPI Moravia, Korneuburg

Elisabeth Reichart

Die Voest-Kinder

Roman

OTTO MÜLLER VERLAG

I.

Sonntags verwandelte sich der Ort: Bereits am Vormittag waren die Gasthäuser offen, gingen die Voestler hinein und kamen heraus, vor der Kirche, nach der Kirche, konnten die Kinder es kaum fassen, dass es sie jeden Sonntag wieder gab, ihre Väter – die Kinder umkreisten sie aufgeregt, staunend, zwickten sie, um glauben zu können, was sie sahen.

Nur die Väter hatten einen Namen: Voestler, Eisenbahner, Wirt, Arzt, Pfarrer, Trafikant, Bürgermeister, Briefträger, Fleischhauer, Schuster, Schneider, Polizist und Pensionist. Früher gab es eine Hebamme, aber die hat der Friedhof verschluckt, erzählte die Großmutter ihrer Enkelin.

In der Kirche war der Pfarrer der Besitzer der Worte. Er redete allein in einer Sprache, die niemand außer ihm und Gott verstand: Latein. Nicht einmal die Großmutter des Kindes verstand jedes Wort, obwohl sie täglich in die Kirche ging. Nur die Sonntagspredigt, für die der Pfarrer den Altar verließ und auf die Kanzel hinaufstieg, hielt er auf deutsch. Alle schwiegen, obwohl er bei jeder Predigt mehrmals schrie, was verboten war, wie das Kind wusste. Die Predigten mochte das Kind nicht: Es herrschte eine gedrückte Stimmung in der Kirche, solange der Pfarrer auf der Kanzel Deutsch redete. Manche Worte hüpften gegen die Säulen und taten ihr in den Ohren weh, von anderen bekam sie eine Gänsehaut, die sie zappeln ließ. Halt still, wurde sie von der Mutter ermahnt, aber manchmal hielt sie die Worte des Pfarrers nicht aus und rannte ins Freie, sah die Grabkreuze tanzen, die Blumen in die Luft fliegen oder die Gräber und Blumen unter sich, eingehüllt in den Voest-Rauch, bis die Großmutter sie umarmte und mit ihr nach Hause ging.

Latein werde in all den unzähligen Kirchen auf der ganzen Welt gesprochen, erzählte die Großmutter ihrer Enkelin, die nur darauf wartete, dass der Pfarrer endlich die Kanzel verließ. Sobald er wieder vor dem Altar stand, forderte er seine Schäfchen auf, sich zu erheben und zu singen. Das waren die schönsten Momente während der Messe: Das Kind sang und sang, sang auch, wenn nur der Kirchenchor singen sollte, kümmerte sich nicht um die Blicke, das Zupfen an ihrem Ärmel. Selbst wenn sie auf die Kirchenbank gezogen wurde, sang sie weiter. Auch beten fand sie schön, sie kniete gerne vor Gott, faltete die Hände wie die Erwachsenen. Aber gesungene Gebete waren schöner als schön, sie ließen sie jubilieren. Am liebsten sang sie ‚Großer Gott, wir loben dich' und das ‚Ave Maria'. Bei diesen Liedern lächelte die Jungfrau Maria, und manchmal nickte sie sanft mit dem Kopf, so sanft, dass nur die erwartungsvollen Augen des Kindes es bemerkten.

Einmal sprach der Pfarrer die Mutter nach der Messe an: Warum sie nicht mehr im Kirchenchor singe, fragte er und fügte streng hinzu: Jeder muss etwas zu Gottes Werk beitragen! Seit der Geburt der Kleinen habe sie keine Zeit mehr, antwortete die Mutter leise, mit gesenktem Kopf. Da bekam die Tochter Angst, wollte keine Zeitdiebin sein. Diebstahl ist eine Sünde, sagte sie so laut, dass die Umstehenden es hören konnten. Einige verließen die Gruppe vor dem Kirchenportal, manche Frauen kicherten, Männer schüttelten den Kopf, husteten laut oder zischten etwas. Die Tochter kümmerte sich nicht darum. Du musst wieder singen, sagte sie zu ihrer Mutter. Und fügte schnell hinzu: Ich will auch singen. Sie konnte das Wort Kirchenchor nicht aussprechen, ihre Zunge verknotete sich, stieß das Wort in den Hals zurück. Das Wort würgte sie, sie hätte es gerne ausgespuckt, aber ein Mädchen spuckt nicht, außer Kirschkerne in die Wiese, wo aus dem Kern ein neuer Baum wachsen kann, flüsterte ihr eine innere Stimme zu. Ohne Kirschkern im Mund, inmitten der Kirchenbesucher, musste sie das Wort hinunterschlucken. Sie rätselte, ob auch die erwachsenen Frauen die langen Worte verschluckten oder heimlich in ihre Taschentücher spuckten, die sie sich ständig vor den Mund hielten. Zu Hause wollte sie ihre Großmutter um ein Riesentaschentuch bitten, in dem sie alle Worte aufheben konnte, die noch zu lang waren für ihre kleine Zunge. Die Tochter spürte, dass es ihrer Mutter peinlich war, durch sie im Mittelpunkt zu stehen. Das Kind drückte sich eng an die Mutter und flüsterte: bitte, bitte! Die Mutter beugte sich zu ihr hinunter, hob ihr Kinn hoch und flüsterte ebenfalls: versprochen. Da flog das Kind an der Hand der Mutter geradewegs in den Himmel, lachte und tanzte mit den Engeln, die sie umkreisten, bis sie ihren Vater entdeckte, der mit gesenktem Kopf abseits stand. Papi, flüsterte sie, lief zu ihm und umklammerte seine Beine. Er befreite sich wortlos aus ihrer Umarmung.

Von diesem Sonntag an gingen Mutter und Tochter jede Woche einmal zur Chorprobe und sangen am

Sonntag und an den Feiertagen im Kirchenchor. Das Kind war zufrieden und sang am lautesten. Alle fanden, sie hätte eine viel zu tiefe Stimme für ein Mädchen. Die Mutter schwieg dazu. Das Kind hörte bei solchen Worten weg. Sie mochte die Piepsstimme mancher Chorsängerin nicht, aber da die Stimme von Gott und für Gott war, verschwand sie lieber zu den Engeln, als etwas Böses zu sagen. Ohnedies stand sie immer neben ihrer Mutter, die eine klare Altstimme hatte, mit der ihre mitschwang, als hätte das Kind jedes Kirchenlied stundenlang geübt.

Am Sonntag hörte sie ihren Vater manchmal Geige spielen. Meist spielte er traurige Melodien, spielte sie so schön, dass die Luft zitterte und Regenbögen hervorzauberte. Sie presste ihr Ohr an die Tür, ihre Puppe an sich und eine Hand auf den Mund. Hin und wieder hörte sie die Musik immer noch, obwohl ihr Vater bereits zu spielen aufgehört hatte. Wenn der Vater sie vor der Tür fand, schickte er sie weg. Kaum spielte er wieder, zog es sie unwiderstehlich zurück zu den Geigenklängen. An den Feiertagen, nach dem Mittagessen, nahm ihre Mutter die Ziehharmonika aus dem Koffer und spielte mit dem Vater. Es erklangen andere Melodien, und alle durften mit den Eltern in der Wohnküche sein. Sie kauerte sich mit ihrer Puppe in die Ecke der Couch oder setzte sich mit ihr auf den Schoß des Großvaters und lauschte diesen so anderen Klängen, die sie zum Lachen brachten oder fremde Landschaften auftauchen ließen, in denen sie sich wie ein Schatten bewegte und ihr alles grau vorkam oder grell schillernd. Manchmal sang die Mutter dazu Frühlingslieder, Weihnachtslieder, fremde Lieder von Polen und

Russland. Am liebsten sangen sie alle: ‚Lustig ist das Zigeunerleben, varia'! Einmal legte der Vater seine Geige weg und tanzte mit ihr dazu. Der Tanz hörte nie wieder auf, sie flog durch die Wolken mitten hinein in ihren Glücksstern, der in den Augen des Vaters leuchtete. Als er sie wieder auf den Boden gleiten ließ, flimmerte der Stern durch das Zimmer, erhellte es mit seinem Licht. Auch in den Augen der Mutter und Großeltern leuchtete er, bis der Vater das Zimmer verließ.

Sie wusste bereits, dass es sinnlos war, ihren Vater um etwas zu bitten. Nicht einmal um das Geigenspiel durfte sie ihn bitten. Er hatte ihr diese Bitte nie erfüllt.

Am Sonntagabend trafen sich die Voestler in den Vereinen mit anderen Männern. Der Vater des Kindes war bei der Freiwilligen Feuerwehr und der Musikkapelle, aber vor allem war er Voestler.

Alle Sehnsüchte für den Sonntag aufgespart, alle Sehnsüchte in den Sonntag hineingepresst, bis sie von der Freiwilligen Feuerwehr gelöscht wurden.

Hin und wieder reiste ihre Mutter mit ihr in die große Stadt. Die große Stadt war nicht so schön wie der Himmel, aber fast so aufregend. Die Mutter zog sich dafür eines ihrer Sonntagskleider an, und statt in die bequemen Schuhe schlüpfte sie in Pumps, die sie spätestens im Eissalon erleichtert abstreifte. Meist waren ihre Füße so angeschwollen, dass sie kaum mehr in die wunderschönen Schuhe passten. Auch sie durfte ihr Sonntagskleid anziehen, aber Stöckelschuhe besaß sie keine. Die Mutter steckte ihr zwei Spangerl ins Haar, damit sie ordentlich aussah. Auch die Haare der Mutter waren frisch gewaschen und zu Locken gedreht für die Reise in die große Stadt.

Der Zug fuhr lange über die Eisenbahnbrücke, die ihr Vater von einem Donauufer zum anderen gezaubert hatte. Viele Erwachsene im Zug hatten Angst vor der Donauüberquerung, aber nicht das Kind. Ihr Vater war der beste Zauberer. All die Brücken, die ihr Vater zauberte, hielten tausend Jahre lang. Sie hält, sie hält, flüsterte sie vor sich hin, während der Zug in der Luft schwebte. Sobald alle aufatmeten, nahm sie nur noch die Voest wahr: Dampfende Schlote, riesige Hallen und Hochöfen, ein Funkenmeer, das ihr Vater aufleuchten ließ in seiner Voest, durch die er mit dem Fahrrad fuhr, denn zu Fuß würde er verloren gehen, so groß war seine Voest. Die Stickstoffwerke interessierten sie nicht, nur der gelbe Qualm, der sich manchmal in alle Regenbogenfarben verwandelte, lenkte sie für Momente von der zwischen schwarzen Rauchschwaden hervorglitzernden Voest ab.

Der Großvater arbeitete nicht in der Voest, fand das Kind heraus. Der Großvater war vor unendlich langer Zeit bei der Bahn und seit vielen Jahren in Pension. Die Bahn und der Garten gehörten zusammen. Der Garten, in den sie mit ihrer Großmutter ging – die Hasen füttern, die sich in Ziegen verwandeln konnten oder in Hühner und an den Regenbogentagen in Prinzessinnen –, lag neben den Bahngleisen. Der Großvater hatte dem Kind eine Schaukel in den Zwetschkenbaum gehängt, und das Kind schwang sich hoch in den Baum, die Blätter, Blüten, Früchte, mitten hinein in seine Freude, die mit ihrer verschmolz, und im Winter direkt in seinen langen Schatten, der ihren verschluckte, und in den Himmel, der ganz nah war auf der Schaukel im Zwetschkenbaum. In dem Baum wohnten Schmetterlinge, Kobolde und Feen, Spatzen und Amseln und einen Sommer lang ein Specht. Katzen liebten den Baum, und Baldo, der große, schwarze Hund der Großmutter, lag in seinem Schatten und beobachtete mit gefalteter Stirn ihre Baumabenteuer. Manchmal erhob er sich, knurrte eindringlich, bis das Kind die Schaukel verließ und sich an seinen Bauch schmiegte. Der Hund war viel größer als sie, und es war wunderbar, an seinem Bauch zu liegen. Es war ihr Geheimnis, dass er eigentlich kein Hund, sondern ihr Sternenfreund war. Warum er sich als Hund tarnte, wusste sie nicht. Aber er war auch schon als Clown mit ihr gewesen, und einmal waren sie gemeinsam über das Meer gefahren, jetzt war er eben ein Wolfshund. Solange sie in dieser weichen, warmen Mulde schlief, ließ Baldo niemanden in ihre Nähe, nicht einmal die Großmutter, der er sonst aufs Wort folgte.

Wenn sie aufwachte und einen Regenwurm im Gras entdeckte, schlängelte sie sich mit ihm unter die Erde. Anfangs hatte sie ein wenig Angst davor gehabt, in der dunklen Erde zu verschwinden, doch ihr Lieblingskobold, dessen Nasenspitze grün leuchtete, lachte so fröhlich und war so schnell verschwunden, dass sie vor Eile, ihm nachzukommen, alle Angst vergaß. Das grüne Licht seiner Nase beleuchtete das Treiben unter der Erde: Wurzeln versperrten ihr den Weg, Maulwürfe beschnupperten sie, Käfer krochen eilig durch winzige Gänge, kehrten um und streckten ihre zarten Fühler nach ihr aus; die Mäuse quietschten aufgeregt und versteckten ihre kleinen Köpfe zwischen den noch kleineren Vorderpfoten. Die Erde schmeckte würzig und warm. Wieder zurück an der Sonne, schüttelte ihr der Kobold die Hand, Baldo knurrte, und die Feen verließen den Baum, um ihr die Erde aus dem Haar zu blasen. Das kitzelte und war zugleich so angenehm, dass sie still hielt, obwohl nichts schwieriger war für sie, als bewegungslos auszuharren.

Die Großmutter nahm ihr Strickzeug in den Garten mit, um nicht untätig herumzusitzen, während die Enkelin mit den Feen und Kobolden spielte. Sie strickte warme Wintersocken und sogar Handschuhe, da klapperten die Nadeln lauter als die Störche, die sich hin und wieder in den Garten verirrten. Manchmal fielen dem Kind Zwetschken ins Gesicht, sie lernte, sie mit offenem Mund aufzufangen, wie sie es den Kobolden abgeschaut hatte. Außer der Großmutter erzählte sie niemandem von den Baumbewohnern. Sie wollte nicht, dass der Spott die Kobolde und Feen vertrieb, und verstand nicht, warum die Erwachsenen sie nicht sehen konnten. Vor allem die Kobolde hatten riesige Ohren und hörten unendlich weit. Immer fing das Gras, das die Großmutter den Hasen fütterte, zu blühen an: Das ist der schöpferische Geist Gottes, meinte ihre Omi lachend, während sie den Geschichten ihrer Enkelin lauschte.

Dass es vor tausend Jahren die Voest nicht gab, verstand das Kind nicht, denn ihr Vater hatte die Voest im Tausendjährigen Reich gezaubert, das hatte sich das Kind gemerkt und dass es keine Fragen stellen durfte. Nicht einmal ihrer Großmutter. Das Tausendjährige Reich brachte sie stets zum Weinen. Es war schrecklich für das Kind, die Großmutter zum Weinen zu bringen.

Baldo glaubte nicht an den Hokuspokus von einem tausendjährigen Reich. So etwas hat es auf der Erde noch nie gegeben, flüsterte er ihr zu. Aber sie reden manchmal davon, meinte die Kleine, und Omi weint dann.

Schwachsinn, knurrte Baldo, und wenn sie ehrlich war, konnte sie sich tausend Jahre mit ihren drei Jahren ebenso wenig vorstellen wie er.

In der großen Stadt ging sie an der Hand der Mutter durch eine Märchenwelt, in der es eine Straßenbahn gab und Autos, unzählige Autos, die stanken und einen Lärm machten, der sie oft erschreckte, während es zu Hause still war und es nur drei Autos gab: Der Fleischhauer besaß einen klapprigen Kleinlaster, den er immer wieder zusammenflicken musste, der Arzt fuhr mit einem kleinen Rettungsauto zu den Hoffnungslosen, die sich vor lauter Angst vor dem Sterben an ihre Schmerzen klammerten, als wären sie die Erlösung und nicht der Tod, wie ihr Großvater kopfschüttelnd wiederholte, sobald der Signalton in die Wohnküche drang. Manchmal hämmerte er dabei mit den Fäusten gegen das Fenster, als wollte er den Arzt aufhalten. Die Großmutter schüttelte den Kopf und meinte, lass ihn, er muss doch fahren, wenn er gerufen wird! Das dritte Auto war das schönste und gehörte allen: das Feuerwehrauto, in dem sie bei der Einweihung neben ihrem Vater sitzen durfte. Dafür gab es daheim Pferdefuhrwerke, die wunderbar rochen. Kaum hörte die Großmutter ein Fuhrwerk kommen, holte sie den Kübel und die Schaufel aus dem Hinterhof und sammelte die Pferdeäpfel für den Garten ein. All das Gemüse gedeihe so gut wegen des Pferdemists, erklärte sie ihrer

Enkelin, während sie die Karotten und Gurken mit einer Bürste im Brunnenwasser sauber schrubbte. In der Stadt roch es anders, sahen die Straßen anders aus, waren die Häuser höher, und es gab viel mehr Menschen, die sie alle nicht kannte. Zwischen manchen Häusern befanden sich freie Plätze, auf denen Kinder im Schutt spielten. Es machte sie traurig, dass die Kinder keinen Baum zum Schaukeln hatten.

Verwirrend waren die Auslagen für sie, in denen erstarrte Frauen standen, die sich nie bewegten, so eifrig sie ihnen auch zuwinkte. Ein böser Zauber hielt sie fest, und während die Mutter ihre Besorgungen machte, rätselte das Kind, welcher Zauberspruch die Frauen aus ihrer Erstarrung erlösen könnte. Sie versuchte es zuerst mit ‚fi, fu, fa, kli, klu, kla, wacht auf geschwind mit dem großen Wind', der schon oft geholfen hatte, und den ihr die Donaunixen beigebracht hatten. Dieses Mal half er nicht, die Frauen standen weiterhin starr und gelähmt in den Schaufenstern. Zu Hause legte sie sich neben Baldo unter den Zwetschkenbaum, redete laut vor sich hin: ‚rupf, zuck, hupf, blau in grau, saus weg graus, heraus, heraus!', und spürte Baldos Bauch vor Lachen beben. Dieses Lachen war unwiderstehlich, sicherlich würden auch die Schaufensterfrauen über diesen Zauberspruch lachen, doch wieder hatten ihr alle Zaubergeister umsonst geholfen. Zuletzt blieb nur noch der einfachste: ‚Abrakadabra, simsalabim, nicht länger starr, nicht länger stumm, mein Zauberwort verbannt den Fluch!' – doch nichts geschah! Sie wiederholte ihn, lauter werdend, und beobachtete immer verwirrter, dass nicht einmal dieser uralte Zauberspruch die armen Frauen von dem bösen Fluch erlöste.

Einmal zog eine Verkäuferin einer der Frauen im Schaufenster ein Kleid aus, dabei verlor die erstarrte Frau beide Arme. Das Kind hielt die Luft an, überzeugt, auch ihre Arme würden gleich abfallen, doch ihre Mutter behauptete, es seien Kleiderpuppen. Als kein Blut floss, begriff sie, dass die Mutter recht hatte – es waren Riesenpuppen, nichts sonst. Sie faltete alle Zaubersprüche wieder zusammen, hatte auch keine Angst mehr, dass ihr die Arme abfallen könnten. Sie winkte den Riesenpuppen weiterhin zu, spürte ihre Langeweile bis auf die Straße tropfen und fand es sehr merkwürdig, dass die Puppen der erwachsenen Frauen so groß waren wie die Frauen. Immer wieder fragte sie sich, wozu sie Puppen hatten, wenn sie nicht mit ihnen spielten. Ihre Puppe wäre sehr unzufrieden mit ihr, müsste sie immerzu erstarrt am Fenster der Wohnküche stehen.

Ihre Mutter liebte das Eis vom Eissalon auf der Landstraße. Die Stöckelschuhe landeten unter dem kleinen runden Tisch, während Mutter und Tochter ihr Eis schleckten. Sobald die Eissaison begann, fuhr ihre Mutter öfter mit ihr nach Linz, und immer führte der Weg zum Eissalon. Dem Kind gefielen die Farben der vielen Eissorten, doch das Erdbeereis vom Nachbargasthaus schmeckte ihr besser, es war cremiger, und sie bekam eine größere Portion, während sie im Eissalon nur eine kleine Kugel erhielt, denn das Eis im Eissalon war teuer. Ihre Mutter schwankte jedes Mal zwischen Vanille- und Kaffeeeis, warf schließlich einen Hilfe suchenden Blick zur Tochter, die jedes Mal Vanilleeis sagte. Die Farbe vom Kaffeeeis war zu hässlich, und so eindringlich sie es auch fixierte, es war nie bereit, sein hässliches Braun in eine schönere Farbe zu verwandeln.

Manchmal gönnte sich die Mutter einen kleinen Luxus und kaufte sich Seidenstrümpfe, deren hauchzartes Gewebe so empfindlich war, dass sich oft bereits beim ersten Tragen eine Laufmasche bildete. Dann wurde das Kind losgeschickt, um die Seidenstrümpfe zum Repassieren zu bringen. Nie durfte sie zusehen, wie die Laufmasche in ein unauffälliges Gewebe zurückverwandelt wurde. Sicher mit einem Zaubertrick, entschied das Kind, und kramte die weggeworfenen Strümpfe aus dem Mistkübel, um sich im Repassieren zu versuchen. Sie zauberte sich in die winzige Wohnung, in die sie die Strümpfe brachte, wurde die feine Dame darin, deren zartes, rotes Gesicht sofort hinter dicken Brillengläsern verschwand, sobald sie einen Strumpf besah. Die Gläser lagen schwer auf ihrer Nasenwurzel, aber ohne Gläser würde sie die Strümpfe nicht repassieren können. Sie murmelte ach und oh, welch eine schöne Laufmasche, nur einen Faden breit, wunderbar, das ist kein Problem, nur gut, dass du kleine Ausreißerin gleich entdeckt wurdest, und starrte den mehrfach repassierten Strumpf mit der jetzt viele Fäden breiten Laufmasche an, um diese wieder in ein unauffälliges Gewebe zu verwandeln. Das Ergebnis war jedes Mal gleich enttäuschend. Während sie diese breiten Laufmaschen anstarrte, geriet sie außer sich vor Wut – du dumme Kuh!, du bist böse!, schrie sie die Laufmasche an, böse und nutzlos!, weg mit dir, weg, weg, weg! Während sie schrie und zitterte, stopfte sie die Strümpfe in den Mistkübel, stopfte sie ganz nach unten, um sie nicht mehr sehen zu müssen, zerschnitt sich die Arme dabei, verletzte sich die Finger, merkte es nicht.

In einem Geschäft auf der Landstraße in Linz probierte ihre Mutter manchmal Kleider an – es gab feine Sommerkleider, in denen sich ihre Mutter in eine Blume oder Fee verwandelte, sobald sie sich drehte und ihrem Spiegelbild zulächelte. Das Kind klatschte und lachte – für sie war ihre Mutter in jedem Kleid wunderschön. Doch nie kaufte die Mutter eines der Kleider, nicht einmal jenes, das ihr am besten gefallen hatte. Einmal weinte eine Verkäuferin, während sie das erste von all den herumliegenden Kleidern wieder zurückhängte. Die Mutter schüttelte nur den Kopf, auf der Straße lachte sie laut: Hast du gesehen, wie alt ihr Pulli ist? Sie kann sich genauso wenig wie ich ein teures Kleid leisten, aber wenigstens kann sie diese schönen Sachen den ganzen Tag ansehen. Stell dir vor, eine Frau würde alle Kleider auf einmal kaufen – was täte sie in einem leeren Geschäft, diese dumme Kuh!

Das Kind wiederholte fröhlich ‚dumme Kuh!‘ Die Mutter ließ ihre Hand los und ging viel zu schnell weg. Sie lief ihr nach, vergaß die dumme Kuh, rief stattdessen Mami! Mami! Fußgeher blieben stehen, beobachteten sie, manche riefen der Mutter etwas zu. Als die Mutter endlich auf sie wartete, die Tochter keuchend und weinend bei ihr ankam, hob die Mutter sie hoch und lachte: Du hast doch nicht wirklich geglaubt, dass ich dir davon laufe?

Das Kind spürte, dass ihre Mutter sie anschwindelte, sie vor ihr davon laufen wollte, nur auf sie gewartet hatte wegen all der Blicke, aber vor Erleichterung lachte sie mit ihr und schwieg. Sie nahm sich fest vor, nie wieder ‚dumme Kuh' zu sagen, nicht einmal zu einer Laufmasche, obwohl sie nicht verstand, warum sie etwas, das die Mutter sagte, nicht sagen durfte.

Manchmal gingen sie nach dem Besuch des Kleidergeschäfts zum ‚Kastner', dem großen Stoffgeschäft, und die Mutter suchte nach einem billigen Stoff, der dem des Kleides ähnlich sah, das ihr am besten gefallen hatte. Mond und Sterne verwandelten sich in Kugeln, Blumenwiesen in Rosen, Himmelblau in Himmelsgrau, doch die Mutter lächelte, meinte, mehr ist nicht drin, kaufte den Stoff für ein Kleid, das sie sich selber nähen würde, kaufte ein wenig mehr davon und verwandelte dieses Wenig in zwei Träume: ein Kleid für die Tochter und eines für die Puppe, die am glücklichsten war, wenn sie die gleichen Kleider trug wie sie. Die Sommerkleider waren hell, die Winterkleider dunkel. Das Kind trug die Sommerkleider über den Winterkleidern, sie wollte nicht in den dunkelgrünen, dunkelblauen, braunen Sachen herumlaufen. Auch ihrer Puppe zog sie immer die Sommerkleidchen über die dunklen an. Meinetwegen, gab die Mutter nach einigen Kämpfen nach, im Sommer sind sie dir ohnedies zu klein.

Baldo wusste immer, wann es Zeit war für eine Sternenreise. Sein Bellen klang hell, bis es in ein Heulen überging, vor dem sich ihre Puppe immer noch fürchtete. Die geliebte Puppe wurde getröstet und beschworen, endlich fliegen zu lernen! Ich möchte dir die Sternenwelt zeigen, mit dir wäre sie sicher noch schöner. Bist du denn gar nicht neugierig? Du brauchst keine Angst zu haben, Puppen dürfen neugierig sein, nur kleine Mädchen nicht! Es ist sehr böse, neugierig zu sein. Nicht weinen, du bist ja eine Puppe! Ohne Sterne kennst du nur die Maussicht, und die ist am allerlangweiligsten von allen, wenn du keine Maus bist, frag Baldo! Sie hielt ihre Puppe vor Baldos Nase, der sie keines Blickes würdigte – ein Wesen, das nicht fliegen konnte, existierte für ihn in den Sternennächten nicht. Er stupste sie sanft, ging langsam voran, öffnete ihr alle Türen. Nachts an der Donau reisten sie bis ans Schwarze Meer und noch viel, viel weiter zu Sternen, für die sie keine Namen hatten, aber wo es warm und friedlich war und immerzu die Sonne in allen Regenbogenfarben schien. Am liebsten war ihr der Stern der Freude, wo alle fröhlich waren, die Worte sanft klangen und jeder Wunsch sofort erfüllt wurde. Einmal stellte sie sich einen Eisbecher, größer als sie selbst, voll mit Erdbeereis vor, da stand er vor ihr – sie schämte sich wegen ihres dummen Wunsches. So viel Eis würde sie nie essen können. Baldo schleckte tapfer davon, bis ihm schlecht wurde, trotzdem blieb viel zu viel Eis übrig. Niemand war böse auf sie, aber seither achtete sie auf ihre Wünsche, sobald sie auf dem Stern der Freude ankamen, wo immer noch ein riesiger Becher mit Erdbeereis auf sie wartete. Erst, wenn es auf der Erde hell wurde, stupste Baldo sie erneut, und sie kehrten schnell in das Haus zurück, schneller als schnell, so schnell, dass niemand ihre Abwesenheit bemerkte.

Montagworte waren Frauenworte, Alltagworte, Waschtagworte. Den Waschtag konnte nur der Voest-Wind verhindern.

Der Wind, der Wind, das launische Kind – sagten die Windexpertinnen und starrten Beschwörungen in den Himmel, während sie die Wäsche auf die Leinen im Hof hängten.

Dreh dich nicht, flehten sie den Voest-Wind an.

Manchmal drehte er sich doch, dann rannten sie zur nassen Wäsche und nahmen sie wortlos ab. Immer war der Wind schneller als sie, hatte er seine Rußpartikel bereits auf der Wäsche hinterlassen, die Wäsche ist ein feines Sieb für ihn.

Die stummen Frauen hüteten die Sprache. Sie schwemmten die Worte im Löschteich, bis die Wäsche in Lumpen zerfiel.

Das Kind mochte die Waschtage. Bereits in der Früh holte die Mutter wie die anderen Frauen vom Stadtbrunnen viele Kübel Wasser, die sie in den Waschkessel schüttete, bevor sie ihn heizte. Das Kind durfte mit der Mutter zum Brunnen gehen und ihren kleinen Eimer ebenfalls mit Wasser füllen. Langsam wurde es in der Waschküche heiß und feucht, roch es nach Kernseife. Es gab eine Waschrumpel, die Musik machte, wenn die eingeseifte Wäsche darauf hin und her fetzte; der Kessel summte, die Holzscheiter knisterten, und die Mutter sang und fluchte, aber die Flüche galten nie der Tochter, sondern den bösen Flecken, die sich einfach nicht auswaschen lassen wollten. Da war auch ein großer Holzstiel, mit dem die Mutter die Kochwäsche immer wieder umdrehte. Mutter und Tochter bekamen rote Gesichter und wurden zu Dampfgespenstern, die sich in der Wassersprache verständigten: Platsch, sagte die Mutter, und die Tochter antwortete mit platsch, platsch, und die Mutter ahmte das Meer nach und die stürmischen Wellen, und den Regen übernahm das Kind – obwohl sie sich kaum noch sehen konnten in all dem Dampf, hören konnten sie sich immer.

Die ausgekochte Wäsche legte die Mutter in einen Korb, um sie zum Löschteich zu tragen. Sein Wasser war dunkelgrün, doch die Wäsche blieb weiß. Ein Wunder, staunte das Kind, das Wunder liebte. Im Winter waren die Hände der Mutter fast steif gefroren, das Kind schimpfte mit dem Wasser, bis die Mutter ihr diesen Unsinn verbot. Das Kind durfte die Taschentücher und Geschirrtücher schwemmen, auswinden, wieder schwemmen. Sie sah ihre Hände im Wasser, sie war das Wasser, das die Hände umspülte. Ihre Hände fühlten sich immer warm an, aber sie versteckte sie schnell, damit die Mutter nicht böse wurde.

Die Stadt war umgeben von den Resten einer mittelalterlichen Stadtmauer, gleich hinter dem Haus der Großeltern. Das Kind liebte die zerbröckelnde Mauer, aus deren Ritzen riesige Farne wuchsen, größer als sie. Sie grub ihre Nase in die Erde und befand sich im Urwald, hörte die Löwen seufzen, die Papageien, die größer waren als ihre Puppe, rufen und die Brüllaffen schreien, während sie sich von Ast zu Ast schwangen. Ihr Pferd wieherte, als ein Krokodil vor ihnen über die feuchte Erde kroch, doch sie hielt die Zügel fest in der Hand, während es sich aufbäumte, ritt weiter, vorbei an Brunnen, aus denen Himbeersaft und heiße Schokolade flossen, an Menschen, die fliegen konnten, und rastete bei den Mädchen, die alle kluge Prinzessinnen waren und alles fragen durften, was sie wollten.

Auch dumme Fragen, wollte das Kind wissen?

Was ist eine dumme Frage, bekam sie zur Antwort.

Ihr fiel keine ein, da lachten die Prinzessinnen und fragten:

Woher kommt der Wind?

Warum fallen die Sterne nicht vom Himmel?

Wieso wachsen unsere Zähne nur einmal nach und die der Haifische immer wieder?

Und das Kind fragte:

Gab es das Tausendjährige Reich?

Warum tun manche Worte weh?

Warum darf der Pfarrer schreien?

Warum dürfen Erwachsene schwindeln?

Warum dürfen Kinder nicht lügen?

Die Prinzessinnen staunten über ihre Fragen und überredeten sie, bei ihnen zu bleiben, denn ihre Fragen wären ihnen nie eingefallen. Sie erzählten ihr, dass die Erwachsenen unruhig wurden, wenn sie bis abends keine neugierigen Fragen in den Urwald gerufen oder in die grün funkelnde Luft geworfen hatten. An diesen Abenden versammelten sich Eltern, Großeltern, Tanten und Onkel in den Baumwipfeln und grübelten, was sie falsch gemacht hatten an diesem Tag, denn die Neugier der Prinzessinnen war ihre Nahrung. Die Prinzessinnen verhielten sich still, während sie den Rufen der Erwachsenen lauschten: Sie riefen nach bunten Vögeln und leuchtenden Sternschnuppen, nach dem Regenbogen, der nächtlichen Sonne und dem taghellen Mond, beteten um den himmlischen Wind, der die Blätter singen und die Wipfel tanzen ließ, um die Neugier der Prinzessinnen zu wecken und erst, wenn die Fragen der Mädchen nicht mehr verstummten, jubelten die Erwachsenen, schwebten glücklich von den Bäumen und beantworteten eifrig alle Fragen.

Ein altes Stadttor war noch erhalten, durch das sie lieber rannte als ging. Dunkel und feucht war es in ihm, eigenartige Wesen wohnten in seinen Ecken und Nischen, die zu heulen begannen, nach ihr griffen, sobald sie sich näherte. Unheimlicher war nur das Eingangstor zum Schloss, durch das sie nicht gehen konnte, ihre Füße weigerten sich, kein Drängen und Schimpfen half. Sie hatte ihrer Mutter all die mit Pech überzogenen Gestalten, die sich wie riesige Schlangen auf der Erde wanden, gezeigt, doch ihre Mutter sah nichts und verbannte sie in das Reich ihrer Fantasie. Trotzdem konnte das Kind nicht auf sie steigen und begriff nicht, warum ihre Mutter ihr das zumutete. Entsetzt beobachtete sie, wie andere über verbrannte Gesichter gingen, Füße in pechgeschwärzten Bäuchen oder Gliedern versanken und wusste sich nicht anders zu helfen als zu schreien, sobald die Mutter sie hoch hob, so laut, dass es der Mutter peinlich war und sie lieber umkehrte.

In ihrem Zimmer erzählte sie ihrer Puppe von einem Feuergrafen, dem es den größten Spaß machte, seine Untertanen auf das Schloss zu befehlen, um sie beim Schlosstor mit Pech zu überschütten, von einer Maskengräfin, die alle ihre Verehrer verbrannte, und beobachtete das Zittern der Puppe und tröstete sie. Sie konnte ihrer Mutter nicht erklären, woher die fremden Worte kamen, ahnte nicht einmal, was ein Verehrer ist oder ein Untertan.

Mit deiner Fantasie bringst du uns alle ins Unglück, die ganze Stadt lacht schon über uns, schimpfte die Mutter und schlug die Tür hinter sich zu. Die Puppe schluchzte und war untröstlich.

Am Samstagabend wurde das Wasser für den Waschzuber im Kessel geheizt. Zuerst badete der Vater, dann gingen Mutter und Tochter in die Waschküche. Nie sonst war ihre Mutter so ausgelassen wie in dem heißen Wasser, das ihre Haut rot färbte. Sie seifte die Tochter und sich ein, schrubbte zuerst den kleinen, dann ihren Körper. Wir müssen frei vom Voest-Ruß sein, wenn wir die Delfine sehen wollen, sonst fürchten sie sich vor uns und schwimmen weit draußen im Meer an uns vorbei, sagte sie. Oder sie machte sich und ihre Tochter sauber, um die Farbenpracht der Blumen nicht zu gefährden. Wenn sie endlich alle Rußpartikel abgewaschen hatte, spannte sie das Handtuch zwischen ihren weit nach oben gestreckten Armen als Segel auf und los ging es! Die Inseln waren so fern, dass nur der Wind helfen konnte. Und der Wind half, sobald ihn die Mutter rief: Wind, komm und bringe uns in den Süden, rief sie mit einer plötzlich hellen Stimme, bringe uns nach Kuba, ich will tanzen! Ich rieche das Meer, oh, es riecht wunderbar! Ein anderes Mal bat die Mutter den Wind, sie um Afrika herum zu schiffen und in Madagaskar an Land zu bringen, bei den Lemuren, die es nur dort gab, nirgendwo sonst auf der Welt: Sie sind nicht größer als du, manche sind winzig, und sie stehen gerne aufrecht wie wir und tanzen, und einmal sollten wir wie die Lemuren tanzen, das wird wundervoll. Madagaskar, wiederholte die Kleine, und bekam den gleichen sehnsuchtsvollen Blick wie ihre Mutter, verliebt in den Namen und die Lemuren, die im Nebel auftauchten, aus dem Wasser sprangen und die Waschküche in Madagaskar verwandelten. Manchmal, wenn der Wind das Segel nicht und nicht straffen wollte, blieb ihnen immer noch die Wasserschlacht: Sie bespritzten sich so lange mit Wasser, bis nicht nur ihre Haut, sondern auch ihre Augen rot glühten.

Nach dem Bad zog die Mutter ihr Abendkleid an. Darin sah sie aus wie eine Märchenfee, und ihre braunen Augen leuchteten und wurden grün wie in der Sonne. Während das Kind in ein Badetuch gehüllt beim Küchenherd saß, tanzte die Mutter in ihrem langen, roten Kleid zu einer Musik, die nur sie hörte. Sie wirbelte herum, umarmte die Luft, hob ihre Tochter hoch und drehte sich mit ihr im Kreis. Manchmal, wenn der Vater noch nicht schlief, tanzte er mit der Mutter. Das Kind fand die immer gleichen Bewegungen der Eltern langweilig, sie schlief sogar ein, während sie ihnen zusah. Solange die Mutter allein tanzte, wurde sie immer wacher. Wie schön die Mutter tanzte, nie wusste sie, wie sie sich wirbeln, drehen, beugen, strecken würde. Immer hoffte sie, dass die riesige Voest den Vater schlafen ließ, wenn die Mutter sie nach dem Bad in die Wohnung trug.

Einmal im Jahr, für den Feuerwehrball, ging die Mutter in ihrem roten Kleid in den Ballsaal, und obwohl sie diese Nacht bei den Großeltern schlafen durfte, wurde sie jedes Mal böse auf ihren Vater, der ihr die Mutter wegnahm. Erst die heiße Schokolade der Großmutter versöhnte sie wieder mit ihrem allerliebsten Papi, der in seinem schwarzen Anzug wie ein Prinz aussah.

Die einzigen Fremden in der Stadt waren Kriegsgefangene aus Sibirien, die eigentlich keine Fremden waren, nur verlorene Söhne, die endlich heimkehrten. Das Kind erriet, dass es bei ihrer Geburt noch wirkliche Fremde in der Kleinstadt gegeben hatte: von russischen Soldaten wurde geflüstert, und die Wiener Tante pries den Tag, an dem die Russen endlich abgezogen waren. Das Kind stellte sich eine unendliche Völkerwanderung vor, doch die Bilder wollten nicht bunt werden. Sie blieben genauso grau wie die Gesichter der verlorenen Söhne. Sibirien ist ein kaltes Land, erzählte die Großmutter dem Kind, mehr wisse sie nicht. Über die Kriegsgefangenen erfuhr sie nur, dass alle einen Nervenschaden aus dem vereisten Sibirien mitgebracht hatten vom Hunger und Durst und der schweren Arbeit oder der Kälte oder der Einsamkeit, so genau wollte sich keiner, den sie fragte, festlegen. Seitdem sie vom ewigen Eis in Sibirien gehört hatte, fror sie leicht. Die verlorenen Söhne haben den Eiswind mitgebracht, erzählte sie ihrer Mutter, als diese sie zwingen wollte, die Weste auszuziehen an einem sonnigen Frühlingstag. Die Mutter starrte sie an, dann schlug sie ihr ins Gesicht, schreiend: Hör auf mit diesem Wahnsinn, deine Fantasie macht mich krank! Das Kind fröstelte noch mehr, behielt die Weste an und lief zu den Großeltern, schmiegte sich an Baldos warmen Bauch und weinte leise. Ich darf doch nicht lügen, schluchzte sie. Natürlich ist lügen dumm, seufzte Baldo. Aber du brauchst ihr ja nicht alles erzählen, erzähle es mir oder Oma und Opa, die sind alt und verstehen mehr von der Welt – etwas verschweigen ist noch keine Lüge. Sie sah Baldo in die Augen: Schwörst du? Ich schwöre! Baldo schleckte ihr mit seiner großen Zunge die Tränen ab. Hm, murmelte er, die schmecken gut, ich habe das Salz vermisst, du hast lange nicht geweint.

Als die Mutter in die Wohnküche der Großeltern kam, knurrte Baldo, bis sie die Küche verließ.

Der Großmutter taten die Ehefrauen der Heimkehrer leid, was alles noch geheimnisvoller machte. Sie rätselte lange, wo dieses eigenartige Land sein könnte, aus dem die Männer so verstört zurück kamen, dass sie sich, kaum in der Stadt eingetroffen, nie wieder sehen ließen. Sie hätte gerne jemanden nach Sibirien gefragt, aber Sibirien war fast so geheimnisvoll wie das Tausendjährige Reich. Nur wenn sie mit den Prinzessinnen im Urwald spielte, kannte sie die Antworten.

Über Afrika redeten alle gerne: von der Gluthitze dort, den wilden Tieren. Für das Kind lag Afrika irgendwo in der riesigen Voest ihres Vaters, und die Löwen schlichen sich um den Hochofen, wärmten sich an seiner Glut.

Kaum war das Kind drei Jahre alt, fragten die Verwandten und Nachbarinnen, was sie einmal werden wolle. Das Kind verstand die Frage nicht. Sie war überzeugt zu bleiben, was sie war: ein Engel. Aber das verriet sie niemandem, nicht einmal ihrer Großmutter, mit der sie jeden Tag in die Frühmesse ging, seitdem sie sich selbst die Schuhbänder binden konnte. Ihre Mutter hatte nichts davon hören wollen, doch sie hatte sich jeden Morgen fertig angezogen zur Wohnungstür gestellt, bis die Mutter nachgab. Die Kirche war der schönste Ort neben dem Garten. Die Engel dort hatten goldenes Haar wie sie, und wenn sie die Augen schloss, schwebte sie unter der Kirchendecke herum und war einer von ihnen. Am liebsten ließ sie sich neben der Jungfrau Maria nieder, um ihren Geschichten über Jesus zu lauschen, der bereits als Kind zahlreiche Wunder gewirkt hatte, wovon natürlich niemand etwas erfahren durfte, denn ein wundervolles Kind war noch unheimlicher als ein wundervoller Erwachsener. Ihre Stimme war die zärtlichste, die sie je gehört hatte, noch zärtlicher als die der Engel und Feen. Manchmal wurde sie traurig, wenn sie sich ihre tiefe Stimme vorstellte, die nie so zart klingen würde wie die der Jungfrau, aber Maria tröstete sie: Gottes schöpferischer Geist hat jedem Menschen eine einmalige Stimme geschenkt, an der die Menschen einander erkennen können. So getröstet hörte sie wieder den Geschichten über Jesus zu, wenn sie nicht abgelenkt war von Gottes schöpferischem Geist. Die Jungfrau, spürte sie, hatte viel schönere Worte für Gott als der Pfarrer, der noch nie vom schöpferischen Geist Gottes geredet hatte. Dabei hörten sich diese Worte an wie himmlische Musik.

Nur Jesus näherte sie sich nie, sah auch nicht auf zu ihm. Einmal hatte sie es versucht, doch im selben Moment fing sie so heftig zu weinen an, dass ihre Großmutter verstört mit ihr die Kirche verließ.

Diese Verstörung der Großmutter verwirrte das Kind noch mehr. Sie begann zu zittern, wie in den Tagen vor Weihnachten. Vor Weihnachten war es einfach für die Erwachsenen: die Aufregung, die Vorfreude auf die Geschenke, sagten sie zueinander. Niemand fragte das Kind, warum sie zitterte. Aber Weihnachten konnte an diesem warmen Sommermorgen, der in der Kirche angenehm kühl war, keine Bedeutung haben. Es ist das Jesuskind, sagte die Großmutter, und warf dabei einen Hilfe suchenden Blick zum Himmel. Sie glaubte wahrhaftig eine Stimme zu hören, die direkt aus dem Himmel kam: Du musst deine Enkelin beschützen, ob du sie verstehst oder nicht! Die Stimme hatte zart und mächtig zugleich geklungen und sogar heiter, als sie hinzufügte: Fürchte dich nicht!, erzählte die Großmutter ihrer Enkelin, wollte sie ablenken, wollte, dass dieses Zittern aufhörte, den kleinen Körper durcheinander zu wirbeln, flehte sie an, damit aufzuhören! Wie soll ich sie denn beschützen, so hilf mir, beschwor sie die Stimme, wieder mit dem Blick zum Himmel. Es kam keine Antwort mehr. Sie umarmte ihre Enkelin, und zum ersten Mal fragte jemand die Kleine, was sie so erschüttere. Das Kind beruhigte sich, doch antworten konnte sie nicht. Es ist zu groß, sagte sie nur.

Im Festsaal des Gasthauses, gleich neben dem Haus der Großeltern, sollte ein Weihnachtsstück aufgeführt werden. Engel begleiteten Maria und Josef auf ihrem Weg nach Bethlehem, um sie zu beschützen. Für das Kind war kein Platz in dem Stück – sie sei zu klein, zu jung, ihre Stimme zu tief für einen Engel, immer neue Ausreden erfand die Leiterin des Stücks. Das Kind ließ sich nicht beirren. Sie war sicher, sie würde einer der Engel sein, die Leiterin würde nachgeben, ihre innere Gewissheit war unumstößlich. Sie schlich sich in die Proben, konnte bald jede Engelsrolle auswendig. Als die Leiterin händeringend um mehr Stockerl bat, ihr kein Kind antwortete, nutzte sie den Augenblick: Sie hatte sogar zwei anzubieten, eines von den Eltern und eines von den Großeltern. Sie war der kleinste Engel mit der tiefsten Stimme. Auf ein Nachthemd nähte ihr die Mutter silberne und goldene Bänder, auf die Stirn bekam sie einen goldenen Stern und an ihrem Rücken befanden sich weiße Flügel, die nun für alle sichtbar waren. Sie spürte, es war nur ein Spiel. Sie brauchte keine selbst gebastelten Flügel, um fliegen zu können, und der kleine Jesus in der Krippe war nur eine Puppe.

Diesen Jesus konnte sie ansehen, hochnehmen und herzen, wie es die Mutter und Großmutter mit ihr machten. Er war nicht der Jesus in der Kirche, der dem wirklichen Jesus so nahe war, dass sie es nicht ertrug, ihn anzusehen. Das Spiel wurde durch die vielen Proben sogar ein wenig langweilig, aber endlich konnte sie sagen: Ich bin ein Engel. Für einige Wochen konnte sie die Wahrheit sagen.

Nach der Vorstellung trug ihr Vater sie auf seinen Schultern die paar Meter nach Hause, ihre Großeltern klatschten dazu, und ihre Mutter umarmte sie in der Wohnküche und sagte: Heute ist es Zeit für den Lemurentanz. Eltern und Großeltern bildeten einen Kreis, und sie schwebte und schwebte in der Mitte, wurde hoch gewirbelt und sicher aufgefangen, und alle piepsten in den höchsten und brummten dann wieder in den tiefsten Tönen, bis sie nur noch lachten.

Die Märchenworte gehörten der Großmutter. Sie kochte für die Enkelin heiße Schokolade und für sich und den Großvater Kamillentee. Die Kamillenblüten holte die Großmutter von der Fensterbank, auf der sie die gelben Blüten zum Trocknen ausgelegt hatte. Die Schokolade wurde in einem dicken Gefäß geschmolzen und langsam mit Milch verrührt. Der Großvater saß Pfeife rauchend auf seinem Schaukelstuhl. Nie räusperte er sich oder sagte ein Wort, während die Großmutter erzählte. Hin und wieder warf das Kind einen kurzen Blick zu ihm und sah, dass er genauso gespannt zuhörte wie sie. Sogar sein Geheimnis, das ihn oft umhüllte und unansprechbar machte, vergaß er während der Märchenstunde. Wenn er in seinem Geheimnis wohnte, ging die Großmutter mit noch leiseren Schritten durch die Wohnküche als sonst. Wo ist er, wenn er nicht bei uns ist, fragte die Kleine sie einmal im Garten. Weit, weit weg, antwortete die Großmutter und streichelte ihr Haar. Während der Märchenstunde war der Großvater nicht weit, weit weg, sondern so nah, dass die Enkelin sogar seinen Geruch wahrnehmen konnte zwischen Kamillen- und Schokoladenduft.

Das Kind beobachtete ihre Großmutter und war überzeugt, dass die Großmutter die Märchenwelt liebte. Dort lebten all die Wesen, die für sie unsichtbar blieben: Feen, Zauberer und weise Frauen, sprechende Löwinnen, Drachen und das Einhorn. Dem Kind waren sie alle vertraut, und sie wartete gespannt auf die Engel, diese wunderbaren Engel, über die sie nie genug hören konnte. Auf alle Märchen hätte sie verzichtet, aber eine Märchenstunde ohne ein Märchen über ihren Schutzengel war ihr unvorstellbar.

Dein Schutzengel, fing die Großmutter zu erzählen an, gehört zu den weisen Schutzengeln. Er wird dich vor keiner Gefahr bewahren, die du selbst meistern kannst, aber vor jeder, der du nicht gewachsen bist. Natürlich weiß dein Schutzengel, dass du mit deinen dreieinhalb Jahren noch ertrinken würdest, wenn du in die Donau fallen tätest. Deshalb fliegt er, wenn wir an der Donau spazieren gehen, immer neben dem Strom und stupst dich sanft landeinwärts, wenn du ihm zu nahe kommst, so sanft, dass du es kaum bemerkst. Aber wenn du im kommenden Sommer schwimmen lernst oder im nächsten, dann wird er dich nicht mehr davon abhalten, in den riesigen Strom zu gehen, der bis ins Schwarze Meer fließt.

Wo ist er dann, fragte das Kind schnell, denn es sah, wie die Augen der Großmutter im Schwarzen Meer ertranken, an dessen Küste einst Medea wohnte, die schönste Königin, die je auf Erden lebte, die von Jason nach Griechenland gelockt wurde, eine Fremde inmitten der Fremde, wie ihr die Großmutter erzählte. Ihre Einsamkeit stellte sich die Großmutter grenzenlos vor, während sie Medea auf der Fahrt über das Schwarze Meer begleitete und ihr Blick immer trauriger wurde. Die Enkelin reiste mit der Großmutter zu Medea, und wenn sie rechtzeitig seufzte, bevor Medea einen Blick auf Jason werfen konnte, kehrte die Großmutter kopfschüttelnd in die Wohnküche zurück wie heute.

Entschuldige, Liebling. Nun, sobald du schwimmen kannst, wird er über dir fliegen.

Und wenn ich fliege?

Wird er neben dir fliegen. Dein Schutzengel kann alles, was du kannst, und noch viel mehr.

Was kann er, was ich nicht kann, fragte sie aufgeregt. Manchmal kam erst jetzt der Höhepunkt der Märchenstunde, manchmal schüttelte die Großmutter nur den Kopf und schickte sie schlafen. Trotzdem konnte sie nie widerstehen, diese Frage zu stellen. Sie wusste bereits, dass ihr Schutzengel zu Gott fliegen und ihm Gott keine Bitte abschlagen konnte. Sie wusste auch, dass ihr Schutzengel sie überallhin begleiten würde. Kein Pferd, keine Eisenbahn, kein Schiff waren ihm zu schnell. Auch hatte er keine Angst, ja, er kannte nicht einmal das Wort Angst. Und er konnte in der Dunkelheit genauso gut sehen wie im Licht, das beeindruckte das Kind besonders, denn nachts war sie sehr ungeschickt und hatte viel leichter vor Geräuschen Angst als am Tag, außer, wenn Baldo bei ihr war. Baldo vertrieb die Angst schneller, als sie entstehen konnte.

Die Augen der Großmutter schwammen wieder im Schwarzen Meer, heute würde sie wohl nichts mehr erzählen wollen. Doch sie hatte sich geirrt, die Großmutter sah sie zärtlich an und sagte: Er kann dich glücklich machen, wenn du glaubst, vor Unglück zu sterben.

Da räusperte sich der Großvater zum ersten Mal und sagte mit seiner tiefen Stimme: Frau, was redest du. Eine Dreijährige weiß nichts von Unglück und Sterben!

Ich bin schon dreieinhalb, Opi!

Wieso Kinder immer älter sein wollen, seufzte der Großvater und zog an seiner Pfeife.

Sie weiß mehr darüber als du und ich zusammen, beharrte die Großmutter.

Das Kind lachte. Alle Erwachsenen hatten Angst vorm Sterben, außer ihre Großeltern. Sie schmiegte sich an ihren Großvater und sagte: Sterben ist eine weite Reise. Es tut gar nicht weh.

Da bin ich ja beruhigt, meinte er. Und wollte wissen, wohin die Reise gehen würde.

In den Himmel, nach Hause, erinnerst du dich nicht? Du bist doch schon oft gestorben, ich glaube, fast so oft wie ich.

Da verschwand der Großvater in seinem Geheimnis. Sein Geruch verschwand zuerst, dann fühlte sich sein Körper wie der eines Schlafenden an, und sein Blick war in die Ferne gerichtet, kümmerte sich nicht um die Wände. Sie wollte ihn am liebsten wach rütteln, doch sie sah, wie ihre Großmutter sanft den Kopf bewegte, ihr die Hand reichte. So gehalten verließ sie seinen Schoß und kehrte in die Märchenwelt zurück.

Das mit dem Unglück war nicht so einfach. Erinnerungsfäden zogen durch ihren Kopf, erzählten flüchtig von Schmerzen, verschwanden, bevor sie ahnte, warum sie sterben wollte, damals, viel früher, vor unendlich langer Zeit. Sie sah Baldo fragend an, doch er faltete nur die Stirn. Die Puppe war zufrieden. Sie fand alle Erinnerungen, in denen sie keine Hauptrolle spielte, langweilig.

Das Verschwinden des Großvaters in sein Geheimnis war nur erträglich, solange die Großmutter da war. Sobald sie allein mit ihm und seinem Geheimnis war, bekam sie Angst. Sie mochte den kalten Schweiß nicht, der ihre Haut überzog, den verkrampften Magen. Wenn Baldo da war, legte sie sich zu ihm unter den Küchentisch, und gemeinsam sangen sie: Armer Opa, komm zurück, wie der bunte, dicke Fisch, armer Opa, komm zurück, wir warten hier auf dich … Immer neue Liedzeilen erfanden sie, bis es ihnen zu langweilig wurde und sie lieber den Hinterhof erforschten mit der hohen Stadtmauer, die nicht einmal Baldo bezwingen konnte. Allein mit ihm versuchte sie ebenfalls zu singen, aber ihre Stimme klang plötzlich zu schwach, um ihre Angst vor dem riesigen Geheimnis, das ihren Opi gefangen hielt, vertreiben zu können. Sie umschlich ihn wie die Löwen den Hochofen, stellte sich vor ihn hin, machte sich riesig, zeigte ihre Krallen, zwickte ihn, kämmte mit ihren Fingern sein schütteres Haar, streichelte sein Gesicht, bis er endlich zu ihr zurück kam.

Einmal glühten die Sonntagworte.

Einmal erzählte der Vater dem Kind vom Hochofen: Vom rot glühenden Eisenerz, von unvorstellbarer Hitze, von flüssigem Metall redete der Vater.

Das Kind verstand nur, dass ihr Vater jeden Tag mit dem Feuer speienden Drachen kämpfen musste. Der Drache versteckte sich, nur sein Feuer war zu sehen! Ihr Vater wusste nichts vom Drachen, ihr Vater sah nur das Feuer! Sie musste mit dem Vater in den Hochofen, musste ihm den Drachen zeigen.

Doch ihr Vater sagte nein! Sonst sagte der Vater: Wenn du älter bist, wenn du größer bist, wenn du erwachsen bist ... Aber jetzt sagte er nur nein.

Das Kind weinte jeden Morgen, wenn ihr Vater mit dem Fahrrad in seine Voest fuhr. Niemand verstand das Kind.

Das Kind verstand, warum ihr Vater so müde war, wenn er abends nach Hause kam. Das Kind richtete ihren Blick von nun an himmelwärts, beobachtete den schwarzen Voest-Rauch. Sie wagte nicht, den Rauch zu bitten, bitte rauch, rauch! Vielleicht war der Rauch so eigensinnig wie ihr Vater, der ihre Bitten immer abgelehnt hatte, als sie noch klein und dumm war und nicht begriff, dass er um nichts gebeten werden wollte.

Solange der Rauch schwarz war, herrschte ihr Vater über den Drachen.

Sonntags ging ihr Vater mit ihrer Mutter, Großmutter und ihr in die Kirche und mit ihnen nach Hause. Nur ihr Großvater wollte nie mitkommen, murmelte etwas von einem Gott, der ihn vor vielen Jahren verlassen hatte oder nicht da war, als er ihn brauchte. Armer Großvater, flüsterte das Kind in Baldos hoch aufgestelltes Ohr und bat Gott inständig, zu ihrem Großvater zurück zu kommen. Jeden Tag betete sie zur Jungfrau Maria: Bitte, sag dem lieben Gott, dass mein Opi ihn sooo vermisst. Vielleicht kann er ihn am

Sonntag besuchen. Sonntags besuchen wir uns alle, bitte sag das dem lieben Gott! Und schnell fügte sie hinzu: Bitte, verlass mich nie.

An den Sonntagen ging sie glücklich zwischen Vater und Mutter zur Kirche. Die stolzen Blicke ihrer Mutter, die ängstlichen Blicke ihrer Mutter, sobald sie an einem der zahlreichen Gasthäuser vorbeigingen.

Das Kind verstand ihren Blick erst, als sie einen Onkel aus dem Gasthaus holen sollte. Einer der vielen Brüder ihrer Mutter hatte eine Wiener Akrobatin geheiratet – ihre Wiener Tante war wütend, weil der Onkel nicht pünktlich zum Essen kam. Sie war die einzige Frau, die wütend wurde, wenn ihr etwas nicht passte. Das Kind hatte manchmal Angst vor ihr, aber meist war ihre Verblüffung größer, und sie bestaunte mit offenem Mund ihre schreiende, tobende Tante. Sie merkte sich die verbotenen Worte gleich einer fremden Sprache, die sie im einzelnen nicht verstand und die doch greifbar war: Schlappschwanz, Hurenbock, Arschloch, Schwanzlutscher, Versager, Niete, Tunte, Obertrottel, Weichei ... Dabei warf die Tante mit Schuhen und Kleidungsstücken um sich, zwang ihren Sohn, alles aufzuräumen, sogar, wenn er nicht der Anlass für ihren Wutausbruch war. Ihre Mutter hatte ihr früher die Ohren zugehalten, sobald die Tante zu schreien anfing. Inzwischen vergaß sie darauf, saß selbst mit offenem Mund neben der Zugereisten.

Diese Wienerin, wunderte sie sich zu Hause immer wieder. Du bist keine Wienerin, du wirst dich hüten, jemals solche Worte zu sagen! Sollte ich dich dabei erwischen, kannst du etwas erleben! Mutter und Tochter lachten, es war ihnen unvorstellbar, diese Wiener Worte auszusprechen. Die Tante war in den letzten

Kriegstagen vor den Russen aus Wien in die Kleinstadt geflüchtet, hochschwanger – so etwas sagten die Erwachsenen nicht, nur die Tante aus Wien redete so. Dabei war sie umsonst mit dem Fahrrad so weit die Donau aufwärts gefahren – die Russen waren schneller als ich, das verzeihe ich ihnen nie!, diese Totgeburt, sie sind schuld, konnte sie plötzlich schreien. Manchmal sprang sie während des Essens auf und schlug ihren Kopf gegen die Tür, um es den Russen zu zeigen, kam zum Tisch zurück, als hätte sie nur Salz geholt, aß weiter, schluckte ihr Blut, das in die Suppe, auf den Sonntagsbraten tropfte. Niemand sagte etwas. Das Kind starrte abwechselnd die Tante und ihre Eltern an, wartete umsonst auf ein erklärendes Wort. Wenn sie allein bei der Tante war, die ihr viele Kunststücke beibrachte, lief sie ins Freie, sobald die Tante mit den Zähnen knirschte oder ihre kräftigen Hände zu Fäusten ballte.

Die Gaststube am Sonntagvormittag war eine neue Welt für das Kind. Zuerst sah sie kaum etwas durch die Rauchschwaden, hörte nur wirres Gerede, lautes Gelächter, erkannte in all dem Stimmengewirr die dröhnende Stimme des Pfarrers, der in diesem Gasthaus nicht der Wortbesitzer war, sich aber zum Wortmagier aufschwingen wollte. Laut rief er über alle Stimmen hinweg: Im Anfang war das Wort und das Wort war bei Gott! Gelächter übertönte ihn. Das Kind wollte nur weg von dieser Zumutung, doch ihr Onkel bemerkte sie und zog sie zu sich. Es stank fürchterlich, erst jetzt drang dieser beißende Gestank in ihre Nase, der überall war. Wie immer hatte sie die Luft angehalten, wenn sie aufgeregt war, jetzt musste sie umso tiefer einatmen.

Ihr Onkel hob sie auf seinen Schoß, die anderen Männer griffen nach ihr, irgendwann kam sie wieder bei dem Onkel an, der sie in die Luft hielt und wissen wollte, was so ein kleines Ding beim Frühschoppen wolle. Es hatte ihr die Sprache verschlagen, so über seinem Körper baumelnd. Als ihre Tränen auf sein Gesicht tropften, stellte er sie auf den Boden und wandte sich ab. Erst draußen schrie sie, rannte nach Hause, ihre Großmutter öffnete ihr die schwere Haustür, stammelte, mein Engel, mein Engel und wischte ihr mit der Schürze die Tränen ab, Baldo strich um ihre Beine und knurrte. Ihr seid doch bei deiner Tante zum Essen eingeladen, seufzte die Großmutter. Da mischte sich ihr Großvater ein und bestimmte, dass das Kind hier bleiben würde. Er würde der Tante seine Meinung sagen und seinem Sohn! So ein verstörtes Kind hätte er noch nie gesehen, sein Liebling sei doch sonst immer fröhlich! Weg war er, und die Kleine klammerte sich an ihre Großmutter, die betend die Töpfe vom Herd zog und sie wiegte, während ihr Baldo die Tränen vom Gesicht schleckte.

Ihre Wiener Tante, ihr Onkel und ihr Cousin wohnten im Graben. Manchmal schickte ihre Mutter sie mit einem Auftrag zur Wienerin. Sie freute sich jedes Mal auf die Akrobatik mit ihrer Tante, die ihr bereits den Spagat, die Luftdrehung und den einfachen Überschlag beigebracht hatte. Ihre Tante konnte sogar den doppelten, aber bevor sie den einfachen nicht im Schlaf beherrschte, war es viel zu gefährlich, ihr den beizubringen, sagte die Tante, die früher, als sie noch jung war, in Wien auf der Bühne stand, wie sie ihr immer wieder erzählte: Die Bühne war mittelgroß, von Scheinwerfern beleuchtet, und das Publikum war jeden Abend glücklich, auch dein Onkel, den ich da kennenlernte.

Sie wohnten im letzten Haus, dahinter begann der geheimnisvolle Wald, in dem der Bach rauschte, der über hohe Felsen in die Tiefe schoss und an dessen Ufern die Nixen wohnten. Die Bachnixen waren viel kleiner als die Donaunixen. Anfangs hatte sie die zarten Wesen nicht gesehen, bis ihr eine leuchtende Stelle im Wasser auffiel, die zu tanzen begann. Die Bachnixen leuchteten heller und bewegten sich schneller als die Donaunixen und konnten den Wald zum Funkeln bringen. Als sie diesen funkelnden, glitzernden Wald zum ersten Mal sah, hatte sie vor Entzücken zu weinen begonnen. In ihren Tränen vervielfachte sich das Leuchten, bis mitten im Wald die Sonne schien. Die Nixen waren glücklich, das Licht hob sie hoch und flog mit ihr in den tiefen Wald, erfüllte dem Kind ihren sehnlichsten Wunsch: Es brachte sie zum Einhorn, das im dichten Wald lebte, in seinem tiefsten Innern, wo kein Mensch hineingehen konnte. Kurz öffnete sich das Dickicht, das Licht zitterte und tanzte, und da war es: Mit langsamen Schritten durchquerte das Einhorn die Lichtung, seinen Kopf immer geradeaus gerichtet. Stolz ragte sein langes Horn in den Himmel, umschwirrt von Bienen und Schmetterlingen, die sofort zurückwichen, sobald es leicht den Kopf bewegte. Inmitten der Lichtung blieb es stehen und wandte sich ihr zu. Sie hielt den Atem an, das Einhorn entführte sie in sein Reich zu einer Blumenwiese, auf der sie friedlich nebeneinander im Gras lagen und der Tau sie kühlte. Das Einhorn flüsterte: Ich bin du und du bist ich. Sie lächelten beide, während die Löwinnen heranschlichen und sich neben sie legten. Wunderschöne, riesige

Löwinnen. Ihr Atem roch nach Afrika, entführte sie in die Voest, machte sie schwindlig, und einen Augenblick lang war sie unaufmerksam, schweifte ihr Blick zum Himmel – die Sonne stand direkt über der Lichtung, tauchte das Einhorn in goldenes Licht, kümmerte sich nicht um den Voest-Rauch, der um die Lichtung einen schwarzen Kreis zog. Kurz sahen sie sich noch einmal an, dann verschwand das Einhorn wieder im tiefen Wald. Sie wollte ihm nachlaufen, da hob das Licht sie wieder hoch und schwebte mit ihr zum Bach zurück.

An heißen Tagen konnte sie ihren Großvater überreden, mit ihr in den Wald zu gehen und auf das Einhorn zu warten, doch es hatte sich bisher nie wieder gezeigt. Wenn sie ihren Großvater drängte, tiefer in den Wald hinein zu gehen, lachte er nur sein zärtliches Lachen, strich ihr über den Kopf und meinte, Engelchen, meine Knochen sind für solche Abenteuer zu alt. Armer Opa, tröstete sie ihn, es muss schrecklich sein, nicht mehr über den Boden robben zu können vor Schmerzen. Ich werde die Nixen nach einem Zauberspruch für dich fragen. Ja, Engelchen, tu das. Sogar die Feuchtigkeit im Wald tat seinen Knochen weh, und nach einer Pfeife mussten sie den Rückweg antreten.

Auf dem Weg zu ihrer Wiener Tante kam sie an einer Wiese vorbei, auf der riesige Truthähne lebten. Sie konnte sich von den Vögeln, die nie flogen, kaum trennen. Sie rief sie zu sich und rannte mit hoch schwingenden Armen die Wiese hinunter zum Bach und wieder hinauf zu den Obstbäumen. Die Truthähne rannten mit ihr und bewegten ihre Flügel immer schneller, und eines Tages flogen sie über sie hinweg, während sie begeistert in die Hände klatschte. Die herabhängenden Hautsäcke am Hals der Truthähne wackelten während des Fliegens besonders lustig, und obwohl manche abstürzten, nahmen sie doch wieder einen Anlauf den Hügel hinunter und warfen sich mutig in die Luft.

Eines Tages stand plötzlich ihre Tante vor ihr und fauchte sie an: Du bist dümmer als erlaubt! Truthähne hacken Kindern die Augen aus! Willst du blind herumstolpern? Und ich soll wohl auch noch schuld an deiner Blödheit sein, nur weil ich Akrobatin bin?! Die Truthähne waren empört über diese Behauptung, sie begannen wild mit ihren Flügeln zu flattern ohne abzuheben, stießen krächzende Drohlaute aus, mit ihren Schnäbeln hackten sie gegen die Beine der Tante, die mit dem Kind an der Hand davon lief, verfolgt von den Truthähnen. Da siehst du es, alles nur deinetwegen, du blödes Kind! schreiend. Was bisher eins war, zerriss. Das Kind starrte abwechselnd die wild flatternden Truthähne und ihre ebenso wild gestikulierende Tante an. Alles war plötzlich zu laut – die Truthähne und die Tante wären noch zu ertragen gewesen, aber in ihr war ein Aufruhr wie ein Gewitter. Die Tante, die nicht länger ihre Tante war, sondern die Hexe aus ‚Hänsel und Gretel', zerrte sie zu ihrem Haus. Sie sah, wie sich ihr Mund bewegte, doch sie hörte sie nicht mehr. Als sie nicht aufhörte zu zittern, zwang die Hexe sie, Milch mit Honig zu trinken. Die Hexe war wieder die Wiener Tante. Bei ihr gab es immer Milch: Milch mit Knoblauch, Milch mit Honig, Milch mit Eidotter, Milch mit Zwiebelsaft, und heiß musste die Milch sein, damit ihr Feuer den Mund verbrannte, diesen bösen Kindermund. Trotzdem hielt ihr die Tante ihre Wange hin, die von dem bösen Kindermund geküsst werden wollte.

Sie sah nichts mehr, biss vor lauter Ekel zu. Ich bin nicht böse, du bist eine böse Hexe! – wehrte sich das Kind und spürte die Schläge auf ihren Wangen, bekam Angst, dass die Tante sie halb totschlagen würde wie ihren Cousin. Halb tot hat sie mich gefotzt, nur weil ich verschlafen habe, hatte er ihr erzählt. Halb tot, wiederholte die Kleine und wusste nicht, was an ihrem Cousin tot und was lebendig war. Sie hatte seine Beulen auf dem Kopf berührt, und ihre Hände waren traurig geworden. Seit dieser Berührung konnte sie ihrem Cousin nicht mehr in die Augen sehen.

Seitdem sich ihre Tante in eine Hexe verwandelte, träumte sie nicht länger vom doppelten Überschlag und weigerte sich, ihre Tante allein im Graben zu besuchen. Keine Bitten und keine Drohungen änderten etwas daran. Aus einem mutigen Kind war ein ängstliches geworden, behauptete die Mutter und nannte sie Angsthase.

Wenn sie nun jemand fragte, und die Erwachsenen wurden nicht müde, die immer gleichen Fragen an die Kinder zu richten, was sie einmal werden möchte, legte sie den Kopf schief wie ihr Vater und sagte schließlich: ein Muthase. Was sie nicht sagte: Ich habe keine Ahnung! Meine Flügel sind weg, ich bin kein Engel mehr, ich will wieder ein Engel sein!

Wieder einmal hatte sie ihre Puppe vergessen. Ihre Puppe liebte den Garten genauso wie sie und verzieh es ihr kaum, wenn sie ohne sie in den Zwetschkenbaum schaukelte. Obwohl sie schon lange überall alleine hingehen durfte, wich Baldo nicht von ihrer Seite. Über die Schwelle vor der Haustür kroch eine Schnecke: Dein Haus ist dir zu schwer, komm, ich bringe dich in den Hof, flüsterte das Kind und hob die Schnecke vorsichtig hoch. Baldo öffnete ihr die Türen und sie setzte die Schnecke zu den Farnen am Fuß der Stadtmauer. Die Schnecke streckte ihre Fühler in die Luft, ließ sie tanzen. Ich werde mich jetzt wie du bewegen, verabschiedete sich das Kind und ging, so langsam sie konnte, die Stiegen hinauf, blieb gebannt stehen: Ein Clown saß am Küchentisch, mit einem Spiegel in der Hand. Welch ein Wunder! Außer der Nase, dem Mund und dem Bauch war alles weiß an dem runden Wesen, das jetzt zu reden anfing, dessen Stimme genauso fremd war wie seine Gestalt. Neugierig lauschte sie auf die Worte, während sie sich vorsichtig in der Wohnküche nach ihrer Mutter umsah, die sie nirgendwo entdecken konnte:

Liebe Gäste, willkommen, willkommen! Sie haben sicher gehört, dass Clowns die traurigsten Menschen von all den traurigen Menschen sind, mit einer unbezwingbaren Sehnsucht nach Fröhlichkeit. Es ist ja die einzige Aufgabe von Clowns, andere fröhlich zu machen! Oder sind Sie so verrückt und kommen hierher um zu weinen? Es gibt ja fast nur noch Verrückte seit diesem schrecklichen Krieg!

Der Clown legte den Spiegel weg, schüttelte den Kopf, nahm die rote Nase ab und meinte mit der Stimme der Mutter: So geht das nicht! Ich kann die Zuseher nicht beschimpfen, das ist unmöglich! Der Clown oder die Mutter setzte sich die rote Nase wieder auf, hob den Spiegel hoch und redete erneut mit der Stimme des Clowns:

Sehr verehrtes Publikum! Geliebtes Publikum! Verehrt und geliebt, wunderbar, wunderbar, das Leben kann so schön sein. Genießen Sie diesen Augenblick, diesen und alle mit ihrem Clown. Neben den traurigen

Clowns gibt es Clowns, die fröhlich sind, die vor Fröhlichkeit immerzu singen möchten! Die so fröhlich sind, dass sie jauchzen könnten! Aber die Menschen um sie sind alle traurig, es ist, als hätte die Regierung ihnen Traurigkeit befohlen. Sie wissen ja, wie das mit Regierungen und ihren Wünschen so ist: Wollt ihr den totalen Krieg? Jaaa, haben alle geschrieen, zumindest die geladenen Parteimitglieder. Wollt ihr die totale Traurigkeit hat niemand gefragt – oder doch? Habe ich die Frage nur nicht gehört? Seit dem Totalenkriegswahnsinn überhöre ich nämlich am liebsten Fragen. Frage hin, Frage her, die Traurigen ertragen die Fröhlichkeit nicht, und so werden die fröhlichen Menschen eben Clowns, um inmitten fröhlicher Menschen leben zu können.

Jetzt hatte sich die Stimme wieder ganz fremd angehört, hoch und höher hatte sie geklungen, bis sie schrill abbrach und nur noch ein leises Kichern zu hören war, während der Clown auf den Sessel stieg, den Tisch, eine unsichtbare Leiter nach oben benutzte, an die Decke sprang und unter ihr herumschwebte, bis er sich langsam wieder auf den Sessel sinken ließ. Sie klatschte begeistert, lief auf den Clown zu, wollte ihn umarmen, doch der Clown entwischte ihr immerzu. Sie erinnerte sich an die Prinzessinnen im Urwald, die ihr Mut machten, und tapfer fragte sie:

Wer bist du?

Ich?

Ja.

Bist du dumm?

Nein.

Dann weißt du, wer ich bin, jedes Kind weiß, wer ich bin. Wer bin ich?

Ein Clown.

Oh nein! Ich bin nicht *ein* Clown, sondern der Magier unter den Clowns. Ein Clown kann jeder sein, und jeder ist hin und wieder ein Clown, aber magische Clowns gibt es nur drei auf der Welt!

Bist du meine Mutter?

Ist deine Mutter ein magischer Clown? Geh jetzt, ich muss üben!

Sie holte ihre Puppe, hörte, wie der magische Clown hinter ihr zusperrte, und lief zurück in den Garten, unsicher, ob dieser Clown manchmal mit der Stimme ihrer Mutter geredet oder sich ihre Mutter in einen magischen Clown verwandelt hatte. Ihre Großmutter wusste nichts von magischen Clowns, nicht einmal, dass es nur drei auf der Welt gab.

Nur drei, wiederholte sie – das müssen ja ganz besondere Clowns sein!

Ja, erzählte die Kleine ernsthaft, magische Clowns können unsichtbare Leitern hinaufsteigen und fliegen, richtig fliegen.

Die Großmutter staunte mit ihr über die Künste der magischen Clowns, und die Kleine zauberte für den Rest des Nachmittags unsichtbare Leitern in den Zwetschkenbaum. Als sie abends mit der Großmutter nach Hause ging, bestand sie darauf, dass sie mit ihr nach oben kam. Die Mutter stand am Herd und schälte Kartoffeln.

Wo ist der Clown, fragte die Tochter.

Welcher Clown?

Der magische Clown!

Was soll das sein?

Du bist sooo gemein, schrie sie die Mutter an und lief an der Großmutter vorbei nach unten, legte sich zu Baldo, wollte ihre Mutter nie wieder sehen.

Nach der Frühmesse blieb sie mit ihrer Großmutter noch auf dem Friedhof. Das Kind liebte ihn, die Blumen auf den Gräbern, die vielen Vögel und Schmetterlinge, den Geruch der Erde. Noch mehr liebte sie es, mit ihrer Großmutter allein zu sein. Die Großmutter war der einzige Mensch, den sie kannte, der leuchtete. Ihre Augen leuchteten und um sie herum war ein feiner Goldhauch, der die Hände der Enkelin zittern ließ, wenn sie ihn sanft berührten. In der Kirche leuchtete die Großmutter besonders schön, fand das Kind, und wunderte sich wieder und wieder, dass sie die einzige war, die nur schwer den Blick von ihrer Großmutter abwenden konnte. Auch von dem Geruch ihrer Großmutter konnte sie nicht genug kriegen. Sie schmiegte ihr Gesicht in ihre Kleidung, um diesen zarten Veilchenduft riechen zu können, der sich manchmal mit Vanille mischte oder Gräsern und zur Erntezeit mit der Erde und den Kräutern, die ihre Omi sorgfältig auf großen Tüchern zum Trocknen auslegte.

Auf dem Friedhof gab es die Gruft der Grafen, die immer verschlossen war. Steinsärge lagen hinter den schweren Eisengittern. Das Kind weinte über die Toten, die in diesen Steinsärgen in der dunklen Gruft liegen mussten, während alle anderen in der Erde lagen, mitten in der Sonne oder im Regen. Im Winter lag Schnee auf den Gräbern, war alles ruhig. Sie blieb wie immer beim Grab der Urgroßmutter stehen, an die sie sich kaum erinnern konnte. Aber sie musste ihr jedes Mal erzählen, dass ihr Grab viel schöner war als die Gruft der Grafen, bei denen sie als Köchin gearbeitet hatte, bis ihre Knochen von den feuchten Räumen und den schweren Kesseln zerbröselten, und sie nur noch im Bett liegend auf den Tod warten konnte, wie ihr die

Urgroßmutter erzählt hatte. Daran erinnerte sie sich, an dieses Warten auf den Tod, wie sie nahe bei ihrem Bett gesessen war, das fürchterlich stank, aber darüber verlor niemand ein Wort. Das Kind verstand, dass jedes Naserümpfen eine Beleidigung für ihre Urgroßmutter gewesen wäre, und wartete geduldig mit ihr auf den Tod. Immer wieder bat sie ihn, lieb zu ihrer Uromi zu sein und sie bald nach Hause zu holen, denn zerbröselnde Knochen waren fürchterlich, wie ihr die Urgroßmutter bei jedem Besuch versicherte. Als der Tod kam, lag die Urenkelin mit Masern im Bett und durfte nicht zum Begräbnis gehen. Aber so schlimm war das nicht, sie sah ihre Uromi in den Himmel aufsteigen, endlich frei von ihren Schmerzen.

Während sie ihrer Urgroßmutter erzählte, wie sie ihr zugewinkt hatte, während sie in den Himmel geflogen war, landete plötzlich ein Totenkopf vor ihren Füßen, sprang eine dunkle Gestalt aus einem offenen Grab – sie hielt die Luft an und erstarrte. Im nächsten Moment hörte sie die Großmutter schimpfen, wie ein Totengräber ein kleines Mädchen so erschrecken könne. Die Gestalt hatte nur zwei Zähne, ein schwarzes Gesicht und schwarze Hände. Wenn sie die Zunge herausstreckte, was sie oft tat, sah sie aus wie der Teufel auf dem kleinen Bild in der Kirche. Das Kind hatte panische Angst um die Großmutter, die glaubte, den Totengräber vor sich zu haben, während es in Wahrheit der Teufel war. Entsetzt stellte sie fest, dass sie sich nicht rühren konnte: Ihre Füße waren in die Erde verschraubt, bewegten sich keinen Millimeter, obwohl sie zur Großmutter laufen wollte, um sie vor dem Teufel zu retten. Da verschwand er genauso plötzlich, wie er gekommen war, nur sein Lachen war noch lange zu hören. Der Himmel über ihr, die Hölle unter ihr. Der Himmel war fast immer sichtbar, die Hölle in diesem Augenblick, der viel zu lange dauerte. Die Erde war kein sicherer Boden mehr, die Erde beherbergte ein schreckliches Geheimnis. Jederzeit konnte sie sich öffnen, überall konnte der Teufel ans Licht kommen. Auch die Kirche war kein sicherer Ort, dort hing der Teufel an der Wand.

Als sie sich wieder bewegen konnte, lief sie zur Großmutter, die bleich auf der Bank saß und schluchzte. Sie hatte ihre Großmutter noch nie so heftig weinen gesehen, nicht einmal, als sie noch von ihr wissen wollte, was das Tausendjährige Reich war. Da hatte die Großmutter still geweint und sich schnell die Nase geputzt. Aber jetzt konnte die Großmutter gar nicht aufhören mit dem Weinen. Tröstend legte das Kind die Arme um ihren Hals. Es war nur der Totengräber, stammelte die Großmutter und weinte noch heftiger. Nein, sagte das Kind, es war der Teufel. Die Großmutter schluchzte noch ein paar Mal, dann fischte sie nach ihrem Taschentuch und schneuzte sich mehrmals, wischte sich das nasse Gesicht trocken, den Hals. Energisch sagte sie schließlich: Es gibt keinen Teufel! Das Kind glaubte ihr zum ersten Mal nicht, nahm die Großmutter an der Hand und führte sie vor das Bild in der Kirche. Die Großmutter stand vor dem kleinen Bild mit dem schwarzen Mann, dem seine rote Zunge bis zur Brust hing, und schüttelte den Kopf. Immer noch rannen ihr Tränen über das Gesicht. Sie drückte die Hand des Kindes und führte sie zum Altar. Goldene Engel empfingen sie, die Jungfrau Maria und Jesus Christus. Sie knieten nieder und beteten laut den Rosenkranz. So getröstet konnten sie furchtlos an dem

Teufelsbild vorbeigehen. Nur das Kind bemerkte, wie der Teufel seine Zunge aus dem Bild herausstreckte.

Regenbogen waren ihr die liebsten Himmelserscheinungen. Wenn sie sonntags den Ausflug zum Wirt auf dem Hügel machten, die Erwachsenen im Gastgarten saßen, ging sie mit Baldo auf die Suche nach dem Regenbogen. Sie pflückte Blumen für ihn, band ihm einen Kranz, legte ihn auf die Wiese und beschwor die Erde, den Regenbogen frei zu geben, zumindest ein wenig von ihm. Sie rollte mit Baldo den Wiesenhang hinunter, lief wieder hinauf, einmal, fünfmal, kletterte auf Bäume, sammelte Pilze oder im Herbst Kastanien, pflückte die Lieblingsgräser der Hasen, bis sie müde wurde und sich auf die Erde fallen ließ, in ihre weiche Umarmung. Sie konnte nur blinzeln, grüßte zwinkernd die Sonne, die Schmetterlinge, die genauso aufgeregt wie sie auf den Regenbogen warteten. Endlich erschien er, wölbte sich über den Himmel, schillerte, glühte, brannte für immer die Schönheit in ihre blinzelnden Augen: die Schönheit der Farben, des Himmels, der Form.

Gott zeigt seine Vollkommenheit, sagte die Großmutter, wenn sie sich neben ihre Enkelin ins Gras legte, um den Regenbogen zu begrüßen. Ja, jauchzte die Kleine, ja, ja, ja!

Im Winter ließen die Eltern sie nicht ins Freie, musste sie zwischen ihnen im verrauchten Gasthaus sitzen, dessen Fensterscheiben vom Voest-Rauch schwarz waren. Sie träumte sich den Regenbogen herbei oder träumte sich weg in ihr Puppenhaus, das ihr der Großvater gebaut hatte, in dem jetzt alles durcheinander ging, weil sie nicht zu Hause war. Oder sie schlich durch die Voest: Es dauerte von einem Geburtstag bis zum nächsten, um ohne Fahrrad von einem Tor zum anderen zu laufen. Sie fand immer einen Weg, an den Wächtern vorbei zu kommen, die Löwen halfen ihr, brüllten und brüllten, um sie abzulenken. Mit den Löwen umkreiste sie den Hochofen, um endlich den Feuer speienden Drachen zu finden, ihn in den Wald zu locken, weg von ihrem Vater.

Manchmal ging ihr Vater mit ihr ins Freie, wenn es ein sonniger Wintertag war und der Schnee glitzerte, und baute mit ihr einen Schneemann, für den sie am nächsten Sonntag ein Geschenk mitbrachte: zwei Kohlen für die Augen oder eine Karotte für die Nase, ein Stück rote Rübe für den Mund oder etwas für den Kopf, einen Hut aus Pappendeckel oder Papier, blau bemalt von ihr. Ihr Vater lachte sie aus, wenn sie frierend den Schnee zu einer Kugel rollte. Sie erwähnte den Eiswind, den die verlorenen Söhne aus Sibirien mitgebracht hatten, nie wieder, spürte ihn jedoch eindringlicher, seitdem er ihr Geheimnis war. Auch Baldo fror trotz seines dicken, langen Fells seither im Winter. Hatte er früher vor Aufregung Purzelbäume geschlagen, während sich alle für den Ausflug zum Wirt auf dem Hügel anzogen, schlich er jetzt knurrend zwischen ihren Beinen umher. Einzig die Aussicht auf eine Fasanenjagd lockte ihn. Kaum sagte der Großvater zu ihm: Heute wird mir kein Fasan gejagt, spitzte er die Ohren und beobachtete den Großvater, lauschte nur noch auf den Klang seiner Stimme. Der Großvater schwärmte von einem wilden Fasan, gut abgehangen in der Selchkammer! Sobald der Großvater seine Arme in die Luft warf und stöhnte, dass so ein Fasan heute unbezahlbar sei, sprintete er los, wissend, dass ihn niemand an seinem Sonntagsvergnügen hindern würde. Wie immer würde er den Fasan ungesehen nach Hause bringen. Abends erwartete ihn eine fleischige Belohnung vom Großvater im Tausch gegen das Federvieh.

Am nächsten Sonntag war der Schneemann schwarz. Das Kind schlich sich aus dem Gasthaus, um ihm die Rußpartikel wegzuwischen. Fast war sie versucht, mit dem Voest-Wind zu schimpfen, doch der Schneemann lachte nur über ihren Ärger. Er mochte sein schwarzes Kleid. Oder sie träumte von der Rückfahrt auf der Rodel. Sie würde sich an ihre Mutter schmiegen, die Füße einziehen und auf die Schreie ihrer Mutter warten, wenn der Vater die Rodel laufen ließ, es sie in den Kurven fast hinaus schmiss oder wirklich hinaus warf, was bei jeder Abfahrt mindestens einmal passierte. Sie war überzeugt, ihr Vater schmiss die Rodel absichtlich um. Ein Vater, der Brücken zauberte, konnte nicht so ungeschickt sein. Sicher freut er sich genauso wie ich über die Schreie der Mutter, die übermütig klingen, wenn er ganz schnell in eine Kurve fährt, glaubte sie. Das Kind schrie nie. Sie hörte lieber zu, legte den Kopf in den Nacken, holte sich den Himmel in die Augen oder sah in die Schneeflocken, bis sie nichts mehr sehen konnte.

Im Haus, im Hof spielte sie mit ihrer Puppe, der sie alles beibringen musste, was sie konnte, vor allem das Fliegen, obwohl sich ihre Puppe dabei sehr ungeschickt anstellte und sich bereits zahlreiche Dellen geholt hatte. Trotzdem ließ sie ihren Liebling immer wieder mit ausgebreiteten Armen vom Sessel fallen. Sogar die Truthähne können schon ein wenig fliegen, bitte, es ist ganz leicht! Mach es wie der magische Clown, klettere die Leiter hoch und flieg, flieg! Komm, versuche es, bitte, nur noch einmal, dann darfst du schlafen, beschwor sie ihre Puppe, wieder und wieder.

Während sich die Puppe von den anstrengenden Flugübungen erholte, spielte sie mit den Murmeln. Ihre Lichtspiegelungen zauberten kleine Regenbögen herbei. Baldo bellte die Murmeln an, das verzauberte sie noch mehr. Sobald es dunkel wurde, schillerten sie im Lampenlicht. Oder ihre Großmutter spielte Karten mit ihr, Baldo blinzelte ihr zu, die Puppe saß auf ihrem Schoß und schüttelte verwirrt den Kopf, als sie den Namen des neuen Spiels hörte: Lügen. Das Kind begriff nur langsam, dass sie lügen durfte, sollte, sonst war das Spiel kein Spiel, sondern nur ein langweiliges Kartenablegen. Wie sich die Großmutter freute, wenn sie die Enkelin beim Lügen erwischte! Jedes Mal bekam sie einen Kuss auf die Stirn, wurde herzlich umarmt. Je öfter sie log, desto lustiger wurde das Spiel. Auch die Großmutter log, und das Kind konnte sie herzen und küssen und streicheln, welch ein Spiel!

Wenn die Mutter wegging, um im ‚Konsum' Verkäuferin zu spielen, erlaubte sie der Tochter, ihre Kleider anzuziehen, ihre Schuhe und ihre Kette aus Italien zu tragen. In den Sachen der Mutter tanzte die Tochter mit ihrem Schutzengel und ihrer Puppe durch die Wohnküche, hörte die schönsten Töne, sah die wunderbarsten Farben um sich wirbeln, bis ihr schwindlig wurde und ihr die Füße in den viel zu großen Stöckelschuhen weh taten. Sie war sich mit den beiden einig, dass Pumps wunderschön, aber Quälgeister waren.

Nach dem Sonntagsessen, wenn die Erwachsenen noch etwas besprechen wollten, was für Kinderohren ungeeignet war, wie sich ihr Vater ausdrückte, sollte sie mit ihrem Cousin im Graben spielen. Sicher reden sie vom Tausendjährigen Reich, war sie überzeugt und hätte die Erwachsenen zu gerne belauscht, aber die Wiener Tante sperrte hinter den Kindern die Haustür zu und schloss sogar das Fenster, obwohl es sehr schwierig war, am Fenster zu lauschen. Ihr Cousin war um fünf Jahre älter als sie, und das einzige Spiel, das ihn interessierte, seitdem ihn seine Mutter halb totgeschlagen hatte, war das Doktorspiel, das er erfunden hatte, wie er behauptete. Sie fand das Spiel das langweiligste Spiel in aller Ewigkeit. Er riss ihr den Rock hoch, sie gab ihm einen Fußtritt. Das wiederholte sich, bis er eines Sonntags eine neue Variante erfand: Sie sollte vor ihm auf dem Baumstamm sitzen und die Beine spreizen, damit er mit seinem Stecken zwischen ihren Beinen nach Krankheiten suchen konnte. Sie stieß ihn weg, er brach sich das Schlüsselbein. Auch mit dem sperrigen Gips wollte er immer wieder Doktor spielen. Er kannte kein anderes Spiel mehr.

Hast du wirklich alle unsere Spiele vergessen, fragte sie ihn und hätte am liebsten geweint. Dieser Fels ist eine unbezwingbare Burg, die wir eroberten! Der Bach fließt in die Donau und die Donau ins Schwarze Meer. Mit einem Floß haben wir die weite Reise unternommen, uns von Fischen ernährt – du warst der beste Forellenfischer, den dieser Bach je gesehen hat, sogar die Forellen haben dich bewundert! Am Schwarzen Meer, mitten auf hoher See, haben wir Medea gerettet, die schönste Königin, die es je gab. Und dort haben wir den Bach aufgestaut, damit wir schwimmen können, und der Wasserfall war unsere Rutsche, das kannst du nicht vergessen haben!

Er schüttelte nur den Kopf, und sie murmelte ‚halb tot' vor sich hin, führte ihn in den Wald, um nach dem Einhorn zu suchen. Das Einhorn, war sie überzeugt, wird den halben Tod vertreiben, und wir können wieder bis ans Schwarze Meer fahren. Er griff ihr unter den Rock: Ich bin der Doktor! Das Einhorn ist im dichten Wald, nicht unter meinem Rock, wies sie ihn zurecht. Da lachte er und robbte tiefer in den Wald hinein, während sie zurücklief zu ihren Großeltern, vorbei an dem Haus der Tante, ihren Eltern, den Truthähnen, die vergessen hatten, dass sie fliegen konnten.

Einige Tage nach ihrem vierten Geburtstag wachte sie auf und spürte, dass etwas anders war als gestern und immer. Leise schlich sie ins Schlafzimmer der Eltern: Das Bett der Mutter war unbenützt. Aus der Küche drangen die vertrauten Geräusche, doch statt ihrer Mutter stand ihre Großmutter am Herd und wärmte die Milch für sie. Noch nie war ihre Mutter morgens nicht da! Stumm starrte sie ihre Großmutter an, die eben die Milch durch das Sieb rinnen ließ, damit nur kein Hautflankerl darin war, denn das Kind ekelte sich davor.

Da bist du ja, gerade rechtzeitig für deine Milch. Guten Morgen, schau, die Sonne grüßt dich auch.

Mit trockenem Mund fiel das Reden schwer, blieben die Worte im Hals stecken, doch Mama konnte sie sagen, Mama war das schönste Wort, das sie kannte.

Sie kommt bald zurück, keine Angst, sagte die Großmutter, doch ihre Stimme zitterte und sie sah ihre Enkelin nicht an! Immer sieht mich die Omi an, wenn sie mit mir redet, erinnerte sich das Kind, und in dem Moment begann das Haus zu schwanken, ihre Großmutter schwankte, alle Möbel schwankten, selbst der Boden, auf den sie fiel, schwankte, ich bin im Meer, so bewegt sich das Meer … Stille …

Nach zwei Tagen kam die Mutter zurück. Sie tat, als wäre sie nie weg gewesen. Seither verschwand sie öfter. Aber nie wieder war es so schrecklich für das Kind wie beim ersten Mal. Sie ist zu mir zurückgekommen, sagte sich das Kind, sie kommt wieder zu mir zurück. Die Angst war geblieben, ließ sie jeden Morgen das Bett der Mutter anstarren, bis sie es hasste, dieses große, hässliche Bett.

Einmal hörte sie, wie der Großvater die Großmutter fragte: Weißt du, was mit unserer Schwiegertochter los ist?

Frag sie selbst, mir antwortet sie nicht.

Ich bitte dich, Frau, mir sagt sie sicher nichts, aber ich kann es mir schon denken, dieser Krieg, er treibt uns alle herum.

Und einmal hörte sie den Vater stöhnen: Sag wenigstens, wann du zurückkommst.

Ich komme zurück, mehr weiß ich selbst nicht, hörte sie die Mutter antworten, und leiser hinzufügen: Ich halte es sonst nicht aus.

Das Kind rätselte, was ihre Mutter nicht aushielt, bis sie am nächsten Morgen wieder das große, alte Bett anstarrte, in dem sie nie, nie schlafen wollte. Sie schrie das Bett an, dass es verschwinden soll, du hässliches, altes Bett, du Gruft, schrie sie, schrie, bis sie heiser war.

Seit der Teufelsbegegnung hörte sie genauer zu, was der Pfarrer von der Kanzel predigte, und hörte all seine Teufelsbeschwörungen mit schmerzenden Ohren. So viele Werke, die er dem Teufel zurechnete, als wäre Gott hilfloser als sie. An manchen Sonntagen war geradezu alles Teufelswerk für ihn, dann vergaß er den schwarzen Mann mit der roten Zunge wieder. Warum darf der Teufel in der Kirche hängen, fragte das Kind die Großmutter, als sie wieder einmal vor dem kleinen Bild standen. Vielleicht, meinte die Großmutter, haben die Pfarrer den Teufel erfunden, damit wir uns vor ihm fürchten und uns jede Sünde zweimal überlegen, bevor wir sie begehen. Es fühlte sich einfach nicht richtig an für das Kind, dass der Teufel in Gottes Haus hing, egal, was die Großmutter sagte.

Bist du groß und vernünftig, fragte der Vater sie eines Sonntags beim Frühstück. Sie sah ihn erstaunt an – so eine komische Frage hatte er noch nie gestellt! Während sie rätselte, was sie angestellt hatte, bemerkte sie, dass ihr die Mutter ein Zeichen gab: Sie solle mit dem Kopf nicken. Brav nickte sie mit dem Kopf, nickte und nickte, bis ihr Vater sagte: Gut, dann lassen wir den Nikolaus kommen! Sie umarmte ihn, bis er sie abschüttelte.

Der Nikolaus war ein wunderbarer, weiser Mann, wie das Kind aus den Erzählungen ihrer Großmutter wusste. Jetzt wollte sie alle Geschichten über den Nikolaus, den sie endlich kennenlernen durfte, wieder und wieder hören. Sie staunte mit immer größeren Augen über all die Wunder, die der Heilige vollbracht hatte. Am meisten staunte sie, dass er an einem Tag zu allen Kindern auf der Welt kam. Wie er das anstellte, wusste die Großmutter nicht, meinte nur, wenn er von Myra bis hierher kommen kann, kann er überall zugleich sein, genau wie das Christkind zu Weihnachten alle Kinder auf der Erde besucht. Myra, Myra, Myra, sang die Kleine, verliebt in den Klang des fremden Wortes. Myra liegt am Mittelmeer, erzählte die Großmutter, und dass der heilige Nikolaus den Seeleuten hilft, die sonst vom hungrigen Meer verschlungen würden. Er kümmerte sich nicht darum, woher die Schiffe kamen und wer auf ihnen fuhr, er half allen, die in Seenot gerieten. Das Kind bewegte sich an der Hand des Nikolaus durch eine weiße Stadt, roch das Meer, bevor sie es sehen konnte. Endlich dehnte es sich vor ihr aus, tiefblau an diesem Tag, der warm genug war, um schwimmen zu gehen. Die Wellen trugen sie hoch hinauf und wieder hinunter, sie spuckte Salzwasser und ließ sich tief ins Meer sinken, wo bunte Fische sie umkreisten, Schildkröten sie grüßten. Aber der heilige Nikolaus half nicht nur den Seeleuten, er half, wann immer es nötig war, hörte sie die Großmutter, die auch unter Wasser reden konnte. Aus ihrem Mund kamen die Worte von Luftblasen begleitet, die an die Oberfläche tanzten. Die Krebse, Fische und Schildkröten lauschten ebenfalls den Worten der Großmutter, und die weiße Stadt beugte sich tief zum Meer hinunter, um kein Wort über ihren heiligen Nikolaus zu versäumen. Auch in Myra gab es arme Menschen, sagte die Großmutter eben, und die Stadt zog sich rasch zurück, während die Schildkröten eifrig nickten. Diesen Armen steckte der heilige Nikolaus heimlich Geld zu, und einmal in der Woche lud er alle zum Essen ein. Es gab so reichlich zu essen, dass sich jeder genug mitnehmen konnte, um sich tagelang satt zu essen. Da jauchzten die großen Fische vor Freude, denn sie hatten sich lange Zeit nicht mehr satt essen können. Dann kam die große Hungersnot über Myra. Jetzt hörte die Stadt wieder genau zu, ihre Häuser standen fast waagrecht, um nur ja jedes Wort der Großmutter zu hören. Die Fische hingegen fröstelten, ihre Schuppen erinnerten sich an jeden Augenblick, den sie im Trockenen verbrachten. Das Land verdorrte, alle Vorräte wurden aufgebraucht, und im nächsten Jahr gab es kein Saatgut. Es hätte ohnedies nichts genützt, der Himmel blieb blau, keine einzige Wolke zog seit zwei Jahren über Myra, um den Regen zu bringen. Auch die Brunnen waren ausgetrocknet und der Meeresspiegel so weit zurückgegangen, dass die Fische die Küste von Myra mieden. Die Fische sanken zum Grund und wirbelten mit ihren Schwanzflossen den Sand auf, um nicht mehr gesehen zu werden. Die Menschen verzweifelten. Da rief der heilige Nikolaus in Gedanken nach all den Seeleuten, denen er geholfen hatte, und bat sie, nun den Menschen von Myra Wasser und Getreide zu bringen. Und siehe da, am nächsten Morgen kam das erste Schiff, beladen mit gefüllten Wasserfässern, am Nachmittag kamen drei weitere mit Getreide und Wasser beladen, und so ging es, bis die Speicher voll und alle Fässer in Myra mit Wasser gefüllt waren. Im nächsten Frühling zogen endlich wieder Wolken auf. Die Menschen säten Getreide aus, das so schnell wuchs, als hätte es etwas nachzuholen. Die Brunnen füllten sich wieder mit Wasser, und die Fische kehrten an die Küste von Myra zurück wie jetzt aus dem Sand. Der heilige Nikolaus war genauso glücklich wie alle anderen. Auch die Schiffsleute waren glücklich, immer wieder liefen sie

Myra an, und so wurde die Stadt ein reiches Handelszentrum.

Und die Mädchen, was ist mit den Mädchen, fragte die Kleine, und die Großmutter erzählte wieder von den drei Mädchen, die nicht heiraten konnten, weil ihr Vater so arm war, dass er nicht für drei Töchter eine Aussteuer aufbringen konnte. Um nicht ungerecht zu sein, entschied der Vater, dass keine von ihnen heiraten sollte. Darüber weinte die Älteste bitterlich, denn sie hatte bereits einen heimlichen Bräutigam, der sie jeden Tag drängte, seine Frau zu werden. Als der heilige Nikolaus von dem Schicksal der armen Schwestern hörte, legte er eines Nachts drei Klumpen Gold in die Hütte. Am nächsten Tag war die Freude übergroß, und bald heiratete eine nach der anderen. Der alte Vater lebte zufrieden in seiner Hütte, obwohl ihn jede Tochter bat, bei ihr zu wohnen. Ein Wunder im Leben ist genug, meinte er nur, und sah hinauf in den Himmel. Immer noch hoffte er, von dort eine Antwort zu bekommen, wie das Gold in seine Hütte gelangt war, aber der Himmel schwieg.

Ehrfurchtsvoll wartete das Kind am Nikolaustag auf den Heiligen. Sie hatte über dem dunkelblauen Winterkleid ihr schönstes Sommerkleid angezogen, das ihr die Mutter für die Hochzeit einer ihrer Brüder genäht hatte: es war weiß und mit Rüschen um den Hals. Sie liebte dieses Kleid und hoffte, dass sie nie aus ihm hinauswachsen würde. Als es klopfte, hielt sie den Atem an. Kaum betrat der Heilige die Küche, fiel sie ihm zu Füßen und weinte. Danke, flüsterte sie, danke, dass du allen Menschen von Myra geholfen hast und all den Seeleuten, die sonst ertrunken wären, und allen

Kindern auf der ganzen Welt. Da kam ihr etwas merkwürdig vor, und es half nichts, dass sie sich sagte, Mami hat recht, ich bin verrückt, sie musste trotzdem immer wieder hinsehen: Der Nikolaus trug die gleichen gelben Socken, die ihre Wiener Tante ihrem Cousin gestrickt hatte, der unglücklich war, wenn er sie anziehen musste, und die gleichen Schuhe mit den gleichen zerrissenen Schuhbändern. Sogar die Hosen unter dem roten Überrock kannte sie, ihre ausgefransten Ränder. Ganz langsam stand sie auf, wischte sich die Augen trocken und wollte, dass der Nikolaus, der vor ihr stand, der Heilige aus Myra war, wollte es unbedingt, doch als sich der Nikolaus zu ihr hinunter beugte, zupfte sie an seinem Bart – – – – – – – darunter kam wirklich das Gesicht ihres Cousins hervor.

Sie konnte brüllen, und sie brüllte, um den Schmerz nicht spüren zu müssen. Doch während sie noch brüllte, stürmte ein Krampus in die Küche, der natürlich kein Krampus, sondern der Teufel war, schwarz von oben bis unten und mit einer langen, leuchtend roten Zunge. Sie zwängte sich hinter das Holz, das neben dem Küchenherd aufgestapelt war, und brüllte und brüllte, jetzt aus Angst, der Teufel wolle sie holen. Sie sah nicht, wie ihr Vater die beiden hinaus drängte, erkannte seine Stimme nicht. Erst die beruhigende, leise ihrer Großmutter brachte sie wieder zur Besinnung. Ihre Mutter war verschwunden, blieb länger weg als sonst. Das Kind schwieg tagelang, hatte das Gefühl, ewig schweigen zu können. Sie wusste nicht, wem sie noch vertrauen konnte. Aber ohne Vertrauen war sie verloren, das spürte sie.

Inmitten der Wortlosigkeit wurde sie ein schwieriges Kind. Als ihre Mutter endlich wieder nach Hause kam, gewöhnte sie sich an, nicht mehr auf ihre Rufe zu hören, ihre Befehle so lange zu ignorieren, bis ihre Mutter sie ins Gesicht schlug. Jetzt war sie überzeugt, dass ihre Mutter sie nicht aushielt und ihretwegen immer wieder verschwand. Sie begann zu schreien, war sicher, dass im nächsten Moment ihr Großvater in die Wohnung gelaufen kam, um sie zu beschützen. Dann presste sie sich an ihn und zog den Tabakgeruch gierig ein. Ihn konnte sie wenigstens noch riechen. Manchmal, wenn sie sich selbst nicht mehr ertrug, wichen die Worte immer weiter von ihr zurück, bis sie keines mehr verstand und umfiel: Die Welt verschwand auf wundersame Weise. Die Großeltern waren immer auf ihrer Seite, sie baten die Mutter inständig, das Kind nicht mehr zu schlagen, doch die Mutter behauptete, sie sei nur ein Mensch und habe auch nur Nerven! Dieses bockige Kind treibt mich in den Wahnsinn, entweder sie ist verrückt oder ich, sagte sie immer öfter.

Die Mutter holte sich Rat bei der Wiener Tante, die ihr empfahl, das Kind mit Wasser zu bändigen. Als die Mutter einen Kübel Wasser über sie schüttete, lachte das Kind nur und weigerte sich, der Mutter beim Auftrocknen zu helfen.

Geh, schrie das Kind die Mutter an, geh weg!

Da hob die Mutter sie hoch, erdrückte sie fast, während sie murmelte: Es tut mir leid, Kleines, ich weiß, du kannst das noch nicht verstehen. Die Kleine stemmte sich mit ihren Armen gegen die Mutter, wollte diese zittrige Stimme nicht hören, wollte nicht erdrückt werden.

Nur wenn sie sich an Baldos Bauch schmiegte, fühlte sie sich noch sicher, und im Sommer auf der Schaukel oder im Gras. Am liebsten wäre sie in den Himmel geflogen oder in der Erde versunken, aber beides gelang ihr nicht mehr. Sie hörte Baldos Gemurmel zu, dass alle Erwachsenen dumm seien, weil sie Kinder für dumm hielten, dabei seien Kinder immer klüger als ihre Eltern, sie seien ja auch mit jeder Geburt klüger und nicht dümmer geworden. Von welchen Geburten redest du, fragte sie ihn verblüfft. Da legte Baldo seine Stirn in Falten und richtete seinen Hundeblick auf sie: Hast du denn all unsere Sternenreisen vergessen? Unsere Sternenreisen, flüsterte sie, und das Wort schmeckte bittersüß, erinnerte sie an die nächtlichen Ausflüge mit Baldo an die Donau, an all die Reisen ans Schwarze Meer und nach Myra. Aber das waren nur Fantasien, flüsterte sie Baldo ins Ohr, Mami sagt immer, ich habe zu viel Fantasie, und ich bringe über alle Unglück mit meiner Fantasie. Sie spürte Baldos Tränen auf ihr Gesicht tropfen und weinte mit ihm. Nachdem sie sich ausgeweint hatten, wollte er wissen, welches Unglück sie bringe. Ich mache sie lächerlich, weil ich nicht aufs Schloss gehen kann. Am Sonntag mussten wir einen riesigen Umweg machen, weil ich nicht über die Bahngleise gehen konnte. Dort lagen so viele Tote! Ich kann nicht auf Tote steigen, flüsterte sie Baldo ins Ohr. Er legte seine Pfote auf sie und drückte sie an sich, leise vor sich hin knurrend. Erschrocken stellte sie fest, dass sie nur noch wenige Knurrer verstand: Du siehst mehr als sie, das habe ich dir schon oft gesagt, verstand sie, und dass sie eben anders sei. Die anderen, knurrte er, können mich ja nicht einmal verstehen! Da weinte sie erneut: Ich will aber nicht anders sein, ich will wie sie sein! Unsinn, knurrte er, willst du auf deine Ohren verzichten, nur weil alle um dich taub sind, oder auf deine Augen, nur weil die anderen blind sind?

Ich bin ja schon fast blind und taub, stellte sie erschrocken fest. Oder hatten ihre Tränen die Feen und Kobolde aus dem Baum vertrieben?

Sie versuchte neue Worte, nannte sich ein böses Kind, ein undankbares. Die Worte fühlten sich falsch an, bis sie ihr neues Wort für sich fand: Sünderin. Der Pfarrer hatte am Sonntag in seiner Predigt erzählt, wie Jesus einer Sünderin verzieh und ihr so zur ewigen Seligkeit verhalf. Sie hatte genau zugehört und entschieden, sie würde von nun an eine Sünderin sein. Als Sünderin würde Jesus zu ihr kommen und sie retten. Jetzt konnte sie sogar Jesus am Altar ansehen ohne zu erschauern. Ihre Großmutter reagierte mit einem liebevollen Lächeln, wenn sie sich als Sünderin für das Essen bedankte. Ihre Mutter machte sie damit endgültig verrückt, ihren Vater vertrieb sie mit den wenigen Sätzen, die alle ähnlich lauteten: Deine sündige Tochter dankt dir. Die Sünderin ist es nicht wert, dass du mit ihr redest.

Was habe ich verbrochen, schrie die Mutter sie immer öfter an?

Die Mutter holte sich wieder Rat bei der Wiener Tante. Sie war so nervös, dass sie vergaß, die Tochter aus dem Zimmer zu schicken. Die Tante lachte die Mutter aus, als sie hörte, dass sie das Wasser auf die Tochter geschüttet hatte: Den Kopf muss man ihnen ins Wasser stecken, diesen bösen Kinderkopf, damit das Böse herausrinnt.

Entsetzt starrte das Kind abwechselnd die geifernde Tante und ihre Mutter an. Sie war überzeugt, ihre Mutter würde das nie tun. Nicht ihre liebe, allerliebste Mami, die ihr und ihrer Puppe die schönsten Kleider nähte, mit ihr im Kirchenchor sang, sie mit ihrem Tanz verzauberte, deren Flüche gegen den Voest-Wind so leise waren, dass sie der Feuer speiende Drachen nicht hören konnte, die es so schwer mit ihr hatte, die nicht verstand, dass sie es genauso schwer mit sich selbst hatte, nein, noch viel, viel schwerer.

Die Tante schrie das Kind an, was sie hier zu suchen habe! Kinder gehören ins Freie, du bist nicht nur böse, sondern auch noch neugierig! Kinder wie du werden einmal Verbrecher! Mein Sohn würde sich das nie erlauben, sagte sie zur Mutter, dem hab ich seine Flausen im Wasser ertränkt. Du bist viel zu nachsichtig mit ihr, kein Wunder, du bist ja selbst noch fast ein Kind. Kinder sollten eben keine Kinder bekommen. Du musst an ihre Zukunft denken, willst du eine Verbrecherin heranzüchten? Begreif endlich, dass Kinder von Natur aus böse sind, es ist unsere heilige Pflicht, ihnen das Böse auszutreiben. Denk an die Erbsünde!

Zum ersten Mal war ihr Ekel vor Worten stärker als ihre Neugier auf die Worte der Erwachsenen. ‚Halb totgeschlagen' murmelnd ging sie zu ihren Großeltern, kehrte erst in die Elternwohnung zurück, als sie sicher war, dass ihre Tante an diesem Tag nicht zurückkommen würde.

Es stand immer ein Eimer mit Wasser in der Küche. Das Wasser musste vom Dorfbrunnen geholt werden, Trinkwasser, Badewasser, Kochwasser, Putzwasser, Rasierwasser, Blumenwasser, Schwemmwasser, Abwaschwasser, Kalkwasser, Essigwasser. Es gab das Mostwasser, Weihwasser, Himbeerwasser, Nudelwasser, Schmutzwasser, den Wassereimer, das Brunnenwasser, den Regen und Nieselregen, die Sintflut und das Hochwasser. Immer schneller reihte sie die Worte aneinander: Schnee, Eis, Hagel, Teich, Tümpel, Pfütze, Tränen, Speichel, Quelle, Bach, Wasserfall, Fluss, Strom, See, Meer, zählte sich alle Wasserworte auf, die sie kannte und stellte erleichtert fest, dass es für das Wasser in dem Eimer kein Wort gab, in dem ein Kinderkopf vorkam. Aber vielleicht hatte sie das Wort dafür nur noch nicht gehört? Vielleicht hieß das Wasser, in das ihr Kopf gesteckt werden sollte, Kopfwasser oder Kinderwasser? Es gab ja auch den Kindermost bei den Großeltern auf dem Land, die sie nur selten besuchten. Im Winter war es zu kalt, um mit den Fahrrädern hin zu fahren, im Sommer zu heiß, und im Frühling und Herbst regnete es oft genau an dem Tag, an dem sie die Eltern der Mutter besuchen wollten. Ihr Sitz wurde für die weite Fahrt auf dem Fahrrad des Vaters montiert. Immer waren sie lange vor der Mutter am Ziel. Ihr Vater war der beste Fahrradfahrer der Welt, war sie überzeugt und umarmte den Wind.

Sie mochte die Eltern ihrer Mutter. Das alte, finstere Steinhaus mit den winzigen Fenstern blieb ihr jedoch unheimlich. Immer wieder hörte sie plötzlich eine Frau schreien, Kinder wimmern, während ein Blick auf die Erwachsenen genügte, um zu wissen, dass außer ihr niemand etwas hörte und sie besser schwieg. Bei den Großeltern auf dem Land lief immer das Radio, das ein besonderes Radio war: Aus ihm kam eine Stimme, die vermisste Menschen suchte. Ihr wuchsen Riesenohren wie ihrem Lieblingskobold, als die Stimme zum ersten

Mal all die Namen von Vermissten aufzählte. Wir müssen suchen helfen, murmelte sie. Die Großmutter klapperte lauter mit den Töpfen auf dem Herd, der Vater und der Großvater redeten lauter über die Voest, und die Mutter starrte Löcher in die dicken, schwitzenden Mauern oder verschwand. Da ahnte das Kind, dass diese Männer vom Tausendjährigen Reich gesucht wurden, es das Tausendjährige Reich immer noch gab und sie keine Fragen stellen durfte, denn das Tausendjährige Reich hasste Fragen. Wahrscheinlich, überlegte sie viele Sonntage später, während wieder unzählige Vermisste genannt wurden, haben all diese Vermissten zu viele Fragen gestellt, und das Tausendjährige Reich hat sie mit all ihren dummen Fragen verschluckt.

Das Kind bemerkte den Blick der Mutter zum Wassereimer, beobachtete sie von nun an ängstlich und befreite sich jedes Mal aus ihrem Griff, egal, wie wild sie dabei um sich schlagen musste, um kein Kopfwasser zu werden.

Nach einigen Wochen drohte die Mutter dem Kind: Ich werde verrückt von deiner Wildheit, du bist doch kein Bub! Und dein blödes Gerede, Sünderin, Sünderin macht mich wahnsinnig! Du hast keine Ahnung, was du daher plapperst! Du kommst in die Irrenanstalt, sollen die sich um dich kümmern.

Das Kind flüchtete zu Baldo, legte sich zu ihm unter den großen Tisch, erzählte ihm von dem einen Irren, den sie kannte. Bei den Großeltern auf dem Land lief einer herum, der sabberte und lallte, stieß alle an und fiel plötzlich um. Der ist nicht ganz richtig im Kopf, sagten die einen, die anderen meinten, der kommt aus der Irrenanstalt, dort haben sie ihn zum Trottel gemacht. Baldo beschwor sie, nicht in die Irrenanstalt zu gehen. Das ist der falsche Ort für dich, flüsterte er, du bist keine Sünderin, hör auf mit dem Gefasel, das hält niemand aus, mir tun auch schon die Ohren weh davon. Aber, stotterte sie, aber Jesus hilft nur einer Sünderin! So einen Unsinn habe ich in allen Leben noch nie von dir gehört!

Wieder schwieg sie, dieses Mal wochenlang. Das Kind beobachtete, dass alle außer ihren Großeltern erleichtert waren über ihr Schweigen. Sogar der Blick der Mutter beruhigte sich wieder. Sie starrte nicht länger Löcher in den Wassereimer.

Wann immer ihre Mutter verschwand, ging der Großvater mit ihr in den Wald, um nach dem Einhorn zu suchen. Und die Großmutter versuchte, sie mit Fragen zum Reden zu bringen, geduldig und behutsam, bis sie ihr antwortete, wenn sie allein waren.

Willst du eine Orange, fragte die Großmutter sie eines Tages.

Was ist eine Orange, fragte das Kind zurück.

Es waren ihre ersten Worte seit Wochen.

Die Großmutter legte einen orangen kleinen Ball, der wunderbar duftete, auf einen Teller, begann ihn mit einem Messer zu schälen und die Frucht zu spalten. Neben die Spalten gab sie etwas Zucker. Sie tauchte eine Spalte in den Zucker und steckte sie in den Mund. Das Kind machte es ihr nach und genoss ihre erste Orange, sauer und süß, herb und saftig.

Die Orangen kommen aus Italien, sagte die Großmutter, und der Großvater fragte sie, ob sie groß genug sei, um einen Atlas lesen zu können.

Was ist ein Atlas, wollte das Kind wissen.

Da öffnete der Großvater seine Geheimlade, die für alle streng verboten war, sogar für die Großmutter, und überreichte ihr einen funkelnagelneuen Atlas.

Großer Weltatlas, stand auf dem blauen Ledereinband in Goldbuchstaben.

Vorsicht, sagte der Großvater, die Landkarten sind nur Landkarten, verwechsle sie nie mit den Ländern. Die musst du selbst bereisen, wenn du sie wirklich kennenlernen willst. Was möchtest du zuerst sehen?

Myra, antwortete die Kleine, und das Land der Orangen.

Sie spürte, wie Baldo um ihre Beine strich, aber sie wollte nicht und wollte zugleich nichts sehnlicher als zu ihm unter den großen Tisch. Sie verstand sein Knurren nicht mehr, und es tat zu weh, seine Verzweiflung zu spüren.

Großer Weltatlas und Italien waren die ersten Worte, die sie lesen konnte. Mit ihnen konnte sie bald alle Worte lesen, merkte sie, während ihr Großvater seinen Finger unter die Ländernamen hielt und sie ihr vorlas. Aber Myra gab es nicht mehr, die weiße Stadt war von der Landkarte verschwunden. Es ist eine dumme Landkarte, entschied sie für sich, ich weiß genau, dass es Myra gibt. Der Großvater glaubte, die Stadt würde inzwischen anders heißen, so sei es unzähligen Städten und Ländern ergangen, neue Herrscher, neue Namen, meinte er, und seine Stimme hatte dabei einen fremden Klang. Sie gab sich damit zufrieden, wollte diese Stimme nicht hören. Plötzlich las sie

‚Afrika', begann zu stottern: Afrika, Afrika, ihr Großvater lachte, ja, meine Kleine, Afrika – sieh, hier verbrennst du dir deine Fußsohlen, wenn du barfuß gehst, und hier liegt sein Herz: Von hier kommen wir alle!

Sie hatte immer gewusst, dass die Voest ihres Vaters riesig ist – aber dass sie sooo riesig war, hatte sie nicht geahnt. Die Voest-Hitze hatte bereits einen großen Teil von Afrika verbrannt, nur Sand und Steine zurückgelassen. Deshalb brüllten die Löwen manchmal so laut, sogar ihnen war die Gluthitze zu viel, obwohl Löwen die Hitze brauchen, erklärte sie ihrer Puppe, die immer noch nicht fliegen konnte. Sie war froh, dass ihr Vater bei der Freiwilligen Feuerwehr war, bestimmt hatte er auch in der Voest ein Feuerwehrauto, um die Löwen vor der Gluthitze zu retten. Armer Papi, murmelte sie, und bat Gott inständig, ihren Papi vor dem Feuer speienden Drachen zu beschützen.

Der Großvater und sie waren nun jeden Tag viele Stunden zusammen, und sie beobachtete, wie er immer seltener in seinem Geheimnis verschwand. Er erzählte ihr von all den Brücken, die ihr Vater baute und ging mit ihr über die Eisenbahnbrücke, die sie bisher nur vom Zug aus gesehen hatte. Auch die Nibelungenbrücke in der großen Stadt überquerten sie zu Fuß und mit der Straßenbahn, immer den Voest-Rauch beobachtend, der seinen Ruß in ihren Augen ablegte. Drachenblut, sagte der Großvater lachend und wischte sich mit seinem Taschentuch die Augen aus, reichte es seiner Enkelin, die ihren Großvater fasziniert anstarrte. Was ist, Engelchen? Sie schlug sich mit der flachen Hand auf die Stirn, eine Geste, die sie in letzter Zeit bei ihrem

Vater beobachtete, und flüsterte: Der Voest-Rauch ist das Drachenblut! Wir dürfen den Drachen nicht verärgern, Opi! Er nickte, sie nickte ebenfalls, und keinem der beiden fiel auf, dass sie immer noch nickten, als sie über die Eisenbahnbrücke gingen. Sie wollte wieder und wieder über die Eisenbahnbrücke gehen, die unter ihren Füßen zu zittern anfing, sobald ein Zug über sie fuhr. Sie spannte Brücken über die Straßen der Kleinstadt und den Bach im Graben, neue Brücken überflogen die Donau. Alle sagten, ihr Vater sei ein fleißiger Mann – wie viele Brücken konnte ein fleißiger Mann an einem Tag bauen, fragte sich das Kind. Eine am Vormittag und eine am Nachmittag, entschied sie. Und während sie all diese Brücken über die Donau sah, entschied sie sich anders. Es muss viele Jahre dauern, bis eine Brücke fertig ist, sonst würde die Donau unter all den Brücken verschwinden, und diese Vorstellung war zu hässlich.

Ich habe nie von Brücken geträumt wie du, erzählte ihr der Großvater mitten auf der Eisenbahnbrücke. Dafür in meiner Jugend von großen Reisen, die unter dem Kaiser ganz einfach waren. Deshalb bin ich ja zur Bahn gegangen, all meine Bahnreisen! Warum dein Vater nicht zur Bahn ging, habe ich nie verstanden, er war kein Stubenhocker, immer träumte er davon, die Welt zu sehen! Ich war in Triest und Budapest, in Prag und Innsbruck, und einmal sogar in Warschau. Leider führte mich meine weiteste Reise während des Ersten Weltkriegs in die Kriegsgefangenschaft nach Russland, augerechnet in das Land, wohin ich immer wollte! Petersburg, flüsterte er, Moskau, flüsterte er, aber nicht der Ural, nicht ein Gefangenenlager, in dem wir Männer wie die Fliegen starben, weil es nur hin und wieder zu essen gab. Damals lernte ich, mich von Gräsern und Wurzeln zu ernähren. Satt geworden bin ich davon nie, es reichte kaum zum Überleben, sagte er und strich sich über den Bauch, der eine Mulde war. In dem Moment begriff das Kind, dass er ihr sein Geheimnis erzählte. Sie sah tote Menschen im Schnee liegen, sah ihren Großvater, der noch viel dünner war als jetzt, und andere Männer über einen Toten gebeugt, sah, wie sie ihn aufaßen, während der Großvater von seinem Glück erzählte: Dabei hatte ich Glück, die Landschaft war so ähnlich wie hier, sanfte Hügel, alles grün. Nur die Winter kamen viel früher, bereits im September froren die nackten Füße auf der Erde an, es war ein Trauerspiel, erwachsene Männer, die sich um Fußbekleidung stritten, ein Trauerspiel wie der ganze Krieg, dieser Erste Weltkrieg, in den wir auch noch freiwillig zogen, begeisterte Männer, keine Ahnung vom Krieg. Das Kind sah, wie eine Träne über die Wange des Großvaters lief, noch eine. Große Tränen, viel größer als ihre, einzelne Tränen, die er nicht weg wischte. Er weint um die aufgegessenen Männer, ahnte sie, ahnte gleichzeitig, dass sie ihm dieses Geheimnis lassen musste. Warum weinst du nur mit einem Auge, fragte das Kind. Da lachte er, was dir alles auffällt, mein anderes Auge wurde durch einen Granatsplitter verletzt, ich habe sogar dabei Glück gehabt, ein wenig kann ich damit noch sehen, dein goldenes Haar leuchtet in ihm! Im ersten Moment sah ich nichts, auch das gesunde Auge weigerte sich zu sehen. Das hat mir das Leben gerettet. Ich erstarrte, während die anderen aus der Truppe weiter vorrückten. Ich habe keinen einzigen wiedergesehen. Nur der Sanitäter, der sich um mich kümmerte, und ich haben diese fürchterliche Schlacht überlebt.

Wieder rann eine Träne über seine faltige Wange.

Von diesem Tag an träumte das Kind den immer gleichen Traum: Sie war in einem dunklen Wald, in dem sie kaum die Bäume unterscheiden konnte. Kein Weg war erkennbar, kein Lichtstrahl drang durch das dichte Blattwerk. Sie will laufen, doch sie kann sich nicht bewegen. Sie will schreien, doch sie kann nicht schreien. Nass geschwitzt wachte sie daraus auf. Sie erzählte ihrem Großvater von dem Traum. Der Großvater umarmte sie väterlich: Das ist mein Traum aus der Gefangenschaft, Kleine! Vergiss ihn, es ist ein riesiger Blödsinn, den Traum eines anderen zu träumen.

Die Großmutter hörte ihnen zu, schüttelte den Kopf. Der Großvater war etwas schwerhörig, doch das Kind hörte ihre vor sich hin gemurmelten Worte: Er wird bald sterben, bald, sehr bald.

Bin ich Sünderin schuld, fragte sie die Großmutter, als der Großvater in den Hinterhof gegangen war, um Kalk zu löschen für einen frischen Hausanstrich.

Mein Engel, niemand ist schuld an seinen Träumen, flüsterte die Großmutter.

Er darf nicht sterben, stieß die Kleine hervor und hatte das Gefühl, der Schmerz drücke ihre Lunge zusammen.

Der Großvater schickte sie ins Haus zurück. Kalkstaub ist schlecht für die Lunge, meinte er, und mischte den Kalk mit Wasser. Als sie nicht ging, sondern lieber auf den Brettern herum balancierte, schrie er sie zum ersten Mal an: Willst du dich umbringen? Wenn du in den Kalk fällst, bist du tot!

Kalktot, totes Kind, Kinderkalk, Kalkgesicht, sang sie vor sich hin und ging langsam ins Haus, voll Selbsthass. Sie hatte die Besorgnis in der Stimme des Großvaters gehört, trotzdem, trotzdem, trotzdem ... Dick klatschte er den Kalkbrei auf die Wände, verstrich den Brei. Weiß wurden sie, makellos weiß, bis der Wind drehte.

Verschwinden, verschwinden ...

Wenn es einen ersten Weltkrieg gegeben hat, überlegte sie, muss es einen zweiten und dritten gegeben haben, aber der Großvater wehrte ab, zwei sind genug, Engelchen, zwei sind zwei zu viel. Aber im Zweiten war ich nicht dabei, meine Verletzung aus dem Ersten Weltkrieg hat mich vor dem Zweiten beschützt.

War die Mami auch im Krieg?

Aber nein, du Dummerchen, deine Mami war noch ein Kind.

Ach, mischte sich die Großmutter ein, willst du damit sagen, dass der Krieg einen Bogen um die Kinder machte?

Frau, lass uns nicht über den Krieg streiten, bitte!

Die Großmutter nagte an ihrer Unterlippe, schwieg. Ihre Augen fixierten den Großvater, der seine Füße anstarrte. Noch nie war das Schweigen zwischen ihren Großeltern so unheimlich wie in diesem Moment. Das Kind erinnerte sich an die Heimkehrer aus Sibirien, die sie nie wieder gesehen hatte und ahnte, dass der Zweite Weltkrieg noch viel grausamer gewesen sein musste als der Erste, wenn die Kriegsgefangenen sich nicht einmal mehr auf die Straße trauten, während ihr Großvater mit ihr auf jede Straße ging. Vielleicht, rätselte sie, wurden im Zweiten Weltkrieg nicht nur Tote gegessen, sondern auch Lebende? Sie erschrak so bei dieser Vorstellung, dass sie dieses Bild sofort wieder vergaß.

Krieg, immer Krieg, fluchte der Großvater! Die Großmutter umarmte ihn, und endlich lächelten die beiden sich wieder an. Er nahm den Weltatlas zur Hand und zeigte ihr den Ural, der weit, weit weg war, und dann zeigte er ihr endlich Sibirien, das riesig und noch weiter weg war.

Schade, flüsterte das Kind, dass ich nicht dabei war, zu zweit hätten wir viel leichter fliehen können.

Ach, und wie hätten wir das gemacht?

Wir wären mit unseren Schutzengeln nach Hause geflogen, wollte sie sagen, doch ihr Mund weigerte sich, die Worte auszusprechen.

Entschuldige, Großvater, sagte sie stattdessen, und diese Worte kamen ihr leicht über die Lippen, ich bin eine Sünderin, es ist gut, dass ich nicht bei dir war. Mit einer Sünderin hätten sie dich nie nach Hause fahren lassen.

Sie merkte, wie sich die Großeltern hilfesuchend ansahen.

Einer Sünderin kann nur Jesus helfen, sagte sie streng. Ich gehe jetzt in die Kirche.

Warte, Kleine, ich komme mit.

Sie wollte nicht mehr auf die Großmutter warten. Die Großmutter war keine Sünderin, sie hatte es nicht eilig.

Erst vor dem Altar holte die Großmutter sie ein. Während des Heimwegs erklärte sie ihrer Enkelin, dass sie noch viel zu klein sei, um eine Sünderin zu sein. Sünden seien Gedanken oder Handlungen, die uns von Gott entfernten, das sei sicher nicht das Problem einer Vierjährigen, ja gut, die bald fünf werde, aber es sei auch nicht das Problem einer Fünfjährigen.

So ist es passiert, sagte die Kleine verzweifelt. Ich kann Jesus in die Augen sehen, dem Jesus in der Kirche – er ist jetzt wie der Jesus beim Krippenspiel: eine Puppe. Ich bin so allein, ich will nach Hause!

Du bist zu Hause, seufzte die Großmutter.

Nein, entgegnete sie, hier bin ich nur auf Besuch.

Bitte sag das nicht, mein Engel! Es ist Frühling, den wir beide so lieben, und im Sommer lernst du schwimmen, das hat dir dein Vater versprochen. Denk bitte an deinen Schutzengel, er kann dir helfen, wenn ich dir nicht helfen kann.

Da wandte sich das Kind von der Großmutter ab, die ihr versprochen hatte, dass ihr Schutzengel sie glücklich machen würde, wenn sie so unglücklich sein würde, dass sie sterben wollte. Sie hatte auch ihren Schutzengel verloren, spürte ihn nicht mehr neben sich, schon seit vielen Monaten, seitdem sie glaubte, der Teufel wolle sie holen. Damals hatte sie ihren Schutzengel verlassen, und seither blieb er verschwunden. Der Schutzengel, wusste sie, gehört zu Gott. Solange sie ebenfalls zu Gott gehörte, war ihr Schutzengel immer bei ihr. Oft hatten sie mitsammen gespielt. Am liebsten hatte ihr Schutzengel mit ihr getanzt, oder sie hatten all die Kirchenlieder gesungen, sich Blumenkränze geflochten, gemeinsam auf den Regenbogen gewartet, hatten aus Abfällen geheimnisvolle Wesen gezaubert und waren die Himmelsleitern hoch geflogen. Doch jetzt war sie allein, wie allein, spürte sie an der Enge in ihrer Brust, die sich so zusammenziehen konnte, dass ihr Atem quietschte.

Er hat alle Freude mitgenommen, flüsterte sie.

Wer, mein Liebling?

Mein Schutzengel.

Aber er ist ja bei dir, ein Schutzengel verlässt kein Kind.

Er hat mich nicht verlassen, stotterte das Kind, ich habe ihn verlassen! Ich habe alle verlassen. Und jetzt hat Gott mich genauso verlassen wie den Opa. Er ist ganz böse auf mich.

Kehr bitte zu deinem Schutzengel zurück, flehte die Großmutter sie an, und denk nicht schlecht von Gott, er hat dich sicher nicht verlassen, genauso wenig wie Großvater, das bildet er sich nur ein. Ich erzähle dir ein Geheimnis: Gott ist zwar allmächtig, aber seine Liebe hat ihm eine große Schwäche eingepflanzt: Er kann keinen Menschen verlassen, er kann es einfach nicht. Er ist in dir, in Opa, in mir, in deinen Eltern – er ist in uns und kann da nie weg. Du kannst ihn fühlen, Liebling.

Das Kind hörte die Verzweiflung in der Stimme der Großmutter und fühlte sich schrecklich. Sie spürte, ihre geliebte Großmutter war ihretwegen unglücklich, und ahnte nicht, wie sie das Unglück der Großmutter wegschicken sollte. Früher habe ich es gekonnt, erinnerte sie sich, früher brauchte ich meinem Schutzengel nur ein Zeichen zu geben, und wir nahmen alles Unglück aus der Oma und warfen es in den Himmel, so schnell, dass sie nicht einmal merkte, wie unglücklich sie ist. Aber die Großmutter war nie so unglücklich früher, fiel dem Kind ein, nur ein klein wenig, wenn ich sie nach dem Tausendjährigen Reich fragte, und das machte sie noch elender. Inzwischen bekam sie kaum mehr Luft. Ich ersticke, ich darf nach Hause, Gott holt mich …

Es war Keuchhusten, an den sich eine Rippenfellentzündung anschloss, oder war zuerst die Rippenfellentzündung, nein, der Anfang war eine Lungenentzündung, niemand erinnerte sich mehr, als sie viele Jahre später wissen wollte, warum für sie einst Messen gelesen wurden, wie ihr der Cousin aus dem Graben erzählte, als er sie eines Nachts in Salzburg auf der Straße fast umstieß, betrunken, wie er war. So ein Zufall, ich und du und Müllers Kuh, beide aus einer Familie! Der Hilfspolizist lachte sich zur Kugel, die er war. Du warst schon immer der Star der Familie, gegen dich kam niemand an, lallte er vor sich hin. Du konntest besser schwimmen, besser laufen, besser verlieren und besser siegen, so eine Scheiße. Dein Vater wollte einen Sohn, ein Mädchen existierte für ihn nicht, also wurdest du der ideale Sohn. Du hast besser gelogen als alle deine Cousins zusammen. Wir hatten Angst vor dir. Wir wussten nicht, was passiert, wenn der Supersohn erkennt, dass er doch nur eine Tochter ist.

Jedenfalls war das Kind monatelang krank. So krank, dass die Eltern die Übersiedlung in das neue Voest-Reihenhaus immer wieder verschieben mussten. Nicht transportfähig, meinte der Arzt. Sie dämmerte vor sich hin, hörte die Stimmen nur undeutlich. Eines Morgens wachte sie ohne Fieber auf und konnte wieder besser atmen, und das Fieber blieb weg. Das Atmen wurde immer leichter, obwohl nie wieder so leicht wie früher, viel früher, aber auch das vergaß sie, gewöhnte sich an den neuen Atem, der um so viel leichter war als der während ihrer Krankheit.

Sie sah ihr Haar im Spiegel und erkannte es nicht. Es war braun geworden während ihrer Krankheit, alles Gold war aus ihm verschwunden. Das Haar wurde von nun an zu einem jahrelangen Konflikt zwischen Mutter und Tochter. Mein goldenes Haar, erinnerte sich das Kind, das kein Kind mehr war. Die Mutter zwang sie, ihr hässliches Haar abschneiden zu lassen. Das Mädchen wusste nichts mehr von der Macht des Kindes, sich fast jedem Befehl entziehen zu können.

Eine Unruhe trieb sie, ließ sie im Haus, im Hinterhof umherirren, bis sie erschöpft war. Sobald sie wieder genügend Luft bekam, ging sie erneut umher, dehnte den Umkreis ihrer Suche aus, ohne genau zu wissen, was sie herumtrieb. Sie spürte nur, dass ihr etwas Wichtiges fehlte. Die Erwachsenen sperrten die Haustür zu, die Wohnungstüren. Das Kind, das kein Kind mehr war, beobachtete sie genau. Wann immer sie vergaßen, die Wohnung abzuschließen, schlich sie hinaus. Meist steckte der Schlüssel in der Haustür, der Hoftür. Inzwischen war sie groß genug, um sie zu erreichen und aufzusperren. Eines Tages stand ihre Großmutter hinter ihr und fragte sie, wonach sie suche. Sie konnte nur den Kopf schütteln.

Suchst du Baldo?

Baldo – ein vertrautes Wort – Baldo, Baldo, murmelte sie vor sich hin …

Ach Kind, wie dumm wir alle mitsammen sind. Baldo ist jetzt im Hundehimmel. Er hat all die Monate, in denen du krank warst, neben dir gewacht. Er wollte nichts essen, nichts trinken, damit er dich nie verlassen muss. Und als du endlich ohne Fieber warst, ist er vor Glück gestorben und ist jetzt ein großer Held im Hundehimmel.

Sie starrte Löcher in ihre Krankheit, während die Großmutter ihr den bitteren Tee kochte, den sie nur trank, damit die Großmutter lächelte. Inmitten der Löcher tauchte die raue, feuchte Zunge von Baldo auf, die ihre Hand schleckte, ihr Gesicht.

Baldo hat mich gesund gemacht, flüsterte sie.

Ja, meine Liebe! Er hat deinen Schweiß abgeschleckt, dich bewacht und zugedeckt, das habe ich selbst gesehen. Ich bin manchmal eingeschlafen, während ich auf dich aufpasste, und du musst dich wohl abgedeckt haben. Dir war ja immer zu heiß oder zu kalt. Da sah ich, wie Baldo mit seinen Zähnen die Decke über dich zog. Er hat dich sehr lieb gehabt.

Warum hat er das gemacht, fragte sie verzweifelt.

Weil er dich lieb hatte.

Ich habe ihn auch lieb, und jetzt ist er fort. Ich will zu ihm!

Das darfst du nicht sagen. Baldo wollte, dass du lebst! Alle wollen wir das! Du wirst sehen, sobald du hinaus darfst, sieht die Welt viel freundlicher aus.

Ich will nicht ohne Baldo leben, flüsterte sie und trank den bitteren Tee, der sie ganz gesund machen sollte. Die Tränen können zu den Sternen fließen oder nach innen, stellte sie fest. Jetzt flossen sie nach innen und vereisten dort. Sobald sie zu Eis erstarrt waren, tat nichts mehr weh.

Sie lernte nicht schwimmen in diesem letzten Sommer an der Donau. Das Baden war ihr in diesem Sommer strengstens verboten. Sie fühlte sich viel zu schwach, um auf dem väterlichen Versprechen zu bestehen. Stattdessen half sie der Mutter, die letzten Sachen des Haushalts in Kisten zu packen. Sie begriff nicht, warum sie hier wegziehen sollten oder mussten. Ihr Vater hatte während ihrer Krankheit ein Voest-Haus gekauft, wurde ihr erklärt. Dieses neue Haus bedeutet eine glückliche Zukunft, wurde ihr erklärt. Warum sie in einem neuen Haus glücklicher sein würden als in dem alten, wurde ihr nicht erklärt. Ihre Mutter weinte oft, seitdem sie gesund wurde. Wahrscheinlich hoffte sie, ich sterbe, dachte das Kind, das kein Kind mehr war und die Sprache der Mutter nicht wiedererkannte: Würdest du bitte so nett sein und aufstehen ... Würdest du so freundlich sein und mir das herüberreichen ... Könntest du so lieb sein und das in die große Kiste geben ... Würdest du das zum Verbrennen geben ... Sie hörte genau hin. Die Stimme der Mutter flatterte, manche Worte verschluckte sie, andere stieß sie heraus; gleichzeitig war ihre Stimme so lieblich, im Tonfall höher – im Kirchenchor hätte sie jetzt Sopran gesungen, aber sie sangen nicht mehr im Kirchenchor, nicht einmal Schlaflieder sang ihr die Mutter vor, all die Himmelslieder, Sternlieder, Engelsgesänge waren ebenso mit der Krankheit verschwunden wie der Blick zum Wasserkübel und die klaren, einfachen Sätze:

'Zieh dich an' hieß plötzlich: Würdest du bitte so lieb sein und dich anziehen oder, wenn es die Mutter sehr eilig hatte: Könntest du dich vielleicht anziehen, bis sie nur noch hörte: Wir sollten längst weg sein!

immerzu sollten sie weg sein
würden sie weg sein
müssten sie weg sein
könnten sie weg sein

– das Kind wurde immer verwirrter von diesem Wegsein-Müssten/Sollten/Könnten/Würden zwischen all den Schachteln, Säcken, Kisten, Koffern und Taschen, die herumgeschoben, voll gepackt und wieder ausgepackt wurden, bis sie die neue Sprache, die keine Sprache war, sondern nur ein Herumgeschiebe und Herumgetue und eine Zeitdiebin und ein neuer Alptraum, selbst gelernt hatte und damit spielte, ohne ihren Sinn zu verstehen:

Liebste Mutter, würdest du bitte so nett sein und mir die Vase zum Einwickeln herüberreichen, in dieser Kiste hätte sie noch Platz, dann wäre sie gleich weg.

Liebste Mutter, würdest du bitte einen Schritt zur Seite gehen, dann wäre ich gleich weg.

Liebe Tante, ich bin jetzt groß und weiß, wir müssen alle sparen. Wäre es vielleicht möglich, den Zucker in meiner Milch wegzulassen? Ich würde mich schämen, teuren Zucker zu verschwenden.

Ich wäre so gerne in der Zukunft, aber ich bin noch da.

Das Erstaunliche war, dass niemand sie wegen dieser albernen Sprache ins Irrenhaus schicken wollte. Alle fanden, sie sei durch die Krankheit ein vernünftiges und kluges Kind geworden, das sich sehr gut ausdrücken könne.

Nur ihre Großeltern fanden diese geschraubte Sprache lächerlich. Mit ihnen redete sie ohne würde, könnte, müsste, sollte.

Ich sterbe, sagte der Großvater.

Das Kind zog ihn auf: Du meinst, du könntest vielleicht sterben, oder du solltest irgendwann sterben oder du würdest vielleicht…

Nein, unterbrach er sie, ich sterbe, morgen.

Du bist nicht krank.

Ich bin krank. Krank seit dem Ersten Weltkrieg und krank von all dem Wahnsinn seither. Wir sind alle krank, oder ist es nicht krank, wenn eine Mutter ihr Kind und ihren Mann immer wieder verlässt? Und warum tut sie das?

Sie läuft immer noch vor den Bomben weg, flüsterte die Großmutter, und das Kind sah, dass sie weinte, und die Tränen nicht wegwischte.

Ihre Mutter lief vor den Bomben weg! Bomben mussten etwas Schreckliches sein, die überall im Haus sein konnten. Wahrscheinlich ziehen wir deshalb in ein neues Haus, wo es keine Bomben gibt, überlegte das Kind. Der Großvater sagte böse: Alle haben sie Bomben abgeworfen, alle. Blieb ihnen ja nichts anderes übrig, wir waren ja zu feig!

Das Mädchen starrte ihren Großvater an. Noch nie hatte er so böse geklungen. Sie wusste, so böse durfte er nicht sterben. Sie umarmte ihn und flüsterte ihm zu: Du hast mit mir nach dem Einhorn gesucht, das war so lieb von dir, ich weiß jetzt, dass es das Einhorn nicht mehr gibt. Du hast das bestimmt gewusst, trotzdem bist du mit mir in den Wald gegangen, danke Opi, danke! Und wir haben so schöne Reisen auf dem großen Atlas unternommen, wie soll ich denn ohne dich durch die Welt reisen, Opi? Und Baldo hast du lieb gehabt, und Baldo ist jetzt tot, du kannst nicht auch noch sterben, ich will nicht, dass du stirbst, ich will es nicht, schrie sie.

Die Großmutter löste sie sanft aus den Armen des alten Mannes, schickte sie zu ihren Eltern. Es war das erste Mal, dass die Großmutter sie aus ihrer Wohnung verbannte. Noch dazu redete sie so komisch, dass sie dorthin, wohin sie jetzt gingen, nicht mitgehen könne.

Sie durfte doch überall hingehen, wohin die beiden gingen! Sie verstand nicht, warum sich alles änderte.

Ihr Großvater starb in den Armen ihrer Großmutter. Als sie wie jeden Morgen in die Wohnküche der Großeltern stürmte – nein, von laufen oder gar stürmen konnte sie nach ihrer langen Krankheit nur träumen –, als sie am Morgen langsam in die Wohnküche der Großeltern ging, blieb sie noch an der Tür stehen: Die Großmutter saß im Schaukelstuhl des Großvaters, und er saß auf ihrem Schoß. Die Welt war plötzlich verkehrt gestrickt, bis sie spürte, dass ihr Großvater tot war und die Großmutter versuchte, ebenfalls zu sterben. Sie ging, so schnell es ihr möglich war, zu ihrer Mutter, zerrte an ihrer Hand, konnte nur Omi flüstern, immer wieder Omi, bis die Mutter sie abschüttelte und vor ihr in die Wohnung der Großeltern ging.

Das Kind wurde fast verrückt vor Angst: Baldo starb für sie! Jetzt, da sie fast schon gesund war, starb ihr Großvater! Morgen konnte ihre Großmutter sterben oder ihre Mutter, ihr Vater! Alle starben, nur sie lebte, obwohl sie krank war, todkrank, wie alle gerne wiederholten.

Plötzlich wusste sie: Ich muss sterben, damit niemand mehr stirbt.

Der Großvater wurde in dem kleinen Zimmer aufgebahrt, in dem bis vor kurzem der Schlafgeher wohnte. Die Großmutter hielt die Totenwache, umgeben von schwarz gekleideten Frauen, die einen Rosenkranz in der Hand hielten und ununterbrochen Gebete vor sich hin murmelten. Als sie ihren Großvater noch einmal umarmen durfte, spürte sie den Unterschied: Der Großvater umarmte sie nicht. Aber er lächelte. Es war nicht sein für sie bestimmtes zärtliches Lächeln, eher ein verdutztes, als hätte er mitten im Sterben eine Überraschung erlebt. Ist Gott zu ihm zurückgekommen, oder hat die Großmutter recht, dass Gott keinen Menschen verlassen kann und der Großvater hat ihr zuletzt glauben müssen, fragte sich das Kind, das kein Kind mehr war.

Inmitten all der Erwachsenen, die von Erlösung und dem Ende eines Leidenswegs redeten und ihre in der Ecke erstarrt sitzende Großmutter nicht einmal bemerkten, war sie froh, nach innen weinen zu können. Sie holte sich ein Stockerl und setzte sich neben ihre Großmutter. Du bewachst den Opa, und ich bewache dich, du darfst nicht auch noch sterben, flüsterte sie. Die Großmutter erkannte ihre Enkelin nicht. Ihre Augen blieben geschlossen, bis die Sargträger kamen. Da erst öffnete sie ihre Augen wieder, und ihre Enkelin sah, dass sie fast alle Farbe verloren hatten. Wo leuchtendes Blau sie begrüßte, war jetzt ein blassblauer Schimmer.

Nach dem Begräbnis fragte sie ihre Großmutter: Wie kann ich sterben?

Niemand stirbt vor seiner Zeit.

Ich will sterben, damit niemand mehr stirbt.

Da hob die Großmutter sie seufzend auf den Küchentisch und sah sie mit ihren jetzt blassblauen Augen lange an: Du hast alles vergessen während deiner Krankheit. Ich hätte dich besser beschützen müssen, die Engel öffneten sogar den Himmel, um mich zu mahnen!

Was habe ich vergessen, fragte sie aufgeregt, während sie mit den dünn gewordenen Beinchen gegen die Großmutter stieß.

Baldo, mein Sternenfreund ... der Tod ist eine weite Reise ... ich kann fliegen und unter der Erde mit den Würmern um die Wette kriechen ...

Ich kann doch nicht unter der Erde mit den Würmern um die Wette kriechen, lachte sie, und hörte selbst, wie eigenartig ihr Lachen klang – es war ein Kichern, wie sie es von den Frauen im Kirchenchor kannte, wenn ein Mann einen Witz erzählte, den sie nicht verstanden.

Ist das Gold aus meinem Haar verschwunden, weil ich alles vergessen habe?

Das Gold wird zurückkehren, vielleicht nicht in deine Haare, aber in dich. Und du wirst dich erinnern, daran musst du unbedingt glauben. Es hat einen Sinn, dass du alles vergessen hast. Oft hatte ich das Gefühl, dass du noch gar nicht richtig auf der Erde angekommen bist. Mit den Engeln und Feen warst du glücklicher als mit uns Menschen. Vielleicht war die Krankheit nur das Ende deiner Geburt, wer weiß?

Aber das Leben ist jetzt viel trauriger als früher, wehrte sie sich und war zum ersten Mal zutiefst überzeugt, verrückt zu sein. Woher kommt das, fragte sie sich – ich kann mich doch an früher gar nicht erinnern? Oder doch? Sie warf einen kurzen Blick in das Gesicht ihrer Großmutter und atmete erleichtert auf. Ihr sanftes Lächeln verzauberte immer noch ihr Gesicht.

Das ändert sich wieder, keine Angst. Und jetzt lass uns für deinen Großvater beten. Er braucht viele Gebete, dieser gute Mann. Warum nur ist er im Zorn gestorben, ich verstehe ihn nicht.

Mach dir keine Sorgen, tröstete die Enkelin sie, er hat ja gelächelt.

Hat er das?

Ja, ich habe es genau gesehen. Du hattest die Augen zu.

Das hast du alles gesehen?

Ist das böse?

Meine Güte, wie alt bist du denn geworden in den paar Monaten?

Eigentlich müssten sie längst weg sein, aber wegen Großvaters plötzlichem Tod wollten die Eltern die Großmutter nicht allein lassen und verschoben den Umzug erneut: Nur der Vater zog zeitweise in das Voest-Haus, Mutter und Tochter blieben. Die Tochter machte sich auf die Suche nach den Bomben im Haus. Sie suchte in jedem Zimmer, in jeder Ecke und Truhe, unternahm waghalsige Kletterpartien auf Schränke, fiel vom Sessel, holte sich blaue Flecken.

Als sie nichts fand, wovor es sich lohnte wegzulaufen, fragte sie endlich ihre Großmutter: Was sind Bomben?

Seit wann interessiert sich ein Kind für Bomben?

Bitte, Omi, ich muss sie finden, damit Mami nicht mehr wegläuft.

Ach Kind, worüber du dir den Kopf zerbrichst. Und dann erzählte ihr die Großmutter etwas von Flugzeugen, aus denen riesige Eisendinger flogen, und dass ihre Mutter immer wieder solche Bombenabwürfe erleben musste, vor denen sie nur unter Bäume flüchten konnte.

Sie sind nie auf Bäume gefallen, sagte die Enkelin verblüfft und bewunderte alle Bäume, die ihrer Mutter das Leben gerettet hatten.

Die Großmutter sagte zu ihrer Schwiegertochter: Geh zu deinem Mann, er braucht dich jetzt!

Das Kind fand, ihre Großmutter sei sehr klug: Ja, Mutter und Vater gehörten zusammen und Großmutter und Enkelin. Sie glaubte, diese Lösung sei eine endgültige und freute sich, ihre Großmutter nicht verlassen zu müssen.

Die Mutter sagte: Wie könnte ich dich allein lassen, jetzt, wo dein Mann gestorben ist!

Die Großmutter sagte: Mein Mann ist gestorben, deiner lebt! Geh zu ihm!

Das Kind konnte nicht länger schweigen, obwohl es seit ihrer Krankheit ein müdes Kind war: Ich bleibe bei Omi.

Weder die Großmutter noch die Mutter reagierten auf sie.

Die Mutter flüsterte: Dein Sohn sagt, wie könnten wir dich in dieser Situation allein lassen, dieser plötzliche Tod muss für meine alte Mutter unerträglich sein.

Die Großmutter fand diese Worte unerträglich. Das Kind verkroch sich in der Ecke. So böse hatte sie ihre Großmutter noch nie erlebt. Sie hatte Angst, dass die Großmutter morgen sterben würde.

Aber da sagte die Großmutter sanft: Schau, du gehörst zu deinem Mann und deinem Kind. Um die beiden kümmere dich. Ich kümmere mich um mich.

Die Mutter sagte: Er würde es gerne haben, dass ich noch bleibe.

Und was willst du?

Ich würde, dürfte ich wollen, bei ihm sein wollen, wenn ich könnte, aber nicht dort, sondern hier.

Geh mit ihm!

Nach einigen Wochen wussten die Eltern, warum Mutter und Tochter gehen sollten: Plötzlich wurde der Umzug wie die Wunscherfüllung des Kindes gefeiert. Endlich würde sie in der neuen Umgebung wirklich gesund werden und glücklich, alle drei würden so glücklich werden in dem neuen Haus.

Das Kind verstand nur, dass es seine Großmutter verlassen musste und niemand hören wollte, dass sie lieber bei der Großmutter in dem alten Haus bleiben würde.

Zu dritt fuhren sie zwischen all den Kisten auf der Tragfläche eines Kleinlasters ins Glück, das sogar einen Namen hatte: Voest-Siedlung.

II.

Kleine gelbe Häuser mit noch nackten Gärten, in den ersten Jahren ohne Zäune, inmitten der flachen Ebene, auf der anderen Seite der Donau und weit weg von ihr, die Voest-Siedlung. Ihr Geburtsort war wenigstens eine Kleinstadt gewesen, aber hier war nichts, nur ein paar neue Häuserzeilen zwischen die Felder gebaut. Es war eine unfassbar öde Ebene, in die sie zogen, die Baustellen der aufregendste Teil der Gegend. Kein einziger Berg, nicht einmal ein Hügel, keine einzige Pferdekoppel, kein Wald, außer für die Toten, ansonsten Felder – neben ihrer Großmutter vermisste sie in den ersten Tagen vor allem den Pferdegeruch, und ihre Augen suchten den Horizont nach Hügeln, Bergen, Vögeln und Schmetterlingen ab, starrten ins Leere.

Niemand war glücklich in dem neuen Haus, das geheimnislos in der Ödnis neben anderen, ebenso geheimnislosen Häusern stand. Ohnedies bewohnten sie nur eine Haushälfte, die andere gehörte dem Onkel, einem der vielen Brüder der Mutter, oder der Tante oder ihrem neuen Cousin.

Ihre Mutter hasste die neue Umgebung, das spürte das Mädchen, obwohl sie die Mutter kaum sah. Immerzu war sie im Keller beschäftigt, schickte sie hinaus zu den Kindern. Während sie in dem noch nackten Garten nach Schnecken und Käfern suchte, die sie einsammelte und auf die Felder brachte, begriff sie, dass niemand sie hier beschützen würde vor all den Kindern und dem Blick ins Leere. Nur ihre Nase suchte noch nach den Gerüchen der Pferde, der vermodernden Mauern.

Kinder gab es plötzlich unzählige. Aus jedem Haus strömten sie ins Freie, einander fremd und begierig aufeinander. Da war niemand sonst. Die Väter gingen zum Voest-Bus, bevor die Kinder aufwachten, die Mütter gingen in den Keller, sobald die Männer aus dem Haus waren. Endlich hatten sie eine eigene Waschküche, mussten sie nicht länger Wasser herbeischleppen, die Wäsche zum Teich oder Fluss bringen, um sie zu schwemmen. Wenn der Wind ausnahmsweise von der Voest kam, konnten sie die Wäsche im Keller aufhängen, mussten nie wieder den Voest-Ruß aus ihr waschen. Es gab den Waschkessel wie früher, es gab die Waschrumpel wie früher, aber es gab auch einen großen, gemauerten Graunder und fließendes Kaltwasser. Neben der Waschküche war ein leerer Raum zum Wäsche aufhängen, auf der anderen Seite einer für den Koks und unter der Kellerstiege ein kleines Abteil für das Gemüse, das in Sand gelagert wurde, und eine Stellage für die Äpfel und Einmachgläser, die der Vater nach den Anweisungen der Mutter gebaut hatte. Das größte Glas war das Eierglas für den Winter, denn die Hühner legten nur Eier, wenn es warm war. Die Eier wurden in Kalkwasser haltbar gemacht, aus dem das Mädchen manchmal kein Ei, sondern eine tote Maus fischte, die an ihrer Neugier gestorben war, wie die Mutter meinte.

Kalktod, Kalkmaus, Kalkgesicht, Hauskalk, Mauskalk, Eierkalk sang sie vor sich hin, während sie die neugierige Maus im Garten begrub. Ein winziges Grab neben das andere gereiht, jede Maus bekam ein Kreuz und Blumen. Nach der siebten Maus verbot ihr die Mutter, die Mäuse im Garten zu begraben: Ich will keinen Mäusefriedhof hier haben, das ist ja schauerlich, meinte sie mit einem Blick auf die kleine Gräberreihe. Würdest du bitte so freundlich sein und die Kreuze und Blumen wegnehmen. Außerdem wäre es sehr nett von dir, wenn du die Erde wieder einebnen könntest, ich soll nämlich seit Tagen den Rasen säen. Nein, ich muss diesen blöden Rasen säen! Dein Vater wird ungeduldig, er hat mir extra Holztritte gebastelt, mit denen muss ich den Samen in die Erde pressen, was bisher provisorisch war, ist nun für alle Ewigkeit, wie soll ich hier je wieder weg? Ich muss alles begraben, ich muss es versenken, die Erde muss eben sein, ich muss, ich muss …

Die Tochter hörte nur, dass die Mutter wieder weg wollte und klammerte sich an sie. Doch die Mutter stieß sie weg. Mami liebt Blumen, überlegte das Mädchen, wirbelte vor der Mutter herum und bettelte:

Bitte, bitte, lass uns Blumen anpflanzen! Rosen und Lilien, Sonnenblumen und – sie sah sich um – wir brauchen Wasser! Einen Teich mit Seerosen, Dotterblumen und Schilf, damit endlich die Vögel kommen!

Die Mutter hatte ihr nicht zugehört. Sie starrte die Erde an und murmelte immer noch etwas von begraben, einebnen vor sich hin.

In dem neuen Haus gab es ein WC mit Wasserspülung und sogar ein Badezimmer mit fließendem Warm-und Kaltwasser. Nur der Vater war glücklich darüber, jederzeit duschen zu können. Mutter und Tochter vermissten den Waschzuber, die Badewanne war viel zu klein für beide, und es war unmöglich, ein Segel aufzuspannen, so eng war es in dem Raum. Lustlos badete jede allein, die Mutter wusch ihr nur noch den Rücken, erzählte einmal die Geschichte vom Reibeisengeist, der die Rücken der Kinder so fest rieb, dass sie nachts verbluteten. Diese Geschichte erschreckte das Mädchen so sehr, dass sie von nun an die Tür zusperrte, bevor sie sich in die Badewanne legte. Nach dem Bad hüllte sich die Mutter in einen Bademantel, den ihr der Vater zu Weihnachten geschenkt hatte. Auch die Tochter hatte einen Bademantel bekommen, der Vater eine Krawatte und Socken. Kein Abendkleid mehr, kein Tanz, auch kein Feuerwehrball mehr.

Die Voest-Kinder entdeckten einander, fanden Spiele, die auf der Straße herumlagen oder in ihren Körpern lebten, Gefangene vorgefundener Wörter, Sätze, mit denen sie einander verletzten. Verletzbar waren sie alle. Ihnen allen fehlten die Voest-Väter, die Keller-Mütter. Die fehlenden Mütter und Väter wurden zu Wortkeulen, die sie sich mit all ihrer Wut entgegen schleuderten.

Die Märchen lösten sich auf, die einzigen Worte, die sich als haltbar erwiesen hatten, verschwanden mit dem Feuer speienden Drachen. Ohne Märchen beherbergte das Gras keine Blüten und der Ruß war nur schmutzig, kein Versprechen, dass ihr Vater über das Feuer herrschte. Eine andere Sprachlosigkeit zog durch die Voest-Siedlung, nüchtern, fantasielos. Der Herr Ingenieur und die Frau Ingenieur, sogar die Eltern hatten hier andere Namen, die sie an die Drähte banden, das Umspannwerk, den Stahl.

Die anderen Kinder wussten mehr als sie, obwohl auch sie nie in den Hochofen durften, aber manche Väter hatten schwarze Hände, andere schwere Unfälle.

Ihr Vater sei ein Mann mit weißen Händen, meinten sie böse, er zeichnet die Brücken nur, baut sie nicht selbst. All die Brücken, über die sie gegangen war, nur gezeichnete Brücken, bis sogar diese Brücken einstürzten und endlose Rohrleitungen den Berg in eine Fabrik verwandelten. Die Angst um ihren Vater war geblieben, aber sie wusste nicht mehr, wie sie entstanden war, wurde zu einer unerklärbaren Angst.

Bis es dunkel wurde, waren die Voest-Kinder sich selbst überlassen. Sie dehnten die Welt über die Gärten in die Felder und den Waldfriedhof hinein aus. In Spielen versteckten sie die Worte, die ihnen fremd waren: Marterpfahl, Wer fürchtet sich vorm schwarzen Mann, Tempelhüpfen, Schwarzer Zigeuner, Abschießen, Blinde Kuh, Schwarzer Peter.

Die Buben spielten am liebsten Marterpfahl im Waldfriedhof oder in einem der Kukuruzfelder. Die Mädchen waren ihre Gefangenen, mussten zu fliehen versuchen. Ihr neuer Cousin war ein Feigling, stellte sie empört fest. Er versteckte sich immer hinter den Mädchen, die ihn verspotteten, aber nicht verrieten. Am Marterpfahl endeten sie nie. Vor ihnen wurden die gefangenen Rothäute gefesselt und gefoltert, und nach ein, zwei Häutungen wurde das Spiel langweilig. Die Sprache der Indianer waren vertraute Laute. Auch Winnetou durfte stammeln, um leichter von den Indianern verstanden zu werden.

Auf den Baustellen, deren Betreten strengstens verboten war, schlich sie allein herum; allein war es viel leichter, sich vor den Arbeitern zu verstecken, die fürchterlich zu brüllen anfingen und hässliche Worte fluchten, wenn sie ein Kind entdeckten. Sie fand bald heraus, wann sie alle in der Bauhütte saßen, dann lief sie los, um in die ausgehobenen Gruben zu rutschen, auf die riesigen Lastwägen und Raupenfahrzeuge zu klettern. Nur der Kran, der bis in die Wolken ragte, blieb unerreichbar. Der Kranführer verließ ihn nie. Sie beneidete ihn um seinen Himmelsplatz, von dem aus er bis zur Voest sehen konnte, starrte nach oben, bis sie verschwinden musste, entdeckte endlich die ersten Vögel: aufgereiht saßen sie auf dem langen Arm des Krans. Mörtel, Bier, ein scharfer Schweiß umhüllte die Männer, drang aus der Bauhütte, erzählte von einer Körperlichkeit, die ihr fremd war.

Nicht weit vom Waldfriedhof gab es eine Barackensiedlung, wohin die Kinder der Voest-Siedlung nicht gehen durften. Die Kinder der Barackensiedlung trieben sich wie die Voest-Kinder gemeinsam herum, doch in ihrer Gruppe gab es keine Mädchen. Sie waren älter als die Voest-Kinder und beachteten sie nicht, während sie von den jüngeren heimlich beobachtet wurden. Doch eines Tages kamen die Buben aus der Barackensiedlung im Waldfriedhof auf sie zu und beschimpften sie als Nazi. Noch so ein fremdes Wort, das sie nicht kannten. Sie sahen zu Boden, schämten sich. Wie konnten andere etwas über sie wissen, wovon sie nichts ahnten? Von nun an hatten sie Angst vor den Buben aus der Barackensiedlung, mieden den Waldfriedhof.

Keines der Kinder fragte zu Hause, was ein Nazi sei. Doch nach einigen Tagen kursierte ein neues Schimpfwort unter ihnen: Zigeuner! Das Mädchen verstand die anderen Kinder nicht, für sie war Zigeuner ein Klangwort, sie summte ‚Lustig ist das Zigeunerleben' vor sich hin, das sie so gerne gemeinsam gesungen hatten. Es gab keine Musik mehr am Sonntagnachmittag. Ihr Vater hatte seine Geige verkauft, die Mutter ihre Ziehharmonika. Das neue Haus verlangt Opfer, sagte der Vater. Wir müssen an die Zukunft denken, sagte er mit ernstem Gesicht. Sie vermisste das Lachen, nicht einmal ihre Mutter, die viel fröhlicher war als der Vater, lachte mehr, und ihr eigenes Lachen war mit den goldenen Haaren verschwunden. Das Kind hatte kein Instrument zu verschenken, dafür ein schlechtes Gewissen. Die Eltern verzichteten auf ihre größte Freude, nur sie verzichtete auf nichts. Schweren Herzens brachte sie ihrem Vater ihr geliebtes Schaukelpferd, das ihr der Großvater geschenkt hatte, damit auch sie auf etwas verzichtete, was ihr fast so weh tat wie den Eltern der Verzicht auf die Musikinstrumente. Der Vater übergab das Schaukelpferd der Mutter, die es in die ‚Chance' brachte. Dort konnten andere Eltern es für ihr Kind kaufen, billiger als ein neues. Dabei wusste sie genau, dass kein neues Schaukelpferd so schön sein konnte wie das von ihrem Großvater, das er eigenhändig bemalt hatte. Sie spürte, dass ihr Vater noch nicht zufrieden mit ihr war. Sie durchsuchte ihre Spielsachen, vermied den Blick auf ihre Puppe. Trotzdem sagte eine innere Stimme immer wieder: Du musst deine Puppe hergeben, deine Puppe! Sie setzte sich mit ihrer Puppe in eine Ecke und drückte sie verzweifelt an sich. Als ihr Vater nach Hause kam, gab sie ihm wortlos ihre Puppe und all die Puppenkleider, die ihre Mutter genäht hatte. Sie hatte sie sorgfältig zusammengelegt und in die kleinste Schachtel gepackt, die sie finden konnte.

Fehlt nicht etwas, fragte er mit einem fremden Lächeln, das ihr eine Gänsehaut verursachte.

Das Puppenhaus, stammelte sie. Das Puppenhaus hatte ihr Großvater für sie gebastelt. Opi, Opi, schluchzte sie, während sie ihr Puppenhaus in eine der unzähligen Umzugsschachteln packte.

Du gibst es doch gerne, fragte ihr Vater, und lächelte schon wieder so eigenartig.

Da konnte sie nur verneinend den Kopf schütteln.

Dann ist dein Opfer nichts wert, sagte er streng, aber die Puppe und das Puppenhaus übergab er trotzdem der Mutter, die alles in der ‚Chance' verkaufen würde für eine bessere Zukunft.

Neue Häuser wurden fertig gestellt, die Voest-Siedlung dehnte sich in die Felder hinein aus, verschluckte eines nach dem anderen. Noch mehr Kinder strömten aus den Häusern, ältere Buben, die nun das Kommando übernahmen. Sie liebten Kriegsspiele, waren die Anführer, stritten sich, prügelten sich, um heraus zu finden, wer der größte Führer sei. Nur wenn die großen Buben in der Schule waren, spielten sie die alten Spiele und sangen wieder ‚Lustig ist das Zigeunerleben'. Die Voest-Kinder sangen so laut sie konnten, als sie sich zum ersten Mal wieder in den Waldfriedhof trauten, hörten die Buben aus der Barackensiedlung nicht kommen, von denen sie wortlos verprügelt wurden. Geschlagen gingen sie nach Hause, einige erzählten, was vorgefallen war. Das Mädchen erzählte nichts, es war ihr gleichgültig, dass sie von einem Buben verprügelt worden war. Wenigstens hatte er ihr nicht unter den Rock gegriffen und ihr nicht wirklich weh getan. Er hatte die Faust geöffnet, bevor er zuschlug, und sie hatte sich tapfer gewehrt. Die Stellen auf dem Arm, wo er sie getroffen hatte, brannten ein wenig, mehr nicht. Außerdem war sie endlich mutig genug gewesen, alle Schimpfworte der Wiener Tante zu fauchen, obwohl ihr manche so komisch vorgekommen waren, dass sie sich an ihnen verschluckte, um nicht loszulachen. Tiefer schmerzte sie der Verdacht, sie sei schuld an der Schlägerei, sie und das Lied über das lustige Zigeunerleben. Ein paar Stunden später hörte sie die Polizeisirene. Sie lief mit den anderen Kindern in die Nähe der Barackensiedlung, beobachtete, wie ein Bub nach dem anderen in den Polizeibus gestoßen wurde.

Ehre, wem Ehre gebührt, sagte ein Neuer, der nicht bei der Schlägerei dabei war, und fügte stolz hinzu: Diesem Zigeunerpack haben wir es gezeigt.

Niemand antwortete ihm.

Sie schlich zu ihrer Mutter in den Keller, half ihr, eine Kiste auszupacken. Immer noch war der Keller voll mit Kisten, dabei würde bald der Voest-Koks kommen, würde Platz brauchen. Aber die Mutter wollte die Kisten am liebsten ein- und nicht auspacken, wollte zurück in die Kleinstadt, zu ihren Freundinnen, dem Kirchenchor, vielleicht sogar zur Schwiegermutter, die sie in all den Wochen erst einmal besucht hatten. Das Haus musste vor dem Winter geschützt werden, die Heizung funktionierte noch nicht richtig, überall waren Kleinigkeiten auszubessern, der Vater hatte am Wochenende Wichtigeres zu tun, als seine Mutter zu besuchen. Immer öfter hörte sie die Eltern streiten, er wollte, dass die Kisten aus dem Keller verschwanden, sie wollte wissen, was er in all der Zeit, in der er allein im Haus war, getan hatte. Der Streit wurde immer kürzer, dann blieben sie stumm. Das Mädchen hatte Angst, die Mutter könnte wieder verschwinden, bemühte sich, eine brave Tochter zu sein.

Endlich fuhren sie wieder zur Großmutter, die einen dampfenden Apfelstrudel auf den Tisch stellte, Kakao für die Enkelin, echten Bohnenkaffee für die Erwachsenen.

Das ist doch nicht nötig, sagte die Mutter und genoss jeden Schluck.

Sie weigerte sich, mit den Eltern in den Graben zu gehen, wollte bei ihrer Großmutter bleiben. Sie sind froh, dass ich nicht mitgehe, dachte sie, während sie ihnen nachsah.

In dem neuen Haus gibt es keinen Bohnenkaffee, das Haus verschlingt alles Geld, es reicht nur für Malzkaffee, erzählte die Enkelin ihrer Großmutter.

Du redest ja wie eine Erwachsene, lachte die Großmutter, während sie die Hasen mit Gras fütterte.

Was ist ein Zigeuner, wollte das Mädchen wissen und spürte erst jetzt, wie sehr sie ihre Großmutter vermisste.

Die Großmutter legte das letzte Grasbüschel in den Hasenstall, sah sie mit ihren blassblauen Augen eindringlich an.

Es sind Menschen wie du und ich, meinte sie schließlich mit ihrer inzwischen leicht zittrigen Stimme. Ihre Augen füllten sich mit Wasser. In der Enkelin keimte der Verdacht, die Zigeuner könnten etwas mit dem Tausendjährigen Reich zu tun haben. Sie erinnerte sich an das stille Weinen ihrer Großmutter, an die nie beantworteten Fragen danach.

Nicht weinen, Omi, wollte die Enkelin sagen, der plötzlich auffiel, wie alt die Großmutter in den wenigen Monaten geworden war. Immer kleiner wurde sie, und der dicke Haarknoten im Nacken war schon ganz dünn. Aufatmend stellte sie fest, dass die Großmutter doch nicht weinte und sie weiterfragen konnte: Warum haben dann alle Angst vor ihnen?

Hast du Angst vor ihnen?

Sie dachte an die dunklen Augen des Buben, an seine sich öffnenden Fäuste während der Prügelei, an ihre Fußtritte und wild um sich schlagenden Arme und lachte: Nein, wir haben uns nicht weh getan.

Du prügelst dich mit Buben?

Nur einmal.

Du bist ja in die Wildnis gezogen, stellte ihre Großmutter kopfschüttelnd fest. Wenigstens lachte sie.

Das Wort gefiel ihr. Ja, sie lebte jetzt in der Wildnis. Nur die Toten hatten dort einen schönen Platz im Waldfriedhof. In diesem Moment roch sie wieder den wilden Duft der Pferde und vergaß alle Fragen. Als sie an der Hand der Großmutter zum Haus zurück ging, tauchten sie wieder auf: Warum leben hier keine Zigeuner und bei uns schon, wollte sie wissen.

Das weiß ich nicht, meine Liebe. Aber du brauchst sicher keine Angst vor ihnen zu haben. Wenn, dann müssen sie Angst vor uns haben. Sie haben nichts gegen uns, sie wollen nur anders leben als wir. Sie ziehen gerne herum, deshalb sind ihnen fahrbare Wohnungen lieber als feste Häuser. Und bevor sie verhungern, stehlen sie wohl ein Huhn, aber davon wird kein Bauer arm, glaub mir.

Aber sie leben in einer Barackensiedlung, widersprach ihr die Enkelin.

Das sind die Überlebenden, mein Gott, vergib uns unsere Schuld, seufzte die Großmutter und war nicht mehr ansprechbar.

Wo bist du, fragte das Mädchen sie verzweifelt, doch die Großmutter hörte sie nicht.

Sie ist im Tausendjährigen Reich gefangen, war das Mädchen überzeugt.

Mit dem ersten Schnee holten die Kinder die Rodeln aus den Kellern und zogen sie zum Waldfriedhof. An dessen Ende gab es einen zehn Schritte hohen Abhang, den sie so lange hinaufgingen und hinunterfuhren, bis ihre Strumpfhosen und Kleider oder Socken und Hosen steif gefroren waren. Frierend zogen sie die Rodeln in die Siedlung zurück, setzten sich vereinzelt vor die Öfen, um sich zu trocknen. Solange Schnee lag, gingen sie jeden Tag Rodel fahren. Bei den ersten Rodelfahrten hatte sich ihr Cousin einfach hinter sie gesetzt. Sie wollte nicht mit ihm rodeln und schmiss die Rodel bei jeder Fahrt um, bis er sie in Ruhe ließ. Nach wenigen Tagen wurde es den Neuen zu langweilig, und sie überredeten die anderen Kinder, in die Schottergrube zu gehen, dort sei die Rodelbahn dreimal so lang und mache außerdem eine Kurve, was viel lustiger sei. Die Schottergrube war ihnen allen verboten, warum, wussten sie nicht. Einige sagten es laut, die Neuen lachten sie aus, gaben ihnen den Namen ‚Hosenscheißer', so wollte niemand genannt werden. Das Mädchen fand die Neuen schrecklich, ihre Führerkämpfe lächerlich, aber in die Schottergrube wollte sie zu gerne gehen, und Angsthasen wie ihren Cousin mochte sie auch nicht besonders. Sie entschied sich, allein los zu stapfen, doch bald kam die ganze Gruppe zur langen Rodelbahn. Die erste Abfahrt war herrlich, fast glich sie den früheren Rodelfahrten, nur dass sie allein auf der Rodel saß, allein hinuntersauste, sich in die Kurve legte, so tief, dass ihr Körper den Schnee berührte und die Rodel mit ihr fast umkippte. Sie jauchzte und lachte dabei, richtete sich kurz auf, legte sich wieder zurück, um noch schneller zu werden. Unten angekommen wollte sie sofort wieder hoch laufen, da sah sie den alten Wohnwagen mit einem dicken, schwarzen Rohr, aus dem Rauch stieg. Einige Holzbretter schienen morsch, zwei Fenster waren mit Karton zugenagelt, mehrere Fässer standen herum, niemand war zu sehen. Im selben Moment wusste sie, dass dieser Wohnwagen der Grund war, warum sie nicht in die Schottergrube gehen durfte.

Unsicher und neugierig zugleich fixierte sie die Holztür. Sie öffnete sich ebenso wenig wie das einzige Fenster, das nicht mit Karton zugenagelt war.

Auch die anderen Kinder starrten den Wohnwagen an, bis einer der älteren Buben rief: Da wohnt der Ziwisch, der Zigeuner! Zigeuner fressen Kinder!

Seine Stimme überschlug sich vor Bosheit. Sie sah, wie sich sein Gesicht verzerrte, es sich in eine hässliche Grimasse verwandelte, bei der die Augen verschwanden und stattdessen rote Haut zu sehen war, die den Kleinen ebenso Angst machte wie die Worte. Nur ihr Cousin war plötzlich mutig und schmiss dem älteren Buben einen Schneeball direkt ins Gesicht. Schreiend liefen die Kleinen den Hang hinauf, sie glaubte, ein Gesicht hinter dem Fenster zu erkennen und zog nun auch ihre Rodel hoch. Ihr Cousin eilte ihr nach, sie fand, er hätte gut getroffen. Wollen wir eine Schneeballschlacht machen, fragte er leise. Vielleicht später, im Garten.

Der ältere Bub, der die Kleinen so erschreckt hatte, überholte sie, als wäre jemand hinter ihm her. Ihr Cousin und sie lachten ihn aus, er drehte sich nicht einmal um. Als sie oben ankamen, schnitt der Bub bereits wieder seine Grimasse.

Sie spürte eine ohnmächtige Wut in sich auf den Buben, seine Worte und Grimasse, und schlug ihm mit der flachen Hand in sein verzerrtes Gesicht.

Du bist gemein, gemein, gemein, konnte sie nur schreien, dann stapfte sie, ihre Rodel hinterher ziehend, in die Siedlung zurück.

Bei den ersten Häusern hatte er sie eingeholt, wollte ihr von hinten auf den Kopf schlagen, aber sie spürte den Schlag kommen und wich ihm aus. Verdutzt hielt er inne, sie hob ihre Hände drohend zu Fäusten.

Wir werden nicht wegen eines Zigeuners raufen, lenkte er ein.

Wer hat dir gesagt, dass Zigeuner Kinder essen?

Mein Vater war im Krieg, der hat es selbst gesehen! Die haben die eigenen Kinder aufgespießt und im offenen Feuer gebraten! Jetzt lebt das Gesindel nebenan, der war so was von böse! Der ist ein echter Nazi, der kennt die Untermenschen. Wir hätten sie alle vergasen sollen, alle! Frag doch deinen Vater!

War er im Ersten Weltkrieg oder im Zweiten, wollte sie wissen und hoffte inständig, dass er im Ersten war, denn über ihn wusste sie alles von ihrem Großvater, während sie über den Zweiten nur wusste, dass sie nicht nach ihm fragen durfte.

Du spinnst ja! Er hat Hitler gedient!

Wer ist Hitler?

Kommst du vom Mond? Hitler ist der größte Führer aller Zeiten! Bald kommt er zurück. – Er stellte sich stramm vor sie hin, streckte seinen rechten Arm in die Luft und brüllte: Wollt ihr den totalen Krieg?

Das muss ein ganz besonderer Führer sein, wenn er sich versteckt, meinte sie gedehnt. Dieses Führergetue der Buben fand sie nur langweilig. Sie wollte frei sein, so schnell wie möglich. Totaler Krieg – das waren die hässlichsten Worte neben den vielen neuen hässlichen Worten. Trotzdem kamen sie ihr bekannt vor.

Der Führer kann machen, was er will. Er kommt wieder, dann ist endgültig Schluss mit dem Gesindel.

Du warst gar nicht bei der Schlägerei.

Dafür mein kleiner Bruder! Der hat sich angeschissen vor Angst, sah sich schon gebraten. Mein Vater hat gleich die Polizei geholt. Kein Mitleid mit dem Gesindel, er ist hart wie Stahl! Die Baracken werden so und so bald dem Erdboden gleich gemacht, dieser Schandfleck neben unserer neuen Voest-Siedlung.

Sein Lachen klang böse, auch seine Stimme, als er sagte: Ziwisch, der Messerschleifer, du hast seine Hütte gesehen, so leben nur die dreckigen Zigeuner. Mein Vater sagt, wenn der noch einmal hier auftaucht, erschießt er ihn.

Womit will er ihn denn erschießen?

Mädchen sind zu blöd.

Empört wandte er sich ab und zog missmutig seine Rodel hinter sich her.

Während sie ihm hilflos nachsah, fielen ihr die Worte ihrer Großmutter ein: Das sind die Überlebenden, mein Gott, vergib uns unsere Schuld, hatte sie geseufzt und war nicht mehr ansprechbar gewesen.

Hatte Herr Ziwisch die Kinderfresser überlebt? Oder hatte er überlebt, weil er Kinder am Spieß im Feuer briet? Und warum werden Kinder gegessen?

Und wieso wollte ein Nazi Herrn Ziwisch erschießen? Und seit wann war das Leben der Zigeuner kein lustiges Leben mehr? Und was bedeutete vergast? Und warum hatten die Buben aus der Barackensiedlung sie einst als Nazi beschimpft, während der Nachbarsohn auf seinen Nazivater stolz war?

Bis zu diesem Moment war sie überzeugt, ‚Hänsel und Gretel' sei nur ein Märchen, nie und nimmer würde Gott es zulassen, dass Kinder im Feuer gebraten werden. Aber wenn es der Nachbar selbst gesehen hatte, dann gab es ganz arme Kinder, die nicht wie ‚Hänsel und Gretel' dem Feuer entkamen, sondern in ihm verbrannten. Wahrscheinlich, überlegte sie, hatte der Nachbar seinem Sohn nur ein Märchen erzählt, eines, das so schrecklich war, dass es sich ihre Großmutter gar nicht vorstellen konnte. Verwirrt zog sie die Rodel hinter sich her, schrie sie plötzlich an: Du dumme Rodel, du hast ja keine Ahnung, wie schrecklich alles ist, du bist so eine dumme, blöde Rodel!

Der Messerschleifer ahnte nichts von der Gefahr, in der er sich befand. Am ersten schneefreien Sonnentag zog er wieder seinen Handwagen durch die Siedlung und rief: Der Messerschleifer ist da!

Sie stand neben ihrer Mutter im Keller, um die Einmachgläser zu kontrollieren, als der Ruf des Messerschleifers erklang. Angespannt beobachtete sie, wie sich ihre Mutter veränderte, sie schneller atmete, nachdem sie zusammengezuckt war beim Klang der fremden Stimme, so leicht, dass die Tochter es nur wahrgenommen hatte, weil sie neben der Mutter stand, deren Augen jetzt dunkelbraun wurden. Gleichzeitig veränderte sich ihr Geruch ein wenig – inzwischen selbst außer Atem wusste das Mädchen, es ist der Geruch der Angst, der plötzlich von ihrer Mutter ausging, den sie einatmete, in sich aufnahm und der sich mit ihrer eigenen Angst zu einer riesigen Angst vermischte. Mit einem leichten Kopfschütteln stellte die Mutter das Einmachglas in das Regal zurück und ging hinauf in die Küche, holte ihre Schneiderschere, über die sie sich schon lange ärgerte, weil mit ihr keine genauen Schnitte mehr möglich waren, und das Fleischmesser, mit dem sie sich am Sonntag abquälte, aus den Schubladen und gab sie ihrer Tochter: Würdest du so freundlich sein und das dem Messerschleifer bringen? Aber bitte mach einmal, was ich dir sage: Gib ihm ja nicht die Hand und komm sofort zurück.

Diese Bitte der Mutter nährte die Angst. Bisher musste sie allen Erwachsenen bei der Begrüßung die Hand geben. Ihre Stimme zitterte, aber mit all ihrem Mut fragte sie: Warum darf ich ihm nicht die Hand geben?, fragte in das Schweigen hinein, während sie nach Messer, Schere griff, diese ihr sonst verbotenen Dinge, doch das Schweigen war undurchdringbar.

Inmitten der Wortlosigkeit kreiste die Angst in ihr herum, senkte ihr den Kopf, nässte ihr die Hände, verlangsamte ihren Schritt. In ihrem Kopf war es eigenartig still. Da sah sie eine Nachbarin zum Messerschleifer gehen und endlich hörte sie wieder ihre Stimme, die ihr zuflüsterte, tapfer zu sein. Der Zigeuner würde sie nicht am helllichten Tag fressen, vielleicht würde er ihr in der Schottergrube auflauern, dort könnte er sie viel leichter am Spieß braten, aber in die Schottergrube würde sie nie wieder gehen, sie wollte ab sofort wirklich ein braves Mädchen sein. Hier auf der Straße gab es keine Feuerstelle, und sie konnte ja schreien, konnte sogar brüllen, und alle Nachbarinnen würden aus ihren Kellern kommen und ihr helfen … Endlich hatte sie ihm die Schneiderschere und das Fleischmesser gegeben, hatte seine dunkle Hand gesehen, die nach den Dingen griff, sie fest hielt, wie sie ihren Hals festhalten würde, wenn er ein Kinderfresser wäre, aber nicht heute, heute umschloss diese Hand nur Schere und Messer. Ihre Füße konnten endlich wieder laufen, trugen sie mit wenigen Schritten in das Haus zurück. Ihre Mutter stand immer noch am gleichen Fleck in der Küche und starrte ins Leere, wie der Großvater ins Leere gestarrt hatte. Auch ihre Mutter hatte ein Geheimnis. Dieses Geheimnis war von einer dichten Mauer aus Angst umgeben. Die ganze Küche war erfüllt von Angst, verband sich mit dem quietschenden Geräusch der Schleifmaschine, das durch die Angst bis in die Knochen drang.

Messer, Schere …

Mutter und Tochter in der neuen Küche …

Sie würden ja so glücklich sein …

Sie wären ja so glücklich, wären da nicht die Überlebenden und die aufgefressenen Kinder, ein Herr Ziwisch, der vom Nachbarn erschossen würde, wenn er zu Hause wäre, und der jetzt laut rief: Die Messer sind fertig!

Das Mädchen hoffte inständig, die Mutter würde selbst hinausgehen und Schere und Messer holen, doch die Mutter drückte ihr ein paar Münzen in die Hand und schickte sie zum Zigeuner, der irgendwie überlebt hatte. Die kleine Hand umklammerte die Münzen so fest, dass sie sich in die Handfläche drückten, aber die Beine bewegten sich nicht. Da schrie ihre Mutter zum ersten Mal in der neuen Küche, in der sie alle glücklich sein sollten, griff in eine der neuen Schubladen und riss einen alten Kochlöffel heraus, der vom Marmelade umrühren rot war, um mit ihm die Tochter zu schlagen, deren Beine ihre Erstarrung verloren und sie mit einem Satz unter den Küchentisch brachten, erleichtert, dass es in der neuen Küche keinen Wasserkübel gab. Der Kochlöffel krachte gegen ein Tischbein, zersplitterte, die Mutter schrie noch einmal, verwünschte ihre Tochter, sammelte die auf dem Küchenboden verstreuten Münzen ein und holte selbst ihre Schneiderschere und das Fleischmesser vom Messerschleifer.

Sie hatte vergessen, dass sie sich vor ihrer Krankheit Sünderin nannte. Seitdem ihre Mutter sie verwünscht hatte, quälte sie etwas: Ich werde nie eine brave Tochter sein, ich weiß nicht einmal, was eine brave Tochter ist, seufzte sie, dabei möchte ich eine brave Tochter sein! Während der Sonntagsmesse gab ihr der Pfarrer das fehlende Wort zurück: Sünderin. Es fühlte sich vertraut an, sie erkannte sich darin, aber das Bedürfnis, sich als Sünderin zu bezeichnen, tauchte nicht wieder auf. Es gab kein anderes Sein mehr, sogar die Sehnsucht nach Gott hatte sich auf unheimliche Art in Angst vor Gott verwandelt. Und sogar Gott hatte sich vertauscht: Aus dem liebevollen Gott, der alle Sünden verzieh und in seiner unendlichen Weisheit alles verstand, war ein strafender, unheimlicher Gott geworden, dem die Verdammnis lieber war als die Güte. Ein Rachegott, ein böser Gott, aber das durfte sie nicht denken, wer so dachte, kam in die Hölle. Sie erinnerte sich an die Worte ihrer Großmutter, dass Gott keinen Menschen verlassen kann, weil er alle liebe, aber sicher konnte

Gott auf sie böse sein wie ihre Mutter oder ihr Vater, wenn sie unfolgsam war oder ihr Spielzeug nicht gerne der Zukunft schenkte. Ihre Eltern liebten sie, alle Eltern liebten ihre Kinder, darin waren sich die Erwachsenen ausnahmsweise einig, und wenn sie statt dieser Liebe nur Schmerz spürte, war dies der stärkste Beweis, welch ein böses Kind sie war. Gott ist der Vater über dem Vater und sieht alles, predigte der Pfarrer jeden Sonntag in der Baracke, die sie nicht als Kirche erkannte und die doch die Kirche war. Eine Notkirche, wie der Pfarrer betonte. Er forderte Geld von den Gläubigen, sie gab alles Geld, das sie von ihrer Großmutter geschenkt bekam, in den Klingelbeutel für ein schönes, würdiges Gotteshaus. Sehnsuchtsvoll beobachtete sie alle, die zur Beichte, zur Kommunion gehen durften. Wie gerne hätte sie alle ihre Sünden gebeichtet, doch sie war noch nicht würdig für den Beichtstuhl, die heilige Kommunion, musste warten, warten, warten, während die neuen Worte ihren Kopf füllten und ihre Gedanken durcheinander wirbelten. Plötzlich sollte sie nicht nur Angst vor den Zigeunern haben, die sie ohnedies schon hatte, sondern auch vor den Juden, von denen sie noch nie etwas gehört hatte, außer von der Judenseife, aber ihre Mutter verwendete keine Judenseife, sondern Kernseife. Manchmal sagte ihr Onkel aus dem Graben, wenn seine Zigarette nicht gut brannte, dass sie wie ein Jud brenne, aber er sagte auch zu seiner Frau, sie sei fetter als der Sonntagsbraten oder stinke wie die Russen. Ihre Tante hatte zurück geschimpft, und sie hätte nie gewagt, nach den Russen zu fragen. Und bis zu diesem Sonntag wäre sie nie auf die Idee gekommen, dass die Judenseife oder eine schlecht brennende Zigarette etwas mit Menschen zu tun haben könnten, die sich Juden nannten und die Mörder von Jesus Christus waren. Die Juden mussten unglaublich böse sein, noch viel, viel böser als sie, wenn sie den Sohn Gottes so sehr hassten, dass sie ihn qualvoll töteten! Außerdem mussten sie unvorstellbar mächtig sein, da sie als Mörder fast zweitausend Jahre alt wurden. Vielleicht gehörte ihnen das Tausendjährige Reich, von dem hin und wieder noch die Rede war, das jetzt zu einem Zweitausendjährigen Reich in ihrem Kopf wurde, der nur noch müde war von all den verworrenen Sätzen des Pfarrers und des Nazisohns.

Ein Nazi, erklärte sich ihr Kopf, ist einer, der uns vor den Kinderfressern schützt. Am besten ist es, ich werde ein Nazi und beschütze alle Kinder und die Tiere, sagte sich ihr Kopf, obwohl das Wort hässlich klingt und ich den Nazisohn nicht riechen kann. Er stinkt schrecklich nach Schweiß, obwohl sein Schweiß ganz anders riecht als der von den Bauarbeitern, der sich mit Mörtel und Biergerüchen vermischte, nicht so säuerlich stank wie der des Nazibuben. Aber vielleicht hilft dieser Schweißgeruch dagegen, gefressen zu werden, wie Knoblauch gegen die Vampire? Nur gegen den Verlust der Zauberworte, die alle von dieser Ödnis verschluckt worden waren, fiel ihr kein Wundermittel ein. Wenigstens hatte der Messerschleifer noch kein einziges Kind der Siedlung im Feuer gebraten. Nicht einmal eine offene Feuerstelle gab es in der Schottergrube, wie sie bei einem heimlichen Pirschgang, getrieben von unbezähmbarer Neugier, herausgefunden hatte. Aber es gab dieses schwarze Abzugsrohr aus seinem Wohnwagen! Als sie daraus Rauch aufsteigen sah, war sie im selben Moment überzeugt, der Rauch rieche nach Kinderfleisch, obwohl er nach oben stieg und sie nichts riechen konnte und so und so keine Ahnung hatte, wie Kinderfleisch riecht, wie sie sich gleich darauf versicherte, weglaufend, immerzu weglaufend, sich unter dem Küchentisch vor einer wütenden Mutter versteckend, wie sie sich am liebsten unter der Kirchenbank vor dem spuckenden Pfarrer versteckt hätte. Der Pfarrer spuckte beim Reden, Wasserfontänen verließen seinen Mund, er spuckte sie an, es war ekelhaft, aber das durfte sie nicht denken, nur böse Mädchen dachten so, Mädchen sind dumm und böse.

Die Voest-Großfamilie wuchs sich ins Bewusstsein der Hausbewohner hinein. Irgendwann waren sogar die aus ihren Familien herausgerissenen Frauen stolz darauf, dass ihre Männer in der Voest arbeiteten, und die Kinder waren endlich glücklich, denn sie waren alle Väterkinder, Voest-Kinder. Sie hatten die Voest nicht erst mit der Muttermilch eingesaugt, sondern gleich mit dem Vatersamen in jede Zellteilung mitgenommen. Sogar die Frauen, die allein die Zäune um ihre kleinen Gärten aufstellten, die steinige Erde siebten, umgruben und bepflanzten, deren Männer nur alle zwei Jahre nach Hause kamen von den Baustellen, die immer weiter weg lagen und immer zahlreicher wurden, düngten ihre Gemüsebeete mit Dankesworten an die Voest – danke, dass mein Mann genug verdient, damit ich nicht arbeiten gehen muss! Nur zwei Frauen aus der Siedlung mussten arbeiten: Eine arbeitete als Sekretärin in der Voest, von der anderen wusste niemand, was sie machte. Arme Frauen, sagten die Hausfrauen über die beiden, ihre Männer können sie nicht ernähren, denen ist das Wirtshaus lieber als der Rock.

Nur bewohnen konnten die Frauen die neuen Häuser nicht. Tagsüber, während die Männer in der Voest arbeiteten, hausten sie im Keller, gingen nur nach oben, um zu kochen. Manche kochten sogar im Keller, trugen die Suppentöpfe nach oben, das schmutzige Geschirr und das heiße Wasser für den Abwasch nach unten. Die neuen Küchen sollten ewig neu bleiben. Keine Nachbarin wäre je auf die Idee gekommen, an einer Haustür zu läuten. Alle gingen zur Kellertür.

Ihr Vater perfektionierte an den Winterwochenenden den Keller. So sehr die Eltern auch sparten und alles, was nicht mehr gebraucht wurde, in die ‚Chance' trugen, reichte das Geld nicht für die Zukunft. Aber es gab den leeren Kellerraum, der nur im Winter und wenn der Voest-Wind in Richtung Siedlung wehte, zum Wäsche aufhängen benutzt wurde. Ihr Vater baute Regale und bastelte Käfige für Chinchillas – zum ersten Mal seit dem Umzug bezauberte sie wieder ein Wort, klang eines wie Musik, sobald sie es wiederholte: Chinchilla, Chinchilla, Chinchilla … Eine Chinchilla-Zucht würde die Zukunft retten. Das Wort Chinchilla-Zucht mochte sie nicht, obwohl sie sich darunter nichts vorstellen konnte, aber es klang hässlich, die Chinchillas verloren darin allen Glanz. Der Vater studierte Fachzeitschriften, in denen die Tiere abgebildet waren: Auf den Schwarz-Weiß-Fotos sahen sie aus wie langhaarige Ratten, fand sie, aber das Wort Chinchilla klang trotzdem schön.

Nach vielen Überlegungen entschied er sich für zwei Züchter. Am Wochenende wollte er sich mit zwei Käfigen auf die Reise machen. Zwei Käfige waren zu sperrig, um allein mit ihnen im Zug zu reisen, fand er, und überlegte laut, ob er seine Tochter nicht mitnehmen sollte. Sie könnten mit dem Zug fahren oder sich den Anhänger vom Onkel ausborgen und mit dem Fahrrad fahren, redete er weiter vor sich hin, während sie es kaum noch aushielt vor Spannung, wie er sich entscheiden würde. Als er sich für eine Reise mit ihr entschied, warf sie ihn mit ihrer Umarmung fast um, so schnell hatte sie sich an seinen Hals gehängt, während er eben aufstehen wollte.

Vor Aufregung wurde sie krank. Zum ersten Mal hasste sie ihren Körper, der ihr nur im Weg war bei ihrer ersten Reise allein mit dem Vater. Als ihre Eltern schliefen, schlich sie sich in den Keller, füllte den Graunder mit kaltem Wasser und setzte sich hinein. Sie flehte das Wasser an, ihr das Fieber weg zu nehmen, aber das Wasser kümmerte sich nicht um ein böses Mädchen, das ihre Mutter unglücklich machte, weil sie wilder war als zehn Buben und nie auf das erste Wort gehorchte. Böse und unfolgsam war sie! Das Fieber war die Strafe dafür, die ihr das Wasser nicht ersparen konnte, wie sie feststellte, als sie trotz Zähneklapperns immer noch glühte. Sie hielt Abstand zu den Eltern und schaffte es, dass sie nichts von ihrem Fieber bemerkten. Der Fahrtwind kühlte ihren erhitzten Körper, und je länger ihr Vater radelte, desto mehr ließ ihre Aufregung nach. Als sie bei den ersten Züchtern ankamen, war sie gesund.

Sie gingen in ein Haus, wie sie es noch nie gesehen hatte: Die Eingangshalle war so riesig, dass sie darin tanzen könnte, hätte sie ihrem Vater nicht versprochen, sich wie eine Erwachsene zu benehmen. Sogar die Zimmerpflanzen waren größer als die frisch gesetzten

Bäume im Garten. Aber am meisten beeindruckte sie der Fußboden: Sie spiegelte sich in ihm, so glatt war der Stein. Das ist Marmor, flüsterte ihr Vater. Sie nahm seine Hand, und er ließ es ausnahmsweise geschehen. Die alte Frau, die ihnen geöffnet hatte, kam zurück und bat sie in den Salon. Salon war ein schönes Wort, fand sie, aber die Plüschwelt, die sie empfing, hatte nichts mit Schönheit zu tun. Der Salon war düster, und sie musste die Hand ihres Vaters loslassen, so schmal waren die Gänge zwischen den großen Möbelstücken.

Wenn Sie bitte Platz nehmen wollen, die Herrschaften kommen sofort, sagte die Frau und ließ sie allein. Sie sahen sich an, und trotz ihres Versprechens prustete sie los, um das Unbehagen zu vertreiben, das dieser Raum in ihr auslöste, und nicht nur in ihr: Ihr Vater sah sich ratlos um, es standen so viele Sitzgelegenheiten zur Verfügung, dass es eine Herausforderung war, sich zu entscheiden, und er vergaß sogar, sie zu ermahnen, sich ordentlich zu benehmen. Sie standen immer noch ratlos da, als die Tür aufging und ein König und eine Königin die Bühne betraten.

Einen schönen Tag zu wünschen, sehr erfreut, wie entzückend, dass Sie den Weg in unser bescheidenes Heim gefunden haben, vielleicht wäre es angebracht, Sie nunmehr zu unseren Lieblingen zu führen, von denen wir uns leider trennen müssen, eine Allergie, Sie verstehen sicher …

Sie starrte die Königin mit offenem Mund an: Sie war wunderschön, ihre Haut so zart, dass sie die Äderchen im Gesicht sehen konnte, ihre Augen von dem gleichen Grün wie der Löschteich, und ihr schwarzes Haar glänzte mit der Krone um die Wette. Sie hatte noch nie eine so schöne Frau gesehen, nicht einmal auf der Landstraße in Linz. Sicher ist sie so schön wie Medea, dachte sie und wünschte sich, ihre Großmutter wäre hier und könnte endlich ihre geliebte Medea sehen. Sie hätte Medea gerne noch lange angestarrt, aber die Königin musste sich wieder zurückziehen, sie erwarte Besuch. Erst jetzt nahm sie den König wahr: Er war viel älter als die schöne Königin, und schön war er nicht, aber er hatte ein lustiges Gesicht, das immerzu lachte. Sogar seine Sätze wurden von seinem Lachen unterbrochen, wodurch sie ihn kaum verstand. Dann sah sie die ersten Chinchillas und verliebte sich sofort in sie. Es sind die empfindlichsten Tiere mit den weichsten Fellen, die Gott erschaffen hat, sagte der Mann ehrfürchtig und lachte nicht. Zu ihr gewandt meinte er, sie dürfe sie nie festhalten, dabei könnten sie ihr Fell abstoßen, und obwohl seine Stimme kurz ernst geklungen hatte, lachte er schon wieder, verschluckte sich, lachte. Seine Hände zitterten, sah sie, während er eine Käfigtür öffnete und eine Hand hineinstreckte. Das Chinchilla kuschelte sich sofort darauf, er zog die Hand mit ihm langsam heraus und sie durfte das Tier streicheln. Er hatte recht, so etwas Weiches hatte sie noch nie berührt.

Der Vater und der König verhandelten, unterbrochen vom Lachen des Königs, dann waren sie sich einig, der Vater kaufte zwei Pärchen und ersparte sich die Weiterfahrt. Auf dem Fahrrad hatte sie nichts fragen können. Sie musste sich in ihrem Kindersitz ruhig verhalten, sonst würde sie ihr Vater nie mehr auf dem Fahrrad mitnehmen, wusste sie. Aber während sie die Decken von den Käfigen nahmen, die Käfige in den Keller trugen, konnte sie nichts mehr zurückhalten: Waren das wirklich Könige?

Du hast sie ja mit eigenen Augen gesehen.

Von den Märchen wusste sie, dass Könige ein Reich brauchten, Untertanen.

Wo ist ihr Reich?

Du warst in ihrem Reich, meinte er ungeduldig, und dass sie groß genug sei, um selbst zu denken.

Ich denke ja nach, sagte sie leise. Aber mitsammen ist es leichter zu denken.

Du irrst dich! Vergiss diesen Gedanken. Jeder muss für sich allein denken!

Sie sah ihm lange nach – wann würde sie endlich so klug sein wie er? Er wusste sicher, wo das Reich des Königspaares lag und wer ihre Untertanen waren. Dieser Königin hätte sie gerne gedient. Sie betrachtete ihr dünnes, langweiliges Haar im Spiegel, aber so sehr sie sich wünschte, es solle sich in das glänzend schwarze der Chinchilla-Königin verwandeln, es blieb, wie es war.

Da es Samstag war, gab es Spaghetti, ihr Lieblingsessen und das ihres Vaters – ihre Mutter koche sie viel besser als die Italiener, behauptete der Vater, der einmal mit der Mutter in Italien war und nie wieder dorthin wollte, obwohl es das Land der Orangen war und der Stiefel so aussah, als schwimme er im Mittelmeer. Wenn ich groß bin, schwor sie sich, fahre ich nach Italien, esse jeden Tag Spaghetti und schwimme um den Stiefel herum, und bevor die Sonne untergeht, suche ich mir einen Sandstrand zum Schlafen. Ich werde Fische fangen und Orangen pflücken, so eine Italienreise ist überhaupt kein Problem, es stimmt nicht, dass wir uns keinen Urlaub leisten können, einen richtigen Urlaub im Meer kann sich jeder leisten, der kostet gar nichts, war sie überzeugt.

Niemand in der Siedlung machte Urlaub, bis es die Voest-Hotels gab. Eine Familie nach der anderen verschwand für eine Woche während des Sommers, nur sie blieben zu Hause. Die Chinchillas mussten täglich versorgt werden, und niemand war bereit, die Verantwortung für die empfindlichen Tiere zu übernehmen. Die Tochter beobachtete die Mutter ängstlich, doch sie behauptete, der Garten sei ihr lieber als ein Hotel. Nun war es die Tochter, die weg wollte. Die Eltern schickten sie zur Großmutter, später auf Voest-Erholung. Da waren die Voest-Kinder wieder unter sich und unglücklich. Die Voest wollte, dass sich die Kinder im Sommer drei Wochen auf dem Land von der schlechten Voest-Luft erholten. Niemand von der Voest-Leitung dachte daran, dass Kinder sich langweilen könnten in all der Kuhluft und Misthaufenluft und unter Heimweh litten in den Schulsälen, in denen ein Militärbett neben dem anderen für sie aufgestellt worden war.

Damit alle Kinder sich von klein auf als Voest-Kinder empfanden, was sie ohnedies taten, nur ahnte niemand etwas von dieser Kinderliebe, gab es die Weihnachtsfeiern im ‚Märzenkeller' in Linz: Die Kinder bekamen Würstl und Kracherl und ein Weihnachtspackerl, das sie mit nach Hause nehmen durften. Der Höhepunkt war die Märchenvorstellung. Alle Kinder trugen ihre Sonntagskleider. Ihre Mutter hatte ein weißes Kleid von sich aufgetrennt, und ihr eines mit einem Glockenrock daraus genäht, und aus ihrem roten Schal hatte sie einen großen Kragen darauf geheftet. Inzwischen durfte sie auch im Winter helle Kleider tragen.

Immer wieder drehte sie sich vor dem dreiteiligen Spiegel der Mutter, ließ den Rock durch die Luft wirbeln, vergaß den Spiegel, den Glockenrock, das neue Kleid und tanzte, wirbelte, kreiste herum. Als die Mutter sie dabei überraschte, lachte sie: Komm, lass uns tanzen. Endlich, endlich sang und drehte sich die Mutter wieder mit ihr, brachte ihr sogar Tanzschritte bei. Dann suchte sie im Radio nach Musik, und als eine fremde, wilde Musik erklang, die Jazz hieß, tanzten sie dazu, bis der Sender wieder verschwand.

Es ist ein altes Radio, seufzte die Mutter.

Sing, bitte, sing!

Und die Mutter sang ‚Lustig ist das Zigeunerleben', und ihre Stimme zitterte vor Sehnsucht, dass sie überzeugt war zu träumen.

Im ‚Märzenkeller' musste sie sich zu ihrem Nachbar-Cousin setzen, der mit seinen senfverschmierten Fingern versuchte, ihr unter den Rock zu greifen, während sie gebannt die Bremer Stadtmusikanten auf der Bühne beobachtete, einmal der Esel war, dann der Hahn oder die Katze, aber immerzu der arme, alte Jagdhund, der tapfer die Pauke schlug, und zwischendurch alle Tiere gleichzeitig. Am liebsten wäre sie auf die Bühne gelaufen und mit ihnen gezogen, weg, nur weg von ihrem Cousin, der nichts von Tieren verstand, sondern wie die dummen Räuber vor ihnen weggelaufen wäre, hätten sie die Bühne verlassen, der nicht auf die Bremer Stadtmusikanten neugierig war, sondern nur gierig darauf, ihr unter den Rock zu greifen. Sie sah die braunen Flecken auf ihrem weißen Kleid und wurde so wütend, dass sie ihm ihren Teller mit dem Senf, den sie nicht angerührt hatte, weil sie keine eklige, braune Sauce aß, in sein Gesicht drückte, als es auf der Bühne so laut war, dass alle Kinder, außer ihr und ihrem Cousin, mit offenem Mund zur Bühne sahen, um gleich darauf in lautes Schreien auszubrechen, ein herrliches Geschrei, in dem das ihres Cousins unterging. Der Senf brannte in seinen Augen, heulend und halb blind stolperte er nach hinten zu den Müttern, und ihre Tante kam wutschnaubend zu ihr, doch da war sie bereits unter dem Tisch verschwunden. Als ihre Mutter die braunen Senfspuren auf ihrem weißen Kleid sah, die eindeutig die Form von Händeabdrücken hatten, schimpfte sie zum ersten Mal nicht mit ihr, obwohl die Tante es lautstark forderte.

Wenn dein Sohn meiner Tochter das nächste Mal unter den Rock greift, verprügle ich ihn eigenhändig!

Sie drückte sich an ihre Mutter, vor Glück lachend, aber das musste niemand hören, nur spüren sollte es ihre Mami, die ihr sanft über den Kopf streichelte. Bitte, lieber Gott, mach, dass sie nie damit aufhört, bitte, bitte! Lange standen sie so, unendlich lange.

Die Chinchillas hielten ihre Mutter endgültig im Keller gefangen: Die Käfige mussten jeden Tag gesäubert werden, die Tiere brauchten Fressen und Wasser und viel Zuwendung. Sie war glücklich, wenn sie eines halten und streicheln durfte, und als die ersten Jungen kamen, mussten manche mit der Pipette gefüttert werden. Der Vater zeigte ihr, wie sie die Spezialmilch in die Pipette saugen konnte, um sie den Winzlingen in den Mund zu träufeln. Sogar nachts stellte die Mutter den Wecker, damit die Winzlinge eine Überlebenschance hatten und die Zukunft nicht gefährdeten. Dem Mädchen war der Keller nun lieber als die Wildnis draußen. Sie erzählte den Chinchillas die Märchen, die sie von ihrer Großmutter kannte, streichelte sie und fütterte die Neugeborenen mit der Pipette, bis sie einen viel besseren Trick fand. Sie tauchte ihren kleinen Finger in die Milch, und gierig schleckten ihn die Kleinen ab, während sie ihnen erzählte, wie schön und kuschelig weich sie eines Tages sein würden, genauso wie ihre Eltern. Manchmal, wenn die Eltern bereits unruhig wurden, weil ihr Kleines zu lange weg war, sang sie Chinchilla, Chinchilla vor sich hin oder ließ sich Lieder für sie einfallen, in denen die Chinchillas aus Myra kamen oder aus dem Land der Orangen. Mit den Chinchillas hatte der Keller seinen dunklen Schrecken verloren, war er ein freundlicher Keller geworden, in den sie sogar nachts ohne Angst zu den Tieren ging, bis einige Männchen eines Tages groß genug waren, um ihnen das Fell abzuziehen, denn auf die Felle kam es an, nicht auf die Tiere, die Felle sicherten die Zukunft.

Ihr Vater bereitete Platten zum Aufspannen der Felle vor, bastelte einen schwarzen Kasten für den Strom, die Mutter spendierte einen alten Kopfkissenbezug, und eines Sonntags, nach der Messe, wollte der Vater sich um die Felle kümmern oder die Zukunft, ohne dass sie begriff, was es bedeutete, den Tieren die Felle für die Zukunft abzuziehen. Sie erinnerte sich, wie den Schafen bei den Großeltern auf dem Land die Felle geschoren wurden, wie hässlich sie danach aussahen, aber das schien nur sie zu stören, nicht die Schafe, obwohl sie ein wenig wilder als sonst herumsprangen, sich abends enger aneinander drückten. Arme Chinchillas, murmelte sie, vor ihren Käfigen stehend, euer schönes Fell wird der Zukunft geopfert, nackt und hässlich werdet ihr sein, aber keine Angst, euer Fell wächst nach, bis zum Winter ist es wieder genauso weich und dicht wie jetzt, und ich hab euch trotzdem lieb, obwohl, kuschelig seid ihr ohne Fell nicht, ihr seht dann aus wie Ratten … Sie wollte sich die Chinchillas nicht nackt vorstellen, ließ ihnen unter ihren Händen einen Flaum wachsen, der so schnell wuchs, dass ihre Hände die nackte Haut nicht spürten, der Blick sie nicht festhalten musste.

Die Mutter ging in die Küche, bereitete alles für die Schnitzel vor, die Suppe. Am Sonntag gab es den schön gedeckten Tisch und sogar eine Nachspeise: Sie durfte das Kirschkompott in kleine Schüsseln geben, den Tisch mit dem schönen Geschirr decken, als der Vater aus dem Keller nach ihr rief. Ihr Vater brauchte sie, wollte sie bei sich haben! Sie ließ das Besteck auf den Tisch fallen und rannte die Stiegen hinunter. Aufgeregt wartete sie, was er von ihr wollte, während er ein Chinchilla aus dem Käfig nahm. Er drückte es ihr in die Hand, sie durfte es halten und streicheln, verstand nicht, warum das Tier so unruhig war und zu piepsen anfing, bis sie die riesigen Klemmen in der Hand des Vaters sah, von denen lange Kabel zu dem schwarzen Kasten reichten, und die er an den winzigen Ohren befestigte.

Wozu brauchte es diese komischen Klemmen, die nichts mit ihren Ohrringen zu tun hatten, die viel zu groß für Ohrringe waren? Vielleicht war das Tier krank oder es bekam Ohrenstempel wie die Schweine und Kühe auf dem Land?

Es spürt nichts, behauptete der Vater, aber sie war sicher, dass die riesigen Klemmen dem Tier weh taten: Sein Herz raste, obwohl es in ihrer Hand lag und sie es streichelte. Plötzlich sah sie schärfer, hörte anders. Durch irgendwelche Gesten oder Worte des Vaters begriff sie, dass er sie beide töten wollte. Vom gefährlichen Strom redete er, und dass es ganz schnell gehen würde. Den Strom würde er gleich durch sie beide jagen, und sie würden tot sein, und ihre Eltern wären endlich glücklich in dem neuen Haus. All das Glück, von dem sie geschwärmt hatten, würde jetzt zu ihnen kommen mit der sicheren Zukunft, wenn die böse, dumme Tochter tot wäre. Sie konnte ihren Vater nicht ansehen, der gleich das Chinchilla und sie töten würde, presste das weiche Tier an sich und erstarrte vor Angst. Hatte sie eben noch seine Worte überdeutlich gehört, verstand sie ihren Vater plötzlich nicht mehr. Sie hörte nur das entsetzte Piepsen des Tieres, hörte die anderen Chinchillas ebenso verzweifelt piepsen, hörte nichts mehr davon, was ihr Vater sagte, spürte kaum den Schmerz, als er ihre Arme auseinander drückte, ließ es zu, dass er ihr das Chinchilla wegnahm, es in den Polsterüberzug legte, ihr die Polsterzipfel in die Hände drückte. Sie spürte den Stoff zwischen den Fingern, hielt ihn fest, dann war es vorbei, ein kurzes Zucken, das Tier war tot, und sie war mit ihm gestorben, obwohl sie lebte und noch ein Tier und noch ein Tier und …

Als der Vater den Keller verließ, ging sie hinter ihm nach oben. Sie aß automatisch ein paar Löffel Suppe, erst dann wurde ihr schlecht, und sie übergab sich noch in der Küche, schaffte es nicht auf die Toilette, holte einen Eimer und wischte das Erbrochene auf, hörte von Ferne die Stimme des Vaters, der sich einen Sohn herbeiwünschte, mit einem Sohn gäbe es nicht solche Scherereien, das ganze Sonntagsessen hätte sie ihm verdorben, eine undankbare Laus sei sie, sonst nichts. Die Worte waren leise gesprochen, sie merkte sich jedes, vereiste sie mit ihren nach innen laufenden Tränen.

Ja, sie war ein böses Mädchen, sie hätte mit den Chinchillas sterben müssen, etwas hatte sie falsch gemacht, ihr böser Körper hatte sie schon wieder im Stich gelassen, statt zu sterben hatte sie ihrem Vater das Sonntagsessen und ihrer Mutter den Sonntag verdorben, den einzigen Tag, den der Vater in dem schönen, neuen Haus verbringen konnte.

Nach dem verdorbenen Essen ging er allein in den Keller, um die Felle abzuziehen. Später sah sie die Felle aufgespannt im Gang, musste an ihnen vorbeigehen, auf dem Weg zu den Chinchillas, um die sie sich nicht mehr kümmern wollte. Ihre Mutter jammerte über die viele Arbeit, aber das Mädchen erfand immer neue Ausreden, um nicht die Chinchillas füttern zu müssen. Trotzdem ging sie in den Keller, sobald sie allein zu Hause war, suchte nach den Stromkabeln, den Klemmen, dem schwarzen Kasten. Als sie das Tötungswerkzeug fand, zwickte sie sich die Klemmen an ihre Ohren, wie es der Vater bei den Chinchillas machte, drückte den Stecker in die Stromdose. Sie spürte nur einen leichten Schauer in ihrem Körper, bis sie den Stecker aus der Dose zog. Sie schlief bei offenem Fenster ohne Bettdecke, aber den Eltern fiel die Kälte im Haus auf. Solange Schnee lag, rodelte sie ohne Wintermantel, die anderen Kinder lachten sie aus, ihr Cousin verpetzte sie, sie erhielt Hausarrest. Sie vertröstete sich auf den Sommer, das Wasser wird mich verschlingen, sagte sie sich, starrte vom Kinderzimmer die zwei Stockwerke in die Tiefe: Unter dem Fenster war der Kellerabgang. Sie hatte keine Ahnung, von wie hoch sie springen musste, um wirklich tot zu sein und nicht ein Leben lang ein Krüppel. Vielleicht ist es hoch genug, sicher ist es hoch genug, sie entschied sich für den Sprung. Doch die Mutter hörte, wie sie nachts die Jalousien öffnete, riss sie vom Fensterbrett. Am Morgen hieß es, sie sei eine Schlafwandlerin, die man vor sich selbst beschützen müsse. Die Jalousien nagelte der Vater zu. Von nun an war es finster in ihrem Zimmer und sicher.

Sie streifte allein durch die Gegend, in Richtung Trauner Au, die strengstens verboten war. Sie wollte die Traun sehen, viel wilder als die Donau und ihr Wasser von dem dunklen Grün des Löschteichs und den Augen der Chinchilla-Königin. In der Au lebten Rehe und Hirsche, Hasen und unzählige Vögel, die mit dem Tauwetter zurückkamen. In einem Jägerstand fand sie einen Platz, den sie zu ihrem ernannte. Er sah im Vergleich zu den anderen ziemlich heruntergekommen aus, sie hoffte, der Jäger sei alt oder tot. Die Tiere haben es ohne ihn besser, war sie überzeugt und fühlte sich schon fast wie ein richtiger Nazi, der die Rehe, Hirsche und Hasen vor dem Jäger rettete. Ein richtiger Nazi, sagte sie sich, rettet alle, und hoffentlich muss ich nie ein Kind vor einem Kinderesser retten! Eigentlich, gestand sie sich ein, tat ihr der Nazibub inzwischen leid. Es musste schrecklich sein, so zu stinken und es nicht zu bemerken. Wenn er seinen eigenen Gestank nicht roch, konnte er sicher nicht den feinen Duft der Blumen riechen oder den modrigen des Laubes oder den Fernwehgeruch des Wassers. Vielleicht konnte er nicht einmal das Gift mancher Pilze riechen, überlegte sie, während sie die Lichtung beobachtete, auf der immer wieder Wild graste. Angesichts des friedlich vor sich hin grasenden Wildes entschied sie sich, seine

Freundin zu werden. Jedes Mädchen braucht einen Freund, hatte eines der älteren Mädchen behauptet. Seitdem Baldo gestorben war, hatte sie keinen Freund mehr, und der Nazibub war genauso allein wie sie, obwohl er einen jüngeren Bruder hatte, aber jüngere Brüder waren sicher ein riesiger Alptraum. Hierher würde sie ihn trotzdem nie mitnehmen, entschied sie, denn die Au war viel zu gefährlich für ihn, wenn er nichts riechen konnte. Außerdem reichte der Platz nur für einen oder allerhöchstens zwei, aber zwei müssten ganz eng nebeneinander sitzen, und so nah wollte sie ihn nicht riechen.

Hinter der Lichtung strömte die Traun vorbei, wurde jeden Tag wilder und breiter. Bald würde sie die Lichtung überschwemmen, schon jetzt versanken ihre Gummistiefel im matschigen Boden. Als sie merkte, dass sie sich jeden Tag auf die Lichtung freute, entschied sie sich, nicht in die Traun zu gehen. Der Fluss gefiel ihr in seiner Wildheit. In die Donau wäre sie gegangen, die Donau war ihr vertraut. Doch die Traun war ihr fremd. Mehr als der fremde Fluss irritierte sie ihre Angst vorm Sterben – sie wusste, dass diese Angst neu war. Sie fühlte sich an wie die neue Angst vor Gott. Die Jungfrau Maria in der Barackenkirche sah sie nur traurig an, ihr Halleluja erreichte die Mutter Gottes nicht mehr. Es klang auch zu jämmerlich, gestand sie sich ein. Gott war böse auf sie, weil sie ein böses Mädchen war, das wusste sie, und von Jesus konnte sie erst gerettet werden, wenn sie ihre Sünden beichten durfte. Zu einem ihr bösen Gott konnte sie nicht heimkehren, das war eine unerträgliche Vorstellung, hinter der die Verdammnis lauerte, der Teufel und die Hölle, sie vor allem.

Auf dem Nachhauseweg wusch sie ihre Stiefel im Mühlbach. Die Au war ihr Geheimnis, nicht einmal die ersten Schneeglöckchen pflückte sie, um sich nicht zu verraten.

Bald waren alle Voest-Frauen schwanger, auch ihre Mutter bekam einen dicken Bauch. Bevor er so dick war, dass ihn die Tochter nicht mehr übersehen konnte, wurde sie aufgefordert, Zucker auf das Fensterbrett zu legen, damit der Storch das richtige Haus finden würde, um ein Brüderchen abzugeben.

Du wünscht dir doch einen Bruder, fragte die Mutter sie immer wieder.

Das Mädchen sah sie jedes Mal entsetzt an. Ein Bruder im Haus bedeutete, dass ihr ständig jemand unter den Rock griff und sie immerzu böse sein würde, wenn sie sich dagegen wehrte.

Aber ihr Vater wünschte sich einen Sohn. Alle Männer wünschten sich Söhne. Die Schwangeren wünschten sich Söhne. Ihre Mutter wünschte sich, dass sie sich einen Bruder wünschte! Langsam drang die Giftspur in sie, dass sie eigentlich ein Sohn hätte sein müssen, um ein Mensch zu sein und keine Laus, und sie vollkommen versagt hatte, weil sie kein Sohn, sondern eine Tochter geworden war, böse, dumm und nichts wert.

hätte sein sollen

hätte werden müssen

sein müssen, sein sollen, sein wollen, nicht sein können

Die Sprache wurde immer hässlicher, so durchzogen von Geheimnissen, die unaussprechlich waren. Sie beherbergte keine Klangworte mehr, die sie verzauberten, seitdem die Chinchillas getötet wurden, die Zigeuner ermordet werden sollten oder selbst Kinder aßen? Sie starrte die hässlichen Worte an, wollte sie nicht denken, doch je länger sie versuchte, sie aus sich zu vertreiben, desto beharrlicher blieben sie. Sie versuchte es mit Schreien, bis ihre Mutter plötzlich vor ihr stand und sie verblüfft fragte: Wen hasst du? Die Worte, antwortet sie, ich will sie nicht in meinem Kopf haben!

Liebes, sagte die Mutter sanft, gehen wir ins Boot und segeln nach Madagaskar! Bis wir dort sind, hat der Wind alle bösen Worte aus deinem Kopf verscheucht. Ich habe auch nie geglaubt, dass ich einmal von einer sprachlosen Sprache verschlungen werden könnte! Wir müssen schnell segeln, sonst gewinnen die bösen Worte!

In Madagaskar war sie von Lemuren umringt, die auf ihren Hinterbeinen standen und zu tanzen anfingen. Sie waren kleiner als sie und hatten trotzdem keine Angst vor ihr. Mit ihnen war das Tanzen leicht, sie schwebte mindestens einen Zentimeter über der Erde, schwebte hinauf in die Bäume, wagte es nicht, nach unten zu sehen.

Als sie die Augen öffnete, war die Mutter nirgendwo zu sehen. Panik ergriff sie – sie ist nach Madagaskar verschwunden und hat mich hier vergessen, war sie sicher und blieb regungslos stehen, machte ihren Bauch hart und hielt die Luft an, um nichts zu spüren. Erst als sie die vertrauten Geräusche aus der Küche hörte, atmete sie wieder aus und war trotzdem unglücklich. Sie hatte die Mutter in Verdacht, dass sie sich über sie lustig machte. Sie freut sich nur noch auf das neue Kind, auf einen Buben, und wenn er da ist, wird sie mich hassen, war sie überzeugt und ballte die Hände zu Fäusten, trommelte auf den Tisch, bis die Hände schmerzten.

Nicht einmal ihrer Großmutter, die bald kleiner als sie sein würde, konnte sie mehr alles sagen, wenn sie endlich wieder bei ihr auf Besuch war. Die Eltern verhinderten, dass sie mit ihr allein war, oder die Großmutter wollte nicht mehr mit ihr allein sein. Sicher ahnte sie, dass ihre Enkelin ein böses Mädchen geworden war und wünschte sich einen Enkel, der ein wertvoller Mensch war, nicht so ein *unwerter* wie die Enkelin, die noch dazu dumm war. Bestimmt bemerkte sie die Geheimnisse in ihrer Stimme, die sich falsch anhörte, wenn sie laut und deutlich behauptete, es geht mir gut, während sie das Elend hinunterwürgte, die Angst, die Lügen. Immer wieder der Blick in den Spiegel, die tastenden Hände an den Hals: Sie war überzeugt, dass ihr ein Hautsack wuchs wie den Truthähnen, konnte ihn immer deutlicher spüren. Irgendwo müssen die Lügen ja wohnen, überlegte sie.

Als die Eltern vorausgingen zur Donau, die Luft nach Frühling roch und in der Donauau ebenso die Schneeglöckchen blühten wie in der Trauner Au, blieb die Großmutter stehen, griff ihr unter das Kinn und drückte ihren Kopf sanft nach oben: Liebling, schau, ein Regenbogen, sagte sie leise und fügte fragend hinzu: Was passiert mit dir in der Wildnis.

Hätte sie nicht nach innen weinen gelernt, sie hätte ihrer Großmutter den Sonntagsmantel, das Sonntagskleid und die Sonntagsschürze nass geheult, das spürte sie. Sie schluckte mehrmals, obwohl ihr Mund sich ausgetrocknet anfühlte, hatte keinen Blick für den Regenbogen, sondern starrte, kaum hatte die Großmutter ihre Hand weggenommen, wieder auf den Weg: Ich sehe aus wie eine Truthenne, brach es aus ihr heraus.

Du mochtest Truthähne, was hast du plötzlich gegen sie?

Ich bin ein Mädchen, eine Laus. Dumm.

Hm, Läuse sehen Truthähnen nicht ähnlich. Aber vielleicht gibt es Riesenläuse, die ich nicht kenne und die wie Truthähne aussehen?

Omi, du bist schrecklich. Ich kann doch beides sein!

Abwechselnd?

Ja, für mich bin ich eine Truthenne und für Vati eine Laus.

Und wer bist du jetzt?

Eine Truthenne.

Hallo Truthenne, freut mich, dich kennenzulernen!

Hier ist mein Lügensack, stotterte sie, und griff sich an den Hals, überzeugt, dass dort ein deutlich sichtbarer Hautsack weg hing.

Ach, seufzte die Großmutter – und sie konnte ihr liebevolles Lächeln spüren, obwohl sie weiterhin zu Boden sah –, manchmal sind Notlügen sinnvoll, und eine Truthenne ist ein intelligentes Tier, das natürlich weiß, dass es auf Notlügen angewiesen ist, wenn es überleben will.

Notlügen, wiederholte sie langsam, dehnte das Wort, bis es zerriss.

Hilflos schüttelte sie den Kopf, flüsterte: Ich lüge.

Mein Liebling, willst du mir nicht ein paar von deinen Lügen erzählen, fragte die Großmutter sanft.

Ich will keinen Bruder, aber ich lüge und sage, ja, ich freue mich auf einen Bruder. Und die Chinchillas, schluchzte sie, aber von den Chinchillas konnte sie ihrer Großmutter unmöglich etwas erzählen. Ihre Omi hatte noch nie ein Chinchilla in der Hand gehalten, sie kannte nur das Fell von Baldo oder das der Hasen, aber so etwas Weiches, nein, so etwas Weiches hatten ihre Hände noch nie gespürt. Wie es möglich war, dass diese Weichheit zum Tod führte, blieb das Geheimnis des Vaters. Ihren Vater konnte sie nicht verraten, nicht einmal an ihre geliebte Großmutter, die an all diesen neuen Geheimnissen sterben würde! Ja, sie wird sterben, wenn ich ihr erzähle, dass wir die Chinchillas töten. Lieber sage ich, dass die Eltern wollen, dass ich in dem neuen Haus glücklich bin, aber ich bin nicht glücklich! Ich lüge und sage, ich bin glücklich und dass es ein schönes neues Haus ist, dabei ist es hässlich! Alles ist dort hässlich! Auch die Menschen sind hässlich und nehmen mir alles weg für die Zukunft, die nie kommt. Sogar meine Puppe musste ich dieser blöden Zukunft schenken! Und sie töten, alles töten sie, die Chinchillas töten sie, nein, ich töte die Chinchillas! Und der Nachbar will den Ziwisch erschießen! Überall sind Überlebende, und sie essen Kinder. Der Pfarrer sagt auch, dass die Zigeuner keine Christen sind, und die Juden haben Jesus ermordet. Wer sind die Juden?

Die Großmutter drückte sie fest an sich, so fest, dass sie kein Wort von all ihren Worten verstand. Langsam begriff sie, dass die Großmutter nicht mit ihr redete, sondern mit dem Himmel oder dem Regenbogen.

Als die Großmutter sie fragte, ob sie einige Tage bei ihr bleiben wolle, konnte sie nur nicken.

Ihre Mutter weinte, als sie sich verabschiedeten, nannte sie zum ersten Mal mein Engel. Das machte die Tochter, die jetzt lieber mit der Mutter nach Hause gefahren wäre, verlegen, wusste sie doch längst, dass sie kein Engel war. Ihr Vater drängte die Mutter einzusteigen, der Zug würde nicht wegen dieses Weiberkrams warten, es wäre schließlich keine Trennung auf ewig, sondern nur für ein paar Tage. Sie winkte ihnen nach, bis der Zug nicht mehr zu sehen war. An der Hand der Großmutter ging sie in den Garten bei den Gleisen, der viel schöner war als der neue. Die Großmutter überprüfte die Seile der Schaukel, fand, sie hätten den Winter gut überstanden, und hängte sie in den Zwetschkenbaum. Während die Großmutter die Beete vom Laub säuberte und die Kohlenstücke, die der Wintersturm vom Bahndamm in den Garten gefegt hatte, einsammelte, schaukelte sie endlich wieder in den Zwetschkenbaum hinein, entdeckte erste Knospen. Plötzlich bemerkte sie, dass die Vogelscheuchen kaputt waren. Aufgeregt sprang sie von der Schaukel und kramte im Schuppen nach überflüssigen Dingen, die sie zu kleinen Ungeheuern zusammenband. Die Großmutter nagelte sie auf die Stecken und fand, dass es die eindrucksvollsten Vogelscheuchen seien, die je ihrem Garten gedient hätten.

Am Gartenrand blühten Schneeglöckchen, zwischen ihnen wuchsen ihre Lieblinge, die Gänseblümchen; sogar im Winter blühten sie überall, wo kein Schnee auf den Wiesen lag. Bald nach den Schneeglöckchen und Schneerosen blühten die Leberblümchen und Märzenbecher, Krokusse und Primeln in vielen Farben und dann die Schlüsselblumen, Veilchen und Buschwindröschen, und die Wiesen wurden gelb vom Löwenzahn, als hätte sich die Sonne unzählige Spiegel auf der Erde erschaffen. Im Sommer liebte sie die Glockenblumen und Margeriten, die Gladiolen und Schwertlilien, den zarten Klatschmohn und die kräftigen Kornblumen, die Steinnelken, die Dotterblumen am Wasser und die Seerosen darin, die Kamillen und Ringelblumen. Bald würden die Schneerosen blühen und die Himmelsglocken und viele, viele Veilchen und ihre anderen Lieblinge, ‚Hänsel und Gretel', und die Buschwindröschen, und bald, bald die Pfingstrosen. Die Astern machten mit all ihren Farben den Herbst bunt. Die schönsten Worte, die es gibt, erzählte sie ihrer Großmutter, sind die Namen der Blumen: Tulpe, Rose, Lilie, Narzisse, Nelke, Pfingstrose, Herbstzeitlose, Malve, Wiesenschaumkraut, Sonnenblume …, wie die Blumen selbst das schönste sind, das Gott für uns erschaffen hat, fügte ihre Großmutter hinzu. Seelentrost nannte die Großmutter die Blumen, Augentrost hatte sie der Großvater genannt, und seine Enkelin hatte wissen wollen, an welche Blume er dabei dachte. An eine, die es hier nicht gibt, hatte er immer ausweichend geantwortet und war in seinem Geheimnis verschwunden, bis sie lernte, ihn nicht mehr nach der unbekannten Blume zu fragen. Seitdem ihr Großvater tot war, nannte sie die Blumen manchmal ‚mein Augentrost' und die Großmutter fand diese Idee hinreißend! Aus den Gänseblümchen flocht sie Kränze für die Großmutter und sich. So geschmückt gingen sie nach Hause. Sie wäre lieber noch die Truthähne besuchen gegangen, doch die Großmutter behauptete, sie seien alle weg.

Sie haben fliegen gelernt!

Ja, mein Liebling, irgendwann lernen wir alle fliegen.

Sie kochten gemeinsam Schokolade und Kamillentee, die Großmutter saß jetzt im Schaukelstuhl des Großvaters, und sie durfte sich auf ihren Schoß setzen und ihr zum ersten Mal den Haarknoten lösen und die dünn gewordenen Zöpfe, in denen sich die Blumen verfangen hatten. Vorsichtig kämmte sie das lange, feine Haar, flocht neue Zöpfe, steckte sie zu einem Knoten zusammen, der ein wenig unförmig aussah. Das mache nichts, versicherte die Großmutter, sie gehe ohnehin bald ins Bett, zum Schlafen sei er bestimmt schön genug. Bevor sie nach einer Geschichte fragen konnte, war sie eingeschlafen.

Am Morgen war der Nebel so dicht, dass Großmutter und Enkelin scherzten, wie gut es sei, den Weg zur Kirche zu kennen. Kein einziges Grab war zu sehen, nur schwach flackerndes Kerzenlicht. Auf das Grab des Großvaters stellte die Großmutter drei neue Kerzen, zündete sie an. Sie wollte eine ihrer Urgroßmutter bringen, gemeinsam suchten sie nach ihrem Grab. Unterwegs hatte sie sich bei der Großmutter beschwert, dass sie weder beichten noch zur Kommunion gehen durfte, und die Großmutter wollte wissen, was sie schon zu beichten hätte?

Alle meine Lügen, hatte sie empört gemeint, ich habe dir doch von meinen Lügen erzählt, und dir meinen Halssack gezeigt. Greif doch, ganz schwer ist er von meinen Lügen.

Ach Kind, da ist nichts, dein Hals ist vollkommen, und was du mir erzählt hast, das sind keine Lügen. Deine Eltern meinen es gut, aber die Nazis haben ihnen ihre Kindheit geraubt, bevor sie überhaupt angefangen hat. Sie durften nie Kinder sein, wie sollen sie wissen, wie es ist, ein Kind zu sein? Deine Mutter ist zum Glück noch jung, sie wird diese schreckliche Zeit hoffentlich vergessen können, aber dein Vater hat unter ihnen mehr gelitten, als er selbst je zugeben würde. Die immer gleichen Heldengeschichten der Männer, eine trauriger als die andere. Glaub mir, deine Lügen sind nur Notlügen, nichts sonst.

Sie hätte fast zu weinen begonnen. Ihre Großmutter, war sie überzeugt, war zu gut für sie. Ihre Omi konnte sich ihre Lügen nicht einmal vorstellen, und wahrscheinlich konnte sie auch kaum mehr etwas sehen, so wie ihre Hände immerzu alles abtasteten. Aber noch etwas beschäftigte sie: Wenn die Nazis Kindheitsräuber sind, dann konnte sie unmöglich ein Nazi sein. Vielleicht waren die Nazis sogar Kinderräuber? Kinderfresser? Ihr Kopf wurde schon wieder ganz wirr. Erst als sie ‚Großer Gott, wir loben dich' sang, beruhigte er sich.

Nach der Messe wollte die Großmutter, dass sie kurz auf sie warte, sie müsse etwas mit dem Pfarrer besprechen. Sie war noch nie allein in der Kirche gewesen, der Duft des Weihrauchs hing in der Luft, und um sie flogen die Engel. Eine vage Erinnerung tauchte in ihr auf, als sie glaubte, die Decke sei früher viel tiefer gewesen, sie hätte alles näher gesehen. Die Großmutter winkte sie zu sich, und sie durfte zum ersten Mal an ihrer Hand in die Sakristei gehen. Der Pfarrer hatte noch die Messkleider an, wollte, dass sie sich ihm gegenüber setze. Die Großmutter lächelte ihr zu, der Pfarrer hingegen sah sie ernst an.

Du möchtest also beichten. Kennst du überhaupt die zehn Gebote?

Diese Frage enttäuschte sie, natürlich kannte sie die zehn Gebote, er selbst hatte sie ja oft genug gepredigt, aber wahrscheinlich glaubte er auch, Mädchen seien dumm. Kein Mädchen war Ministrantin, nur Buben durften mit ihm am Altar sein, dabei machten sie während jeder Messe Dummheiten, zogen die Aufmerksamkeit auf sich, die Gott gehörte. Als sie beim sechsten Gebot angekommen war, unterbrach er sie: Schon gut, schon gut, ich sehe, du bist ein kluges Kind.

Ich bin ein dummes Mädchen, widersprach sie ihm.

Er überhörte ihren Widerspruch, wollte lieber wissen, ob sie auch ein braves Kind sei, denn Gott sehe alles und würde alle bösen Kinder …

Herr Pfarrer, unterbrach ihn die Großmutter, sie ist ein braves Kind, genau das ist ja das Problem. Sagen Sie ihr lieber, dass Jesus und seine Jünger Juden waren, und die Juden unseren Christus nicht ermordet haben, sondern ihn der römische Herrscher kreuzigen ließ, und dass die Zigeuner Menschen wie wir sind, das braucht sie, um nicht zu verzweifeln.

So einfach, wie Sie das sehen, ist es aber nicht, wandte sich der Pfarrer an die Großmutter, oder möchten Sie vielleicht Zigeuner als Nachbarn oder Juden? Sind wir nicht alle vielmehr dankbar, dass diese verirrten Schafe nicht länger neben uns weilen? Da wurde ihre geliebte Großmutter so weiß wie das Haus war, nachdem es der Großvater frisch gekalkt hatte, bevor er starb, aber ihre Augen wurden noch einmal hellblau und funkelten. Sie stand wortlos auf, nahm ihre Enkelin an der Hand und verließ mit ihr die Sakristei. Vor dem Altar kniete sie nieder und betete. Zuletzt sagte sie laut: Verzeih mir Gott, aber das ist nicht länger dein Haus. Ich werde es erst wieder als Tote betreten.

Als sie die Kirche verließen, hatte sich der Nebel über der Donau festgesetzt, aber in der Stadt schien bereits die Sonne. Das Mädchen bemerkte sie kaum. Schweigend gingen sie nach Hause, die Großmutter kaufte zwei Kipferl mit Zuckerguss beim Bäcker, die es bisher nur an Feiertagen gab. Der Bäcker sagte den gleichen Satz wie alle, die das Mädchen sahen: Ach, bist du aber groß geworden.

Während sie den Malzkaffee tranken, in den sie die Kipferl tauchten, schwiegen sie immer noch. Als die Großmutter sie ansah, waren ihre Augen wieder blassblau.

Jetzt hör mir gut zu, mein Liebling, sagte sie. Du bist nicht schuld, dass ich nicht mehr in die Kirche gehe. Ich ertrage den Pfarrer nicht, das ist alles. Ich ertrage die ganze Verlogenheit der katholischen Kirche nicht. Ich ertrage sie eigentlich schon seit vielen Jahren nicht mehr. Aber das heute war zu viel. Es war einfach zu viel. Hast du mich verstanden? Dann wiederhole es!

Ich bin nicht schuld daran, dass du nicht mehr in die Kirche gehst.

Genau. So, und jetzt erzähle ich dir eine Geschichte. Erinnerst du dich an das Märchen vom Rumpelstilzchen?

Ach wie gut, dass niemand weiß, dass ich Rumpelstilzchen heiß, sangen sie gemeinsam und drehten sich dazu im Kreis, bis ihre Großmutter sich seufzend setzte, sich den Kopf hielt und schimpfte: Nicht einmal drehen kann ich mich mehr, ohne dass mir gleich schwindlig wird, schrecklich, das Alter ist nur schrecklich.

Bitte nicht, flüsterte ihre Enkelin, es kann nicht nur schrecklich sein.

Nun, fuhr die Großmutter fort, ohne auf die Enkelin zu reagieren, mit der katholischen Kirche ist es wie mit Rumpelstilzchen. Die Pfarrer tanzen in der Sakristei um sich selbst und wiederholen dabei immerzu: Ach, wie gut, dass niemand weiß, dass Jesus ein Jude war. Aber viele Gläubige wissen es, sie wissen auch, dass die Apostel und die Anhänger von Jesus Christus und natürlich die heilige Jungfrau Maria und sein seliger Vater Josef Juden waren. Irgendwie sind die Katholiken genauso Juden wie die Juden, aber ich glaube, die Juden sehen das anders, ich kenne leider keine, um sie fragen zu können. Wir haben ja sogar ein heiliges Buch gemeinsam, das Alte Testament! Obwohl, mir ist das Neue lieber.

Bin ich auch eine Zigeunerin, wollte die Enkelin ungeduldig wissen, die froh war, eine Jüdin zu sein wie die Jungfrau Maria und Jesus Christus.

Natürlich, denk nur an deine nächtlichen Streifzüge mit Baldo an die Donau, hat dich da nicht das Fernweh erfasst?

Du hast es gewusst, fragte das Mädchen verblüfft.

Glaubst du, ich lasse dich mit einem Wolfshund allein nachts durch die Au spazieren? Wusste ich vielleicht, ob ihr nicht auf die Idee kommt, schwimmen zu gehen, und was hat so ein kleines Mädchen für eine Ahnung von der Strömung? Ach, diese Vollmondnächte, sie haben mir den letzten, guten Schlaf geraubt. Unser Lieblingslied war ‚Lustig ist das Zigeunerleben', jeder sehnt sich nach Freiheit, aber glaub nur nicht, so ein Zigeunerleben heute wäre irgendwie romantisch oder hätte etwas mit dem Lied zu tun.

Sie sah die Barackensiedlung vor sich, den geflickten Wohnwagen des Herrn Ziwisch, der ganz allein in der

Schottergrube stand. Sie hätte Angst, so allein in einem Wohnwagen, wusste sie, und der einzige Wald war der Waldfriedhof, in dem es nur den Toten gut ging, nicht den Zigeunern.

Und jetzt wird es grausam, Kleine, aber ohne dem, was ich dir jetzt sage, wird dein Kopf nur wirr bleiben: Die Nazis wollten alle Juden töten. Und alle Zigeuner. Und noch viele andere.

Erschrocken fragte sie: Auch alle Mädchen?

Wieso die Mädchen?

Der Schrecken war noch da: Weil nur Buben wertvolle Menschen sind.

Wer behauptet denn so einen Blödsinn?

Alle wollen Buben! Ich soll mir ja auch einen Bruder wünschen, meinte sie verzweifelt und war gleichzeitig froh, dass sie nicht einmal der Großmutter etwas von ihrem Wunsch, ein Nazi zu sein, gesagt hatte. Nie wieder will ich ein Nazi sein, schwor sie sich, während sie der Großmutter zuhörte: Ach, mein armer Engel mit den gebrochenen Flügeln, nun komm schon auf meinen Schoß, und wisch dir die Brösel aus den Mundwinkeln, du siehst ja aus wie ein Clown, dabei ist dir gar nicht zum Lachen. Wie dein Herz klopft, aber du hast ja recht, dich so aufzuregen, es waren grausame Zeiten, in denen deine Eltern aufwuchsen, und vielleicht mache ich alles falsch, wenn ich so einem kleinen Dirndl von diesen schrecklichen Zeiten erzähle? Worüber du dir aber auch den Kopf zerbrichst! Ich habe noch nie darüber nachgedacht, was die Nazis mit uns Frauen vorhatten. Ich glaube nicht, dass sie uns vernichten wollten, aber verachtet haben sie uns, das stimmt. Zum Kinderkriegen hätten sie uns wohl am Leben lassen müssen. Weißt du, das ist alles viel zu kompliziert für mich, wie sollst du diese Verbrecher verstehen? Eines ist aber sicher: Du bist ein wundervoller Mensch! Jeden Tag danke ich dem Herrgott, dass du meine Enkelin bist. Jetzt muss ich uns aber endlich etwas kochen. Es gibt noch genug Reste von gestern, ich werde uns eine Fleckerlspeise machen – magst du die immer noch so gern? Willst du mir helfen?

Bei der Großmutter durfte sie das große, scharfe Messer benutzen, mit ihm die Fleischreste vom Sonntagsessen klein schneiden, sie in den Fleischwolf stecken und haschieren. Bald dampfte das Wasser, war der Teig für die Fleckerl fertig und das Schmalz so heiß, dass es spritzte, als sie das Haschee hinein gab. Es schmeckte wunderbar, vergessen die Zeiten, in denen sie nichts essen wollte, die Großmutter sie überlisten musste: Eine Gabel für die Mami, eine für den Papi, eine für den Opi, und eine, zwei, drei für Baldo, denn Baldo ist ein hungriger Hund, der nie genug bekommt. Sie lachte, während ihre Großmutter sich selbst nachahmte, wie sie ihre Enkelin zum Essen brachte. Jetzt aß sie fast alles, außer Hirn, Blutwurst und Leber, davor ekelte ihr, aber ihre Großmutter würde sie nie mit einem Essen quälen, das sie nicht mochte, wusste sie.

Nachdem sie das Geschirr gewaschen hatten, machte die Großmutter ihr gespielt/ernstes Gesicht. Das Mädchen freute sich. Mit diesem Gesicht, das ihr so vertraut war, sah die Großmutter wieder jung aus, und sogar ihre Augen wurden wieder blau. Ihre Neugier wurde von Moment zu Moment größer. Vielleicht würde die Großmutter ihr eine neue Geschichte erzählen oder sie hatte ein neues Spiel erfunden oder vielleicht, vielleicht …? Nein, die Großmutter hatte entschieden, sie sei zu alt, um noch einmal einen Hund aufzuziehen. Außerdem sei ihr von dem Gestank des Fleisches, das sie einmal in der Woche, wenn der Fleischhauer die Schlachtabfälle billig verkaufte, in einem riesigen Topf für Baldo kochte, immer schlecht geworden, nein, sie wolle sicher keinen Hund mehr. Auch die Großmutter war neugierig, die Neugier schwang zwischen ihnen hin und her, bis es keine mehr aushielt und beide gleichzeitig aufsprangen. Die Großmutter ging zur Geheimlade des Großvaters, die nun ihre Geheimlade war, und nahm den Großen Weltatlas heraus: Der soll jetzt dir gehören.

Es war wunderbar, die goldene Schrift wieder zu sehen, die Landkarten, die blauen und grünen Meere, ach Omi, Omi! Sie legte das Buch, das ihr bald zu schwer wurde, vorsichtig auf den Tisch und umarmte ihre Großmutter, und es war ihr, als würde sie auch ihren Großvater umarmen.

Die Großmutter wollte das Land der Orangen sehen: Mit den Fingern überquerten sie die Donau und die Alpen, reisten nach Venedig, Florenz und weiter nach Rom, bis zum Vesuv, dort stand das fremde Wort ‚Vulkan'. Die Großmutter zauberte blitzschnell den Vesuv in die Küche: Feuer und Asche spie er, Lava floss seine Hänge hinunter, dann verhielt er sich still, und sie sahen in seinen Krater, in dem es rumorte und ein Farbenmeer sichtbar wurde, wie es sonst nur am Himmel zu sehen war, wenn sich der Regenbogen über ihn spannte.

Der Rauch stinkt nach Schwefel, schimpfte die Großmutter, und die Enkelin fand den Geruch mindestens so ekelhaft wie sie.

Erinnerst du dich an die faulen Eier, fragte die Großmutter? So ähnlich riecht Schwefel.

Schrecklich, stöhnten beide und hielten sich lachend die Nase zu.

Schrecklich war das Lieblingswort der beiden an diesem Tag. Wir werden jetzt den Boden bürsten, sagte die Großmutter und beide stöhnten: schrecklich!, spritzten sich mit dem Wasser an, was einfach schrecklich war. Als es an der Tür klopfte, war es ein schreckliches Klopfen, und der kurze Besuch einer Nachbarin, die nur die Enkelin bestaunen wollte, war einfach schrecklich. Sogar die Dunkelheit war schrecklich und die klammen Tuchenten zu schrecklich, um ohne Wärmeflasche unter sie zu schlüpfen. Dann war für eine Nacht lang alles gut, und der nächste Tag war gut, an dem wieder die Sonne schien und sie in die Au gingen, um Schneeglöckchen zu pflücken und in den Garten, um die Hasen zu füttern und in den Zwetschkenbaum zu schaukeln.

Am Sonntag würde sie ihr Vater abholen kommen, so war es ausgemacht. Sie wollte nicht zurück zu den wilden Kindern.

Du musst, sagte die Großmutter streng. Und bitte ohne dein Gebrüll, von dem alle taub wurden. Sonst lassen sie dich nie wieder bei mir.

Sie lachten gleichzeitig los, verschluckten sich, husteten, ließen die Tränen über die Wangen laufen, hielten sich die Bäuche, beruhigten sich langsam.

Im Sommer lerne ich endlich schwimmen, erzählte sie, und im Herbst beginnt die Schule. Ich werde schreiben lernen, rechnen und viel, viel Neues, darauf freue ich mich. Die Mami wollte auch lernen, aber ihre Eltern hatten kein Geld.

Seit wann lebt ein Kind für die Zukunft, wunderte sich die Großmutter laut. Das Vorrecht der Kindheit ist die Gegenwart.

Was ist ein Vorrecht, wollte sie wissen.

Eine Auszeichnung, ein Vorteil, ein Geschenk. Ja, die Kindheit ist ein Geschenk Gottes. Da siehst du, was eine Sünde ist: den Kindern die Kindheit stehlen, wie es die Nazis taten. Lass sie dir nicht nehmen, nicht einmal von deinen eigenen Gedanken. Die Gegenwart ist zu kostbar.

Das Mädchen verstand nicht, was die Großmutter meinte, aber sie spürte, wie sie traurig wurde, unsicher, ob die Traurigkeit aus ihr kam oder von ihrer Großmutter. Sie begriff nur, dass sie dabei war, etwas zu verlieren, was sie nicht verlieren sollte, aber was? Was ist die Gegenwart? Die Vergangenheit hatte sie verloren, das wusste sie. Es gab so wenig, woran sie sich erinnerte. Die Zukunft war der Herbst, die Schule.

Plötzlich wusste sie, was die Gegenwart ist: der Schmerz, als sie sich aus den Armen der Großmutter löste, um in den Zug zu steigen und mit ihrem Vater in die Wildnis zurück zu fahren.

III.

Der Vater schwieg während der Zugfahrt. Vater und Tochter fuhren zum ersten Mal allein in einem Zug. Sicher hatte sie etwas Böses getan, warum sonst sollte er schweigend zum Fenster hinaus sehen? Sie fixierte seine Aktentasche, die er mit beiden Händen festhielt. Sie wusste, es war seine alte Schultasche, und sie nahm sich vor, ihre Mutter nicht länger mit dem Wunsch nach einer Schultasche zu quälen, obwohl ihr die rote in der Auslage am besten von allen gefiel. Sie würde die Bücher und Hefte in dem Einkaufsnetz oder mit den Händen tragen, bis sich ihr Vater eine neue Tasche leisten konnte, dann würde sie seine alte nehmen. Undankbar kam sie sich vor, während sie die Tasche auf dem Schoß ihres Vaters betrachtete. Kurz bevor sie aussteigen mussten, sagte er: Sei nicht allzu enttäuscht, aber du hast keinen Bruder, sondern eine Schwester bekommen.

Sie senkte den Blick wieder auf seine Aktentasche, neigte den Kopf noch tiefer. Er sollte ihre Erleichterung nicht sehen. Um wie viel leichter fühlte sich die Zukunft mit einer Schwester als mit einem Bruder an, unvorstellbar leichter. Erst in diesem Moment merkte sie, wie viel Angst sie vor einem Bruder hatte.

Die Schwester war winzig und schrie und war zum Spielen viel zu klein. Sie sollte auf sie aufpassen, sie im Kinderwagen spazieren fahren. Mit der Schwester wurde das Leben langweilig.

Manchmal gelang es ihr zu entkommen, bevor die Mutter sie mit dem Kinderwagen hinausschickte. Dann rannte sie in die Au, lernte schneller laufen als die anderen Kinder, die ihr Verschwinden verhindern wollten, aber spätestens bei den Bahngleisen gaben sie die Verfolgung auf. Dort versteckte sie sich im Bunker, in den sich niemand sonst hinein wagte, bis sie keine Kinderstimmen mehr hörte. Der Bunker, wusste sie inzwischen, diente als Schutz gegen die Bomben. Bomben sind schrecklich, seufzte sie jedes Mal, wenn sie den Bunker betrat, zum Glück hast du alle vor den Bomben beschützt. Sie blieb gleich beim Eingang stehen, ging nie einen Schritt in den stinkenden, dunklen Raum – aber als Versteck war der Bunker vollkommen.

Einmal, als sie atemlos dort ankam, sich an die Mauer drückte, um zu lauschen, hörte sie neben sich plötzlich ein Lachen. Sie wäre hinaus gesprungen und hätte ihr Versteck verraten, hätten sie nicht zwei Hände festgehalten und ihr eine Stimme zugeflüstert, bleib, ich tu dir nichts, die suchen dich noch. Die Stimme war angenehm, die Hände hatten sie sofort wieder losgelassen, aber sehen konnte sie niemanden, nur ein lautes, schneller werdendes Pochen hörte sie. Verblüfft stellte sie fest, dass es ihr Herz war, das immer wilder tobte, als wollte es die Bunkermauern sprengen. Langsam ging sie hinter dem Buben ins Freie. Sie hatte es geahnt, dass es der Bub war, mit dem sie gerauft hatte. Jetzt, im Tageslicht, hätte sich ihr Herz doch beruhigen können, aber es tat ihr den Gefallen nicht.

Milo, sagte er verlegen, strich sich eine Haarlocke aus der Stirn.

Was machst du im Bunker, fragte sie atemlos.

Was machst du im Bunker?

Beide kicherten und kicherten, bis er fragte:

Wo hast du eigentlich so schimpfen gelernt? Wir können ja Schimpfwörter tauschen.

Diese Idee war nicht gut für ihr Herz – es raste in den Hals hinauf, gleich würde es ihr aus dem Mund fliegen.

Wie heißt du? Nein, verrat es mir nicht! Eine, die so schimpfen kann, hat sicher einen heiligen Namen. Für mich bist du Maria.

Sie fand es wunderbar, Maria genannt zu werden. Sie wollte großzügig klingen, als sie ‚meinetwegen' sagte, aber ihre Stimme zitterte, und das fand sie ungeheuerlich! Wie konnte ihre Stimme sie so im Stich lassen?

Maria und Milo, passt doch, obwohl, Maria klingt ganz schön vornehm! Muss ich dich jetzt anbeten?

Bist du auch katholisch?

Was soll ich sonst sein?

Ich dachte …

Du dachtest wohl, Zigeuner sein ist eine Religion.

Erleichtert stellte sie fest, dass er lächelte. Es war ein breites Lächeln, sogar die Augen lächelten, wie bei ihrer Großmutter, nur waren Milos Augen dunkel, und wenn die Sonne in sie fiel, funkelten Sterne in ihnen auf.

Ich habe dich nie in der Kirche gesehen, meinte sie und hörte selbst, wie schwach ihre Stimme immer noch klang.

Ich geh nie in die Kirche, aber wohin willst du denn ganz allein?

Zum alten Jägerstand auf der Lichtung, sagte sie und wunderte sich erst im Nachhinein, dass sie ihm ihren Geheimort verriet.

Sie gingen, rannten, stapften durch sumpfige Auwiesen, bewarfen sich mit weicher Erde, pflückten

Dotterblumen und Vergissmeinnicht, Margeriten und ‚Hänsel und Gretel', schmückten den Jägerstand damit. Er zeigte ihr wilde Bienenstöcke und seinen geheimen Angelplatz, wusch die Erdspuren von ihrer Regenjacke, aus ihrem und seinem Gesicht. Erst als es dämmerte, rannte sie atemlos nach Hause. Milos Gesicht schob sich vor jedes, das sie ansah, sogar die Stimmen verwandelten sich in seine Stimme und sein feiner Geruch war überall.

Er brachte ihr das Fischen bei. Geduldig saßen sie stumm nebeneinander, warteten, bis ein Fisch anbiss. Er schenkte ihr den ersten Fang, doch sie konnte unmöglich mit einem Fisch aus der Traun nach Hause gehen.

Mädchen haben es schwer, seufzte Milo.

Darfst du immer machen, was du willst, fragte sie elektrisiert und war sofort entschlossen, alles zu versuchen, um ein Bub zu werden.

Wer soll mich daran hindern, meinte er erstaunt. Gott kümmert sich nicht um einen Zigeuner, aber er kümmert sich auch nicht um ein Mädchen. Wir sind seine Kinder und können tun, was wir wollen.

Auch Kinder fressen, wollte sie fragen, aber diese Frage war unmöglich – sie brauchte nur in Milos Augen zu sehen, und die Worte plätscherten unauffällig mit dem reißenden Wasser davon. Ohnedies war etwas anderes viel wichtiger für ihre Zukunft: Deine Eltern, verbieten sie dir wirklich nichts? Für einen Moment und noch einen war sie überzeugt, die Zigeuner leben doch im Paradies wie in dem Lied.

Er ließ die Angelrute sinken, fast hätte die Traun sie mitgerissen. Ich habe ihn traurig gemacht, wusste sie und wurde ebenfalls traurig, während er ihr erzählte, dass seine Eltern stumm seien. Es war ihr unmöglich, sich immerzu stumme Eltern vorzustellen.

Ehrlich, sie sagen nie ein Wort?

Amüsiert sah er sie an: Du kapierst es nicht, stimmts? Sie können nicht mehr reden, aus, vorbei.

Aber wieso können sie nicht mehr reden? Das kann man doch nicht verlernen, meinte sie verwirrt. Die Vorstellung, eines Tages aufzuwachen und nicht mehr reden zu können, verunsicherte sie zutiefst. Während sie darüber grübelte, ob die Kinderfresser vielleicht nur die Zungen seiner Eltern gegessen hatten, hörte sie sein Lachen, das dieses Mal nicht freundlich klang: Angsthase, lachte er sie aus.

Empört rannte sie nach Hause. Im Laufen drehte sie sich um und streckte ihm die Zunge heraus. Milo ist genauso blöd wie die anderen Buben, dachte sie. Und wollte doch lieber ein Mädchen bleiben. Aber die stummen Eltern gingen ihr nicht aus dem Kopf, und seine dunklen Augen sahen sie aus allen Augen an. Trotzdem nahm sie sich fest vor, einige Tage lang nicht in die Au zu gehen.

Am Sonntagnachmittag radelte ihr Vater endlich mit ihr ins Schwimmbad nach Linz. Sie würde schwimmen lernen, er war ihr allerliebster Papi, der ihr das Schwimmen beibringen wollte. Ihre Mutter hatte ihr sogar einen neuen Badeanzug aus einem ihrer alten genäht: Damit dir das Schwimmen leichter fällt, hatte sie gemeint, während sie die Rüschen von einem alten Kleid trennte und auf die rosafarbenen Stoffteile nähte. Siehst du, alle durchwetzten Stellen habe ich wegschneiden können, er sieht wie neu aus!

Messer, Schere …

Die Schere funktionierte perfekt, sie machte jeden Schnitt genau so, wie die Mutter es wollte.

Als Herr Ziwisch rief, der Messerschleifer ist da, schüttelte ihre Mutter verneinend den Kopf. Die Angst sträubte ihre Nackenhaare, diese winzige Angst.

Während sie den neuen Badeanzug probierte, waren Mutter und Tochter für einige Momente sogar glücklich, und die Augen der Mutter leuchteten endlich wieder grünbraun.

Im Schwimmbad musste sie zuerst mit dem Schwimmreifen um den Bauch beweisen, dass sie die Tempi konnte. Den Schwimmreifen empfand sie als Schande. Alle anderen Kinder, die so groß waren wie sie, schwammen bereits frei, tobten im Wasser, rutschten hinein, tauchten unter und prustend wieder auf. Sie durfte den Schwimmreifen ablegen, noch hielt sie sich an der Stange fest, doch kaum versuchte sie die ersten Tempi, ging sie unter, als wäre sie ein Sack. Unmöglich, dachte sie, ich schwimme und gehe unter! Erbost strampelte sie sich hoch, klammerte sich wieder an der Stange fest.

Langsamer, sagte ihr Vater, und machte ihr die Bewegungen, die sie mit dem Schwimmreifen perfekt beherrschte, vor.

Sie versuchte es wieder und wieder, doch jedes Mal ging sie unter, schluckte immer mehr Wasser, begann ihren Körper zu hassen, der nicht und nicht tat, was er sollte.

Ihr Vater lachte nur noch.

Als sie es erneut versuchte, spürte sie plötzlich eine Hand unter ihrem Bauch, die sie hochdrückte, gleichzeitig legte sich eine Hand sanft auf ihren Rücken. Sie schwamm, es war wunderbar, so im Wasser zu schweben. Sie spürte, wie die Hände sie losließen, doch sie schwamm weiter, schwamm ihrem lachenden Vater davon, der sie mit wenigen Tempi einholte.

Endlich, ich dachte, du kapierst es nie, dass du ein Hohlkreuz machen musst!

Sie hielt sich an der Stange fest und sah sich um, entdeckte Milo, der ihr zulächelte und rasch wegschwamm.

Und jetzt ein wenig schneller, die Arme und Beine kräftiger nach hinten ziehen, hörte sie die Stimme ihres Vaters von weit, weit weg.

Sie tat, was er sagte, und fühlte sich vom Wasser getragen. Endlich kann ich schwimmen, jubelte sie. Während sich ihr Vater auf der Decke ausstreckte, rannte sie zur Rutsche, sauste ins Wasser, und alles wieder und wieder. Doch so sehr sie nach Milo Ausschau hielt, sie konnte ihn nirgends entdecken. Zwischen den Rutschpartien schwamm sie im tiefen Becken, versöhnt mit ihrem Körper. Als ihr Vater sie aus dem Becken winkte, waren ihre Lippen blau, und sie zitterte vor Kälte.

Als sie wieder zum Hochstand kam, war Milo nicht da. Sie nahm die welken Blumen von den Brettern, pflückte neue. Manchmal rief sie seinen Namen, er antwortete nicht. Als ein Gewitter aufzog, ging sie enttäuscht nach Hause, machte noch einen Umweg über die große Baustelle, größer als alle bisherigen, mitten in der Siedlung. Die ausgehobenen Erdlöcher hatten die Größe von mehreren Häusern, denn hier sollten Stockhäuser entstehen. Sie verstand nicht, warum jemand in einer

Wohnung, statt in einem Haus mit Garten leben wollte. Du meinst, in der Hälfte eines Häuschens, korrigierte die Mutter sie, die nachdenklich hinzu fügte: Wohnungen sind billiger als Häuschen. Sie haben nichts, was sie in die ‚Chance' bringen können, überlegte die Tochter und erinnerte sich an ihre geliebte Puppe und das Puppenhaus, an all die schönen Kleidchen, und als ihr auch noch das Schaukelpferd einfiel, musste sie sich ganz schnell ablenken, um nicht los zu heulen.

Die Frauen haben Angst vor den wilden Tieren, meinte sie.

Vor welchen wilden Tieren, wollte ihre Mutter wissen.

Vor den Riesenspinnen, Kröten und Schlangen, sagte sie gedehnt, zufrieden mit diesem Einfall. Ihre Mutter ekelte sich vor all diesen Tieren.

Die Mutter schüttelte sich und fand: Du hast eine schreckliche Fantasie!

Nein, widersprach sie, es gibt Riesenspinnen, sie hängen von der Dachrinne, und manchmal kommt eine ins Haus. Am Samstag hast du so geschrien im Garten, dass ich Angst hatte. Als ich zu dir kam, konntest du dich nicht rühren: Vor dir saß eine fette Kröte, die genau so erstarrt war wie du. Und mir ist eine Schlange über die Beine gekrochen, ich schwöre es!

Die Mutter sah sie entsetzt an, gab ihr eine Ohrfeige und murmelte laut genug, dass sie es hören konnte: Mir graust vor dir, warum kannst du nie normal sein?

Was ist normal?

Zwei Ohrfeigen.

Vor Ohrfeigen fürchtete sie sich nicht. Rote, brennende Wangen waren zu Siegestrophäen geworden.

Lauter wiederholte sie: Was ist normal?

Keine Ohrfeigen mehr. Stattdessen: Das werde ich deinem Vater sagen, wenn er heimkommt. So viel Ungehorsam gehört bestraft.

Angst.

Auch der Vater wusste keine Antwort.

Sie antwortete sich selbst, während sie auf dem Holzscheit kniete: Normal ist, keine Fragen zu stellen. Normal ist, die Worte: Riesenspinne, Schlange und Kröte nicht laut zu sagen. Normal ist, für diese Worte auf dem Holzscheit zu knien.

Während sie in der Küchenecke kniete, hinter ihr Vater und Mutter zu Abend aßen, ihre Knie zu bluten anfingen, sie nicht weinte und keinen Laut von sich gab, entschied sie sich, nicht normal sein zu wollen. Das Schweigen hinter ihr dröhnte in ihren Ohren, bis sie nichts mehr hörte.

Ihre Ohnmacht hatte die Mutter in eine liebe Mami verwandelt. Um ihre Knie waren Verbände gewickelt, zärtlich streichelte die Mutter über ihr Haar, flüsterte: Wach bitte auf, warum hast du nicht gesagt, wie weh es tut, dein Vater wollte dich nicht verletzen, nur ein wenig zur Vernunft bringen. Und dann bekam sie Riesenohren, denn die Mutter, die glaubte, sie höre sie nicht, erzählte von ihrem Traum, ein Clown zu werden, von dem täglichen Training, das sie heimlich im Wald absolvierte, weil ihr Vater sie verprügelte, als sie von ihrem Wunsch erzählte, von ihrem Lehrer, der so gütig war und sie umsonst unterrichtete und ihrem größten Kunststück, fliegen zu können, obwohl da viele Tricks dabei waren. Als sie ganz wach war, lag sie allein im Bett und war überzeugt, den Traum ihrer Mutter geträumt zu haben.

Am nächsten Tag sah sie Milo an der Traun angeln. Sie schlich sich hinter ihn und hielt ihm die Augen zu. Er rief: Hilfe!, ein Bär!, ein Bär!, und tanzte selbst wie einer. Tiere spielen war ihre neueste Entdeckung, bis sie sich erschöpft auf die kleine Sandbank fallen ließen, die sie dabei entdeckt hatten.

Was hast du mit deinen Knien gemacht?

Ich musste Scheitelknien.

Was soll denn das sein?

Eine Strafe.

Wow, das sind echte Trophäen!

Danke für deine Hilfe beim Schwimmen.

Dein Alter ist ja ein echter Zyniker, lässt dich ewig untergehen, ohne dir zu helfen. War das seine Idee mit den Holzscheitern? Würde zu einem Zyniker passen.

Sie wusste nicht, was ein Zyniker war, aber so, wie sich Milo aufregte, war es nichts Gutes. Sie wollte ihren Vater verteidigen, da sah sie sein lachendes Gesicht im Schwimmbad vor sich und schwieg. Plötzlich fiel ihr doch noch etwas ein: Schwimmen kann man nur alleine lernen, ich habe es auch alleine gelernt, in der Donau, nicht in einem Schwimmbecken, hatte ihr Vater gesagt, und sie wiederholte seine Worte.

Milo ließ sich davon nicht beeindrucken: Ich wette mit dir, er lügt.

Darauf konnte sie nur sagen: Ein Vater lügt nicht!

Milo warf ihr von der Seite einen kurzen Blick zu, dann prustete er los. Sein Lachen war ansteckend, bald wälzten sich beide im Sand, knirschte der Sand zwischen den Zähnen, spuckten sie herum, schluckten ihn. Keiner wollte mit dem Lachen aufhören, es war zu schön, einfach nur zu lachen, bis der Körper schmerzte, das Gesicht und das Tränen-Sand-Gemisch die

Augen verklebte, Milo sich bis auf die Unterhose auszog und in die Traun sprang, sich mitreißen ließ bis zur Insel inmitten des Flusses. Allein beruhigte sie sich, suchte sich einen Felsen, hängte die Beine ins Wasser. Milo winkte sie zu sich, doch noch wagte sie sich nicht in den reißenden Fluss.

Als er zurück kam, meinte er: Der Fluss trägt dich viel besser als das Chlorwasser. Komm, nimm die Verbände ab, versuchen wir es! Ich bleibe ganz nah bei dir. Aber Vorsicht, es ist gleich tief, nicht erschrecken, mach lieber einen Bauchfleck und bleib von den Felsen weg, bleib in der Strömung.

Zum ersten Mal schwamm sie in der Traun, schwamm ohne einen Schwimmreifen in einem Fluss – es nahm ihr die Luft vor Aufregung, aber nach den ersten Überraschungsmomenten fand sie es wunderbar, wie die Strömung sie mitriss, der Fluss sie trug, die Felsen und Weiden an ihr vorbeisausten oder sie an ihnen, so genau konnte sie das in ihrer Aufregung nicht unterscheiden. Sie musste sich viel weniger anstrengen als im Schwimmbecken, das Wasser machte alles für sie, und Milo war da, querte plötzlich ihren Weg und zog sie aus der Strömung zum Ufer, rief, halt dich fest! Sie klammerte sich an einen weit ins Wasser hineinragenden Baumstamm, auf dem sie zum Ufer turnte.

Schön, sagte sie nur, hätte das Wort am liebsten immerzu wiederholt, doch da Milo schwieg, schwieg sie ebenfalls.

Wir müssen zurück, meinte er nur.

Er ging voran durch die Au, knickte Äste, um ihnen einen Weg zu bahnen, verschwand manchmal bis zu einem Knie im Sumpf, zog lachend oder fluchend sein Bein heraus, suchte nach einem leichteren Weg.

Manchmal traf ihn ein Sonnenstrahl, verzauberte jeden Wassertropfen auf seiner Haut in ein Glitzermeer.

Milo wirkte traurig, als er sagte: Mein erstes Gefühl morgens ist Angst! Angst, dass meine Eltern genauso verschwunden sind wie ihre Stimmen.

Meine Mami verschwindet manchmal wirklich. Wenn ich daran denke, habe ich auch eine Riesenangst.

Sie verschwindet wirklich?

Ja, für ein paar Tage, sie weiß selbst nicht, wann sie zurückkommt. Meine Omi glaubt, sie rennt vor den Bomben davon. Obwohl, hier ist sie noch nie verschwunden, nur in den Keller.

Das fand Milo zum Lachen, und sie war froh, mit ihm lachen zu können.

Wie klangen die Stimmen deiner Eltern, wollte sie wissen, und dachte dabei an ihre eigene tiefe Stimme.

Keine Ahnung, sie sind vor meiner Zeit verstummt. Was ist dein erstes Gefühl morgens?

Hunger, lachte sie.

Hunger ist kein Gefühl, widersprach Milo.

Doch, er tut im Magen weh.

Trotzdem ist er kein Gefühl, wetten? Was ist? Heulst du? Meine Güte, bist du eine Mimose. Sag schon, worum willst du wetten?

Ihr fiel einfach nichts ein, ungeübt im Wetten, wie sie war. Einmal hatte ihr Nachbar-Cousin mit ihr gewettet, dass er einen Regenwurm aufessen konnte. Sie war sicher, er war viel zu feig dazu, und hatte ihre Schokolade dagegen gewettet. Er hatte die Erde nach dem kleinsten Regenwurm abgesucht und ihn hinuntergeschluckt, während sie sich bereits übergab, als er den Wurm in den Mund steckte. Ihre Schokolade hatte sie ihm nur ungern gegeben, aber er hatte behauptet, Wettschulden müsse man bezahlen.

Milo lag in der Sonne und blinzelte. Du willst also nicht wetten?

Ich finde wetten blöd.

Meinetwegen. Kennst du Neid?

Sie dachte an die liebevollen Blicke der Mutter auf die kleine Schwester und murmelte: Ja, seitdem ich eine Schwester habe.

Fürchterlich, stöhnte Milo. Hoffentlich kommen meine Eltern nicht auch auf diese schwachsinnige Idee. Ich bin auch oft neidisch: Wenn andere Kinder mit ihren Eltern streiten, ist mir fast zum Heulen.

Sie legte tröstend eine Hand auf sein Knie, zog sie sofort wieder zurück. Ihr ganzer Körper war durch diese kurze Berührung in eine Aufregung geraten, die sie nicht verstand.

Was ist dein Lieblingsgefühl, fragte Milo und hüstelte.

Lachen, antwortete sie schnell.

Lachen ist auch kein Gefühl.

Schade, seufzte sie und überlegte, wann sie lachte: Ich lache, wenn ich froh bin, lustig, etwas Spaß macht, ich keine Angst habe. Manchmal lache ich aus Verlegenheit, aber das ist kein richtiges Lachen. Und dein Lieblingsgefühl?

Triumph! rief er, sprang auf, drehte sich und breitete seine Arme aus: Ich triumphiere über meine Faulheit und trage den Müll nach draußen! Ich triumphiere über meine Angst, stumm zu werden und umarme meine Mutter und tanze mit ihr, singe für sie. Morgens triumphiere ich über meine Angst und spitze die Ohren, ob ich meine Eltern in der Küche hören kann, dann freue ich mich – vielleicht ist Freude mein Lieblingsgefühl? Aber jeder Tag frisst die Freude auf, abends ist sie oft so weit weg, dass ich mich nicht an sie erinnern kann. Dann sitze ich mit meinen Eltern beim Abendessen, das Einhorn sitzt mit uns am Tisch, und mit ihm kommt die Freude zurück.

Milos Worte brachten die Erinnerung an ihre Sehnsucht nach dem Einhorn zurück, an die einzige Begegnung mit ihm, von der sie Milo jetzt erzählte. Milo hörte ihr staunend zu: Du hast es wirklich gesehen?

Du siehst es doch jeden Abend, meinte sie irritiert.

Ich sehe es nicht wirklich, ich spüre es.

Ach, ich habe mir sicher nur eingebildet, dass wir zusammen waren. Ich hatte zu viel Fantasie, die meine Mama krank machte. Seit meiner Krankheit ist sie weg wie das Einhorn. Alles nur Einbildung, sagt meine Mutter.

Sie sah sich in Milos Augen, sah sich als Tränen über seine Wangen rinnen, merkte erst, dass sie selbst weinte, als ihr Milo die Tränen mit seinen Händen wegwischte.

Wieder hatte sie nicht gewagt, die entscheidende Frage zu stellen. Es war ihr unmöglich, sich vorzustellen, Milo hätte jemals Kinderfleisch gegessen. Sie überzeugte sich selbst, dass die Frage eine unmögliche Frage sei. Trotzdem nagte ein Unbehagen an ihr, wenn sie an die Kinderesser dachte. Es war ein wenig wie mit der Schwangerschaft der Mutter – natürlich sah sie ihren Bauch wachsen, er war nicht zu übersehen. Gleichzeitig sah sie über ihn hinweg, wollte nicht an ein Brüderchen denken, das sich zum Glück in ein Schwesterchen verwandelt hatte, allen Wünschen des Vaters zum Trotz, obwohl sie auf die Schwester genauso gerne verzichtet hätte wie auf einen Bruder. Die Stimme der Großmutter im eigenen Kopf, die Worte, die sie lieber nicht gehört hätte wie so viele andere, dass die Nazis alle Juden und Zigeuner töten wollten, wieder hörbar, begleitet von den anderen Worten, dass die Zigeuner Kinder fressen – der Mund, aus dem sie kommen vor ihren Augen, die Luft, durch die sie zu ihr gelangen, nicht sichtbar. Sie schmeißt Steine in den Mund, sperrt die Worte ein.

Ausgerechnet der Vater des Nazibuben ließ als erster ein Motorrad in der Siedlung aufheulen. Alle Kinder bestaunten die Maschine. Er arbeitet am Hochofen, sagte die Mutter, das ist Schwerarbeit, Schwerarbeiter bekommen in der Voest hohe Zulagen. Außerdem muss er Schicht arbeiten, der Hochofen brennt Tag und Nacht! Wenn alle Schichtarbeiter ein Motorrad haben, spart sich die Voest viele Werksbusse, waren sich die Nachbarinnen bei ihren Kellergesprächen einig. Das Mädchen tat, als interessiere sie weder das Motorrad noch das Angebot des Nachbarn an die Kinder, eine Runde mit ihm durch die Siedlung zu fahren. Sie machte einen großen Bogen um das Motorrad, bestaunte es nur durch das Küchenfenster, ging durch die Gärten nach Hause, um nicht dem Nachbarn zu begegnen. Als er jedoch am Samstag alle Kinder zu einer Kinderjause einlud, konnte sie nicht länger widerstehen. Da sie noch nie Motorrad gefahren war, fuhr er eine extra große Runde mit ihr, bis hinauf zum Waldfriedhof und um die Baustellen. Sie breitete ihre Arme aus und jauchzte – es war herrlich, den Fahrtwind zu spüren, immer wieder rief sie: schneller, schneller!, jubelte, wenn sich das Motorrad in die Kurve legte.

Die Kinderjause hingegen war langweiliger als langweilig: Es gab Wasser und Brot, die einfachsten Dinge seien die kostbarsten Werte eines Volkes, meinte der Nachbar, doch die Kinder waren von ihren Müttern die selbst gemachten Säfte gewöhnt und fanden Wasser und Brot und die Reden des Nachbarn öd. Als das erste Auto in der Siedlung auftauchte, verlor das Motorrad seine Anziehungskraft, und die Kinderjause wurde zur Familienjause.

Das Motorrad hatte ihren Vater nicht interessiert. Er hatte nur etwas von einem alt gewordenen Raudi gemurmelt, doch das Auto machte ihn nachdenklich. Er hörte seiner Tochter und seiner Frau aufmerksam zu, sobald sie etwas über das Auto oder den Autobesitzer erzählten. Das Auto war ein grauer VW, was die Mutter lächerlich fand: Wie kann man sich nur ein graues Auto kaufen, ein Auto muss himbeerrot oder himmelblau sein, und während sie von einem himbeerroten oder himmelblauen Auto träumte, blitzten ihre braunen Augen auf und wurden fast grün! Der Vater fand die Farbe unwichtig, murmelte, aha, ein VW. Ein neuer VW? Sicher nicht, erfuhr er am nächsten Abend. Der Nachbar hat es von einem Arbeitskollegen gekauft, der auf Baustelle geht – die Mutter hatte es beim Einkaufen gehört. Der VW-Besitzer ist Schichtarbeiter im Walzwerk, und seine Frau macht Heimarbeit für die Firma Gablonz: Sie macht sich die Augen kaputt mit den winzigen roten Schmucksteinen, und das für ein Auto! Ihre Mutter war empört, der Vater schwieg. Da sagte die Mutter mit einer fremden, hohen Stimme: Ich will kein Auto, bitte versprich mir, dass ich nie in so eine Blechkiste steigen muss. Schon der Gedanke daran macht mir Angst.

Der Vater schwieg.

Kein Kind wagte es, den Autobesitzer zu fragen, ob sie einmal mitfahren durften. Sie umkreisten das Auto, starrten durch die Scheiben, bis der Besitzer oder die Frau des Besitzers sie verscheuchten. Als das Mädchen mit den Eltern und dem Kinderwagen beim Sonntagsspaziergang an dem Auto vorbeiging, wollte die Tochter wissen, warum sie kein Auto haben?

Der Vater sah sie nicht einmal an, drehte um und ging allein nach Hause.

Frag das nie wieder, zischte die Mutter sie böse an, du weißt genau, dass ich kein Auto will, und ließ sie mit dem Kinderwagen stehen, eilte dem Vater nach.

Immer öfter überließ ihr die Mutter die Schwester, die zufrieden im Kinderwagen lag und inzwischen lallen konnte. Sie fixierte die Kleine: Dein Näschen ist süß und deine Wuzelfinger, die schon ganz fest greifen können, sehen sehr komisch aus. Aber deine Augen sind kaum zu sehen, und du hast Wangen, als würdest du einen Luftballon aufblasen. Du bist zu dick, außerdem bist du dumm, genauso dumm wie ich. Du bist auch nur ein Mädchen geworden. Wir dürfen aber keine Mädchen sein, niemand mag Mädchen, klar, weil Mädchen zu dumm sind, um Buben zu werden. Ich kann dich nicht in einen Buben verwandeln, aber ich helfe dir, du bist wirklich viel zu dick. Sie legte ihre Schwester auf eine Decke im Gras und machte Turnübungen mit ihr, bis sie brüllte. Die Mutter riss die Kleine an sich und schickte die Ältere in das Kinderzimmer.

Ein dunkles Zimmer im Sommer war eine Qual. Sie musste unbedingt den Zimmerschlüssel wegwerfen, ohne Schlüssel wäre sie jetzt an der Traun, könnte die Wassertropfen auf Milos Haut funkeln sehen, sich mitreißen lassen vom Fluss, müsste nicht in dieser Gruft sitzen! Ich will keine Schwester, murmelte sie vor sich hin, bis es langweilig wurde. Wenn sie den Satz schrie, hörte er sich anders an, sollten es doch alle wissen: Ich will keine Schwester!!!

Sie wusste, sie sollte nicht so denken, trotzdem brüllte sie den Satz, bis die Mutter endlich die Tür aufsperrte. Ihr roter Kopf verhieß nichts Gutes, ihre dunkelbraunen Augen ebenso wenig. Sie hielt den Teppichklopfer in der Hand, im Kinderzimmer gab es keine Möglichkeit, unter einem großen Tisch zu verschwinden. Sie spürte, wie ihre Wut größer wurde als sie selbst, sie aus ihr hinaus drängte und der Angst Platz machte, einer panischen Angst, die sie nach Luft schnappen ließ. Sie konnte nur nein, nein, nein, flüstern, doch dieses Nein hatte keine Macht, die Schläge brannten sich in die Haut, brannten die Worte der Mutter mit ein: Du lächerliche Laus, du Ungeziefer, du bist nicht länger meine Tochter, ich will dich nie wieder sehen, du kommst in ein Heim!

Nachdem sich der Schlüssel von außen wieder im Schloss gedreht hatte, blieb nur die Angst mit ihr im Zimmer zurück. Sie wusste, das Heim bedeutete die Irrenanstalt, und dorthin würde sie nie, nie gehen, lieber wollte sie sterben, aber die Jalousien waren zugenagelt. Sie zerbiss sich die Lippen, während sie fieberhaft nach einem Ausweg suchte. Sie wusste, dass sie böse war, nicht so denken sollte. Eine Schwester muss man lieben, aber sie fand die Kleine nur unsagbar langweilig. Das war sicher eine Todsünde, und sie durfte nicht beichten gehen! Sie war in einem Alptraum gefangen, aus dem sie nur die Liebe zu ihrer Schwester erlösen konnte, die sie nicht empfand. Vielleicht könnte sie Milo überreden, mit ihr ins Zigeunerland zu ziehen. Irgendwo musste es ein Zigeunerland geben, überlegte sie verzweifelt. Vielleicht gab es über dem Land ein riesiges Dach, durch das Gott nicht sehen konnte. Denn noch schlimmer als die Irrenanstalt war die Hölle, daran hegte sie keine Zweifel. Die Hölle war für die Ewigkeit, und alle Kinder, die ihre Geschwister nicht liebten, kamen in die Hölle, das stand fest.

Höllentod, Heimtod, Kalktod, Grufttod, Wassertod, Grabestod, Zimmertod, Sommertod, mausetot.

Ich darf nicht sterben, ich will nicht in die Hölle kommen, widersprach sie der eigenen Stimme, die von ihr verlangte, sich mit dem Kopfkissen zu ersticken. Nein, entschied sie mit aller Kraft, nein, ich will nicht in die Hölle kommen.

Sie spürte, dass sie nicht an die Irrenanstalt denken durfte. Sobald das Wort in ihrem Kopf auftauchte, hätte sie ihn am liebsten gegen die Wand geschlagen, um das Wort aus ihm zu verbannen. Die Hölle, merkte sie, war weit weg gegen die Irrenanstalt. Sie musste viele Worte denken, um dieses Wort zu entmachten.

Wenn sie nicht die Tochter ihrer Mutter war, wer war sie? Ein Voest-Kind! Wahrscheinlich, überlegte sie, sind alle Voest-Kinder Juden oder Zigeuner. Ihre Mutter kam vom Land, sie hatte mit der Voest nichts zu tun. Deshalb war sie nicht das Kind ihrer Mutter, sondern das Kind der Voest. Da sie Milo mochte, fantasierte sie sich zur Zigeunerin, das Wort klang immer noch zauberhaft, während Jüdin nicht so schön klang, aber besser als Jude, das Wort Jude gefiel ihr nicht. Sie erinnerte sich an die Angst ihrer Mutter, wenn der Ruf ‚Der Messerschleifer ist da' erklang – vielleicht hatten ihre Eltern sie vor den Nazis gerettet? Was für ein undankbares Kind sie war! Du bist böse, böse, böse, schimpfte sie mit sich selbst. Sie kniete sich nieder und betete den Rosenkranz, betete für ihre Mutter, die ihretwegen so böse geworden war und nun ebenfalls in die Hölle kommen würde, wenn sie nicht beichten ging. Bitte, heilige Jungfrau Maria, mach, dass meine Mami am Sonntag beichten geht, und lass sie bis zum Sonntag am Leben, damit sie nicht in die Hölle kommt. Sie hat jetzt eine eigene Tochter, vielleicht kannst du mich in einen Buben verwandeln? Mit einem Buben haben es die Eltern viel leichter, und ich hätte es sicher auch leichter mit ihnen, und sie haben sich doch so sehr einen Buben gewünscht, und bitte mach, dass sie die Irrenanstalt vergisst!

Sie war nicht wirklich beruhigt nach dem Rosenkranz, die Frage, wer sie in Wahrheit war, wenn sie nicht die Tochter ihrer Mutter war, bedrängte sie wieder, verdrängte die Gewissheit, sehr, sehr böse zu sein.

Sie kannte keine einzige Jüdin, als Jüdin konnte sie sich vollkommen neu erschaffen, vielleicht sogar als Jude? Diese Idee gefiel ihr am besten von allen. Außerdem wäre es sicher lustiger, als Jüdin mit einem Zigeuner zu spielen, mit einer Zigeunerin hatte sie ihn nie spielen gesehen. Nicht einmal in der Gruppe aus der Barackensiedlung waren je Mädchen dabei, als Zigeunerin würde sie vielleicht nie mit Milo in seiner Gruppe spielen dürfen. Vielleicht gab es keine Zigeunermädchen? Vielleicht waren die Zigeuner klug genug, alle als Buben auf die Welt zu kommen? Sicher wird er mit einer Jüdin spielen oder mit einem Juden. Sie würde ein Fußballer werden oder Lokführer, auf jeden Fall musste sie weit, weit wegfahren, am besten nach Madagaskar zu den Lemuren, damit ihre Eltern endlich glücklich sein konnten. Irgendetwas würde ihr sicher einfallen, wenn sie erst ein Jude war.

Und wenn die Juden doch ihren geliebten Jesus Christus ermordet hatten? Dann konnte sie unmöglich ein Jude werden.

Unsinn, die Großmutter hatte ihr doch erklärt, dass alle Christen in Wahrheit Juden seien.

Sie merkte, wie ihr Kopf wieder wirr wurde. Die Anstrengung, dieses Gedankenknäuel zu entwirren, machte sie schläfrig. Sie zwang sich, wach zu bleiben, holte ihren Großen Weltatlas und suchte nach Bethlehem, Jerusalem, fand sie endlich, suchte weiter nach einem Zigeunerland, in das sie mit Milo fliehen konnte. Nirgendwo standen die rettenden Buchstaben, bis sie das Dach der Welt entdeckte – dort musste sie hin, in diese hohen Berge, beschirmt, vor Gottes Blicken sicher.

Sie wachte auf, als ihre Eltern vor ihr standen und der Vater den Atlas von ihr verlangte. Er übergab den Atlas der Mutter, die ihn in die ‚Chance' bringen sollte. Die Mutter sah sie nicht an, aber wenigstens war sie nicht mehr so böse.

Ich bin sehr enttäuscht von dir. Du bist jetzt die Große, als Große hast du Verantwortung, aber du benimmst dich wie ein Baby. Bis Schulbeginn hast du Zimmerarrest.

Sie nickte nur, wagte nicht darum zu bitten, den Atlas behalten zu dürfen. Sie wusste, ihr Vater erfüllte ihr keine Bitte. Er war sehr klug, und sie hatte diese

Strafe verdient. Danke, heilige Mutter Gottes, dass er mich bestraft ohne böse zu sein. Auch die Mami war nicht mehr so böse, danke, dass du sie vor der Hölle bewahrst und bitte, bewahre mich auch davor und vor der Irrenanstalt.

Der Verlust ihres Atlas schmerzte sie, aber sie empfand den Schmerz als wohltuend, sogar den Zimmerarrest. Ohne irdische Strafe wäre ihr die Hölle sicher! Wenn sie die Strafe tapfer ertrug, würde sie vielleicht nur ins Fegefeuer kommen, sobald sie ihre Schwester gern hatte. Sie sagte sich: Ich bin Jüdin und liebe meine Schwester. Sie bat die heilige Maria inständig, ihr dabei zu helfen.

Sie entwickelte sich zu einer Schläferin, konnte immerzu schlafen, wusste nicht mehr, welche Tageszeit war beim Aufwachen, Einschlafen. Wenigstens träume ich nicht von der Irrenanstalt, dachte sie erleichtert, und dass sie vielleicht doch nicht dorthin geschickt würde, wenn sie ihren Zimmerarrest ohne Gebrüll und Gejammer ertrug. Als sie sich ausgeschlafen hatte, wurde es langweilig, so allein in dem dunklen Zimmer. Sie spähte durch die Ritzen der Jalousien, wurde eine Meisterin im Augenverdrehen, sah immer wieder die Nachbarstochter zum Fenster hinausschauen mit einem leeren Blick, der nichts wahrnahm. Sie hat ebenfalls Zimmerarrest, vielleicht haben alle Kinder der Siedlung Zimmerarrest, überlegte sie und wurde zur Anführerin der eingesperrten Kinder, die sie mit ihrem Lieblingslied aus den Kinderzimmern lockte. ‚Lustig ist das Zigeunerleben' singend zogen sie in die Au, dort wartete Milo bereits auf sie, und sie bauten sich Baumhütten, sammelten den herumliegenden Schrott ein und fischten. Die Fische brieten sie am offenen Feuer, genauso die Pilze. Es gab Löwenzahnsalat und so viele Beeren, dass sie während des Pflückens bereits satt wurden. Mit ihren himbeerroten oder brombeerfarbigen Fingern bemalten sie die Innenwände ihrer Hütten, malten sich das Dach der Welt herbei, Myra und das Land der Orangen, und wann immer sie an Milo dachte, war er bei ihr. Sie spielten nicht länger Marterpfahl oder Krieg, sondern wurden zu Baumakrobaten und Balljongleuren und Meisterinnen im Schnurspringen und badeten in der wilden Traun, die noch viel wilder war als der wildeste Bub, aber Milo war der beste Schwimmer, den die Traun je gesehen hatte. Nie war ein Kind in Gefahr zu ertrinken. Die Traun und Milo gehörten zusammen, beschützten sie alle.

Sie entdeckte die Welt in ihrem Kopf, eine bunte Welt, voll von Abenteuern. Wenn ihr die Mutter das Essen brachte, bedankte sie sich, aber es war ihr egal, was auf dem Teller lag. In ihren Augen verwandelte es sich in frische Pilze und wildes Gemüse, dazu schmeckte der eben gepflückte Sauerampfer, und sogar der wilde Spinat schmeckte köstlich, und das Wasser verwandelte sie in einen Saft aus Erdbeeren, die sie selbst gepflückt hatte. Zwischen dem Fischen, Spielen und Sammeln brachten ihnen die älteren Kinder Schreiben und Rechnen bei, und vor dem Einschlafen erzählte sie allen eine Geschichte, und wenn ihr ausnahmsweise keine einfiel, erzählte ein anderes Kind. Nie gingen sie ohne eine Geschichte schlafen, das war ein ungeschriebenes Gesetz. Zum Glück wuchs ihre Schwester schnell und war keine Heulsuse mehr, die ihr Versteck durch Gebrüll verraten hätte. Jeder musste auch Späher sein, der alle warnte, sobald Erwachsene in der Nähe ihrer

Stadt auftauchten. Dann gaben sie alle ihre Schätze schnell in die Erdgrube und verschwanden in den Bäumen oder den Höhlen am Flussufer. Sie wachten mit der Sonne auf, die in die Hütten schien, und gingen mit der Dunkelheit schlafen. Einmal stritten zwei Buben um ein Fundstück, denn alle waren sie Schatzgräber: jeder Kieselstein ein Edelstein, jedes Eisen eine Krone, jeder Stoffrest ein Prinzessinnenschleier. Da war es allerhöchste Zeit, sich um das Feuer zu versammeln! Verboten waren alle Strafen wie schlagen, würgen, fesseln, den Kopf ins Wasser tauchen, einsperren oder mit der Irrenanstalt drohen. Dieses Wort verbannten sie einstimmig aus ihrer Sprache, die immer schöner wurde, je länger sie in ihrer Kinderstadt wohnten. Eines Morgens spann sich ein Regenbogen über die Traun, saßen sie alle auf den Felsen oder lagen auf den kleinen Sandbänken und konnten vor Glück nur lachen und weinen und wurden still, hörten dem Wasser zu und den Vögeln, den Schmetterlingen und Bienen, den Würmern, Schnecken, Käfern und Fischen, wurden so still, dass sie den Atem des Einhorns hören konnten, bevor sie es sahen. Majestätisch kam es auf sie zu – als es vor ihnen stand, verwandelte es sich in ein winziges Einhorn, das sich sanft in ihre Arme gleiten ließ.

Manchmal störte ihr Vater ihre Idylle. Er wollte wissen, ob sie ihre Taten bereue? Sie wusste nicht, von welchen Taten er redete, aber sie fand, es sei besser zu bereuen. Dann kam unausweichlich die Frage, ob sie ihre Schwester liebe. Darauf wusste sie keine Antwort. Sie hatte sie seit ihrem Zimmerarrest nicht gesehen, in der Kinderstadt mochte sie die Kleine, sie war lustig und friedlich, nur etwas langsamer als die anderen, aber sie hatte ja eine große Schwester, die sie auf dem Rücken den Baum hinauf trug, sobald Gefahr drohte. Die wirkliche Schwester, wusste sie, konnte unmöglich so schnell wachsen wie die in ihrem Kopf. Lügen wollte sie nicht, zu den wilden Kindern wollte sie nicht, und Milo hatte sie sicher bereits vergessen. Ohne die Kinder in ihrem Kopf war die Au nur langweilig, war ihr das Leben in ihrem Kopf lieber. Sie schwieg, enttäuscht verließ der Vater das Kinderzimmer, vergaß nie zuzusperren. Nur wenn sie den Nachttopf ausleerte, durfte sie das Zimmer verlassen, bewacht von ihrer Mutter. Einmal stand der Kinderwagen mit ihrer Schwester im Vorzimmer – sie warf einen Blick auf die Kleine und war enttäuscht. Sie nuckelte an ihrem Daumen und war noch dicker als vor dem Zimmerarrest.

Als ihr Vater sie erneut fragte, ob sie ihre Schwester liebe, sah sie ihn hilflos an und flüsterte: Ich kenne sie ja gar nicht.

Da schmunzelte er zum ersten Mal seit dem Nachmittag, an dem er ihr das Schwimmen beibrachte.

Möchtest du sie denn kennenlernen?

Ich weiß nicht, meinte sie ehrlich, sie ist so klein und kann noch nicht einmal reden, Babys sind so langweilig.

Wieder schmunzelte er. Plötzlich fasste er sie an der Taille und warf sie in die Luft, fing sie sicher auf und lachte: So ein stures Kind wie dich darf es eigentlich nicht geben. Aber du erinnerst mich an mich, ich war genauso. Schade, wirklich schade, dass du kein Bub bist. Als Mann könntest du es weit bringen, aber für eine Frau ist Sturheit fast ein Todesurteil. Gewöhn sie dir lieber ab. Schwache Männer sind verachtenswert, schwache Frauen wecken bei uns Männern alle Beschützerinstinkte, merk dir das. So, und jetzt erzähle, was du hier die ganze Zeit gemacht hast.

Sie war sich nicht sicher, ob sie sich eine neue Geschichte über ihren allerliebsten Vater ausgedacht hatte, oder ob er all die Worte wirklich gesagt hatte. Sie starrte ihn kurz an: Ja, um seine Lippen war noch eine Spur von seinem Lächeln, ja, seine Augen sahen sie liebevoll an, ja, er wartete ernsthaft auf ihre Antwort, wie damals, als das erste Auto in der Siedlung auftauchte. Aber eine schwache Frau wollte sie trotzdem nie, nie werden!

Ich habe mir viel überlegt, meinte sie vorsichtig.

Das ist gut, du bist ein kluges Mädchen, meine Große. Und was hast du dir überlegt?

Sie hörte weniger auf die Worte als auf seine Stimme. Sie klingt immer noch liebevoll, stellte sie erstaunt fest. Während sie in ihren Geschichten gelebt hatte, musste etwas passiert sein, war sie sicher, und wurde sehr neugierig.

Warum wollt ihr mich in die Irrenanstalt sperren, wenn ich so klug bin, fragte sie leise und presste ihre Neugier auf die Größe einer Nuss zusammen.

Kein Mensch will das, versicherte er.

Doch, Mami will mich ins Heim stecken. Jedes Heim ist eine Irrenanstalt. Dort werde ich nur dumm.

Sie atmete erleichtert auf. Endlich hatte sie ihre Neugier besiegt.

Wenigstens willst du nicht dumm sein, das ist ja ein Ansatzpunkt, wenn auch eine Verneinung. Was willst du also sein? Klug? Eine kluge Frau ist eine dumme Frau, denk an deine Zukunft!

Ich will ein Bub sein!

Das ist eine gute Idee, aber verrate mir, wie du das anstellen willst.

Das Lächeln ihres Vaters hatte sich verändert. Es war nicht mehr freundlich, sondern zynisch. Jetzt begriff sie erst, was Milo gemeint hatte. Es war das Lächeln, das ihr Gänsehaut verursachte. Ihr Vater wünschte sich einen Buben, warum machte ihn ihre Idee nicht glücklich? Jetzt musste sie sich zwingen, weiter zu reden: Ich werde Hosen anziehen, wenn wir uns Hosen leisten können. Aber vielleicht kann die Mami mir aus einer Hose von dir …

Weiter kam sie nicht. Ihr Vater lachte und lachte, klatschte dabei in die Hände, aber es war ein belustigtes Lachen, kein zynisches, stellte sie erleichtert fest. Vielleicht waren Hosen schrecklich teuer, oder er konnte keine seiner entbehren, oder sie verstand einfach nicht, warum er so lachte, dass er sich bereits den Bauch halten musste. Es ist traurig, dachte sie, dass ich nicht mit ihm lachen kann, Omi und ich lachen immer gemeinsam, und Milo und ich haben so lange gemeinsam gelacht, bis er sein Lachen in der Traun ertränkte. Dieses Lachen ist anders, es liegt wie die reißende Traun zwischen uns.

Ihr Vater fischte sein Taschentuch heraus, in dem wieder einmal ein Knoten war, das Zeichen, dass er an etwas in der Voest denken musste, was nichts mit der Voest zu tun hatte, weswegen er es am liebsten in seiner geliebten Voest vergaß, und wischte sich damit sein tränennasses Gesicht trocken.

Gut, meine Große, meinte er, nachdem er lange den Knoten fixiert hatte, das ist eine Sache, die deine Mutter mit dir klären wird. Aber ich habe dich für klüger gehalten. Du wirst nie ein Bub werden, nie!

Er war enttäuscht, sie hatte ihn enttäuscht, es tat weh, ihn zu enttäuschen, er wünschte sich doch nichts sehnlicher als einen Buben.

Jetzt mach nicht so ein Gesicht, meinte er, ein halber Bub bist du ohnehin, mehr ist einfach nicht möglich.

Ein halber Bub, das klang wie ein halber Mensch! Im nächsten Moment überlegte sie bereits, ob es nicht besser war, ein halber Bub und ein halbes Mädchen zu sein, denn außer Milo fand sie alle Buben schrecklich. Sie musste unbedingt Milo fragen, ob er auch ein Hälftemensch war wie sie.

Ich habe mir überlegt, unterbrach der Vater ihre Gedanken, wie du deine Schwester besser kennen lernen kannst. Du wirst ab jetzt die Nachmittage mit ihr verbringen. Sagen wir zwei Stunden. Dann ist auch deine Mutter etwas entlastet. Ich rechne damit, dass du dich verantwortungsvoll verhältst und mich nicht enttäuschst.

Sie umarmte ihn, dankte ihm, flüsterte immer wieder, ich werde dich nicht enttäuschen, mein allerliebster Papi.

Ihr Vater deutete ihr an, dass er ein Geschenk für sie hätte. Sie durfte nicht wie bei ihrer Großmutter ihre Neugier genießen, sie wachsen und wachsen lassen. Je uninteressierter sie sich gab, desto schneller würde sie ihr Geschenk erhalten. Ein Geschenk, das sie sicher nicht verdient hatte als lieblose Schwester. Durfte sie ein unverdientes Geschenk überhaupt annehmen? Die eigenartigsten Fragen waren die spannendsten, entdeckte sie plötzlich. Denn alle Geschenke waren unverdient, sonst waren es keine, aber warum sie ausgerechnet dieses als besonders unverdient ansah, hätte sie gerne enträtselt. Da stand ihr Vater bereits wieder vor ihr und überreichte ihr den Großen Weltatlas mit den Worten: Weil du all die Tage nie gejammert und nie gebettelt hast, dass wir dich hinauslassen. Ich bin stolz auf dich, meine Große. Und, hast du dir inzwischen überlegt, was du sein willst, denn das mit dem Buben wäre ja geklärt.

Er erwartet etwas, seine Erwartung schwemmte alles Denken weg, sie ertrank in seiner Erwartung, bettelte sich selbst um Hilfe an, dieser leere Kopf, überfüllt mit der Erwartung des Vaters. Was will er hören, immerzu formte sich nur diese eine Frage, da fiel es ihr endlich ein: Ich will eine Jüdin sein.

Die zähe Erwartung verschwand aus ihrem Kopf, ihr Vater sah durch sie hindurch, nickte und verließ das Kinderzimmer. Nicht einmal die Tür schloss er hinter sich, trotzdem war es die falsche Antwort, war es unrecht von ihr, eine Jüdin sein zu wollen, aber nicht, weil alle Christen irgendwie auch Juden waren, wie ihre Großmutter meinte, nicht deshalb. Darüber hätte er gelacht oder zynisch gelächelt, sie vielleicht Dummchen genannt, nein, aus ganz anderen Gründen, die böse Gründe sein mussten, sonst hätten ihre Worte ihrem Vater nicht die Sprache aus dem Kopf gepresst oder auf einen so winzigen Punkt zusammengedrückt, dass sie vielleicht noch im Kopf war, aber nicht mehr in den Mund wandern konnte. Vielleicht war ihr Vater von nun an stumm wie Milos Eltern? Wenn er stumm bleiben sollte, wäre sie schuld an seiner Stummheit.

Weder ihr Vater noch ihre Mutter erwähnten den Zimmerarrest oder ihre bösen Wünsche, und Gott sei Dank war ihr Vater kein stummer Vater geworden. Nach dem Mittagessen übergab ihr die Mutter die

Kleine und verließ das Haus. Sie hoffte und betete, dass die Mutter wirklich wieder zurückkam. Ein Fläschchen stand bereit, falls das Baby weinte, Wickelzeug. Wickle sie ja auf dem Boden und probier die Milch, ob sie nicht zu heiß ist, waren die immer gleichen Abschiedsworte. Sie legte die Kleine in den Kinderwagen und schaukelte sie. Die ersten Nachmittage saß sie nur da und starrte auf die Straße, murmelnd: Bitte, komm zurück. Da die Mutter jeden Nachmittag zurückkam, verlor sich ihre Angst, und die Frage, wo die Mutter war, beschäftigte sie nun. Sie kam nie mit Einkäufen zurück, einkaufen ging sie vormittags mit dem Kinderwagen. Sie konnte nicht nach Linz fahren, für eine Fahrt nach Linz waren zwei Stunden zu kurz, das wusste sie. Aber vor allem: Ihre Mutter zog sich kein Sonntagskleid an, zog nur den Hauskittel aus, ging in den bequemen Schuhen, mit denen sie nie nach Linz fuhr. Die Stöckelschuhe hatte sie noch nicht einmal ausgepackt. Manchmal rettete sie die Erinnerung: Ihre Mutter hatte früher im ‚Konsum' hin und wieder Verkäuferin gespielt. Vielleicht durfte sie wieder in einem Geschäft spielen, vielleicht sogar in einem Kleidergeschäft, denn seitdem die Zukunft das ganze Geld verschlang, fuhren sie nie mehr nach Linz, um auf der Landstraße bummeln zu gehen und im Eissalon die Füße auszurasten, probierte die Mutter keine Kleider mehr an, kaufte sie keine Stoffe mehr, fuhr die Mutter nur noch allein in die ‚Chance' – dafür reichen die bequemen Schuhe, hatte sie einmal gemeint, und die bequemen Schuhe trotzdem verflucht. Aus ihren Kleidern nähte sie Kleider für die Tochter, für sich selbst nähte sie nur eines, wenn sie in einer der Umzugskisten, die inzwischen auf dem Dachboden standen –

ausgeräumt, halb voll, noch zugeschnürt –, ein Stück Stoff fand. Manchmal funkelte eine andere Erinnerung hervor: der magische Clown. Vielleicht hatte ihre Mutter hier Clowns entdeckt und lernte wieder fliegen? Diese Idee war wundervoll, sie sah den magischen Clown die unsichtbare Leiter hochklettern und unter der Zimmerdecke herumschweben, doch im nächsten Moment war die Erinnerung bedrohlich: Als magischer Clown würde die Mutter sicher wieder tagelang verschwinden oder für immer weggehen, dorthin, wo es einen Zirkus gab.

Wenn die Mutter nach Hause kam, war sie fröhlich, nahm ihre Kleine hoch und tanzte manchmal mit ihr zu einer unhörbaren Musik. Den Blick auf ihre Große vermied sie, die sie eines Nachmittags fragte, obwohl sie wusste, dass sie nicht fragen durfte: Wohin gehst du jeden Nachmittag.

Die Mutter schrie nicht, schimpfte nicht, meinte nur, das gehe sie nichts an.

Sie merkte sich diesen Satz. Ohnedies hatte sie es satt, jeden Nachmittag auf die Mutter zu warten. Dieses Warten wurde jeden Tag unerträglicher. Sie würde zu Milo gehen, und sollte die Mutter sie fragen, wo sie war, würde sie ihr mit dem gleichen Satz antworten.

Wollte sie Milo sehen, musste sie den Kinderwagen zum Bunker schieben. Als er sie damit sah, glaubte er, sie spiele noch mit Puppen und verspottete sie. Sie wollte nicht heulen, aber es tat zu weh. Die Tränen kümmerten sich ausnahmsweise nicht um den Befehl, nach innen zu laufen. Ihre Schwester begann im Kinderwagen zu schreien, wenigstens übertönte sie ihr Schluchzen. Zum ersten Mal war sie der Kleinen dankbar für ihr Gebrüll. Milo tanzte im Schein seiner Taschenlampe, stocherte zwischendurch in der Erde des Bunkers herum, freute sich, als er auf etwas Hartes stieß, grub mit einem Holzprügel danach.

Er hat sich schrecklich verändert, konnte sie nur denken. Diesen Milo kann ich unmöglich fragen, ob er genauso eine Hälftemensch ist wie ich.

Maria, Maria! rief er aufgeregt, wühlte jetzt mit den Händen nach seiner Entdeckung, rannte mit seinem Fund ins Freie. Es war ein hässlicher Metallhelm, den er sich aufsetzte.

Sie starrte ihn entsetzt an: In ihrer Kinderstadt hatten sie alle Schätze zur Traun gebracht, sie sorgfältig gewaschen und in der Sonne trocknen lassen, bevor sie mit all den wunderbaren Steinen und Versteinerungen, Stoffen und Schmuckstücken, Wurzeln und Federn, von denen kein einziges Stück so hässlich war wie dieser Helm mit dem komischen Mühlrad darauf, spielten. Zigeuner sind schmutzig, dachte sie und hätte am liebsten gleich wieder geheult, wären da nicht seine Worte, die sie elektrisierten: Ich bin Nazi, wiederholte er ständig und tanzte mit dem hässlichen Helm auf dem Kopf in dem von seiner Taschenlampe schwach erleuchteten Bunker. Sie versuchte die Worte mitzusingen, mitzutanzen, als er sie um die Taille fasste und herumwirbelte und sie gemeinsam skandierten: Ich bin Nazi! Von dem Helm rieselte Erde, fielen ihr Brocken in den Mund, vor denen ihr ekelte, die sie mitsamt ihrem Ekel zurück auf die Erde spuckte.

Auf dem Weg nach Hause stieß sie den Kinderwagen vor sich her. Sie konnte es nicht fassen, dass Milo ein glücklicher Nazi war, obwohl der Nazinachbar alle Zigeuner töten wollte, und noch weniger begriff sie ihre eigenen Gefühle beim Nazitanz – nichts begriff sie mehr, ihre Mutter hatte recht, sie war verrückt. Aber dann war Milo ebenfalls verrückt! Dieser Gedanke war ein wundervoller – er versöhnte sie augenblicklich mit ihrer eigenen Verrücktheit. Nach dem Wochenende begann die Schule, nur daran wollte sie denken, während sie die immer noch brüllende Schwester jetzt lachend durch die Siedlung schob, die Nachbarinnen aus den Kellern eilten und sie böse ansahen.

IV.

Am ersten Schultag stand ihre Mutter zwischen all den fremden Müttern: Sie konnte es kaum fassen, wie jung ihre Mutter war. Alle anderen Mütter sahen neben ihr uralt aus! Fast vergaß sie zu atmen, während sie ihre Mutter bestaunte, die fast so schön war wie die Chinchilla-Königin, von der sie noch manchmal träumte. Nur die Augen der Königin, mit ihrem dunklen Grün, waren schöner als die Augen ihrer Mutter, die zwischen dunkelbraun und hellbraun wechselten und so selten grün funkelten. Sie wusste, diese Beobachtung musste ihr Geheimnis bleiben in der Klasse, aber ihrem Vater würde sie am Abend davon erzählen, und darauf freute sie sich, obwohl er für einen winzigen Moment in ihren Augen wie ein alter Mann aussah. Er lachte so selten, seitdem sie in die Wildnis gezogen waren, aber wenigstens lachte er manchmal, nicht wie in den ersten Monaten, als niemand lachte in dem neuen Haus. Bestimmt zermartert er sich seinen klugen Kopf, wie er aus seiner bösen Tochter eine brave Tochter machen kann, dachte sie. Dabei wollte sie ja brav sein! Sie war ohne Murren aufgestanden und hatte schnell ihre Milch getrunken, sich den Faltenrock und die weiße Bluse angezogen, wie es sich für ein braves Mädchen gehört, hatte sogar die dunkelblaue Weste über die Bluse angezogen, war neben ihrer Mutter und dem Kinderwagen in die Schule gegangen, obwohl sie am liebsten gelaufen wäre, hatte sich in die hintere Reihe gestellt und war trotzdem kein braves Mädchen. Sie brauchte nur einen Blick auf die Mädchen zu werfen, die verängstigt in der Klasse standen, weinten und schluchzten, denen der Rotz aus der Nase rann und die sich an ihre Mütter klammerten und wusste, dass sie inmitten von wirklich braven Mädchen stand, sie hingegen ihre Bravheit nur ausprobierte wie die neuen Schulkleider, die ihre Mutter für sie genäht hatte, aus denen sie bald wieder herausgewachsen sein würde, obwohl sie ihr jetzt noch zu groß waren, denn sie sollten ihr möglichst lange passen, weswegen sie nie wirklich passten, weil sie schneller wuchs oder nur die Beine oder die Arme oder nur der Rumpf. In ihren tief verborgenen Gefühlen, die sie so gut versteckte, dass sie manchmal selbst auf sie vergaß, fühlte sie sich jedoch gerettet, weil sie das brave Mädchen nur spielte, es nicht wirklich war.

Sie hatte Glück mit ihrer ersten Lehrerin, einer alten Jungfrau, wie manche Kinder sich zuflüsterten, während sie sich am ersten Schultag nicht vom Rockzipfel der Mutter trennen wollten. Sie sagten die Worte mit bitterer Stimme, bis sich die Bitternis in ihre Mundwinkel grub und jedes Lächeln wie eine Maskerade wirkte. Sie erinnerte sich, dass ihre Wiener Tante im Graben die Frauen, die sie nicht mochte, mit den gleichen Worten aus ihrem Haus vertrieben hatte, wusste nicht, was sie inmitten der Verachtung und Bitternis bedeuteten, denn die einzige Jungfrau, die sie kannte, war die heilige Maria, die wunderschön und zart und liebevoll war.

Sie staunte, wie viele Mädchen Brillen trugen, wie arm manche gekleidet waren. Sicher konnten ihre Mütter nicht nähen, überlegte sie und versuchte ihre Mutter zu überreden, ihnen das Nähen beizubringen, doch ihre Mutter lachte sie nur aus: Das würde dein

Vater nie erlauben! Willst du, dass ich Schande über ihn bringe? Das wollte sie nicht, aber sie wollte auch nicht, dass manche Mädchen so armselig daher kamen, mit geflickten oder zerrissenen Sachen.

Warum ist das eine Schande für Vati, fragte sie mit leiser Stimme, erhielt keine Antwort.

All ihre Vorfreude löste sich in Verblüffung auf, wie langsam die meisten waren, wie unendlich langweilig es war, etwas immer wieder zu hören, was sie längst begriffen hatte.

Nur in den Pausen war es interessant, verwandelte sich die Klasse in einen Markt, auf dem alles getauscht wurde, was sich in einer Schultasche verstecken ließ. Bilder von Schauspielerinnen gegen die von Skifahrern, getrocknete Blumen gegen Haarspangen, Nüsse gegen ein Stück Schokolade …

Die Brillenträgerinnen wurden von einigen Mädchen nur Brillenschlangen genannt. Sie wünschte sich sehnlich, ebenfalls eine Brille zu tragen, dann würde sie zu den Brillenschlangen gehören und könnte die bösen Mädchen verprügeln, ohne selbst böse zu sein. Aber ihre Augen sahen besser als erlaubt, meinte der Schularzt, und dass sie froh sein solle über ihre Sehkraft. Dann mach mir bitte Sommersprossen, bettelte sie die Sonne an, denn manchmal wurden die Brillenträgerinnen verschont und die Mädchen mit Sommersprossen beschimpft. Worte helfen nichts, stellte sie fest, und war zutiefst gekränkt, dass Mädchen genauso dumm sein konnten wie Buben. Nachdem die Worte ungehört blieben, prügelte sie sich mit ihnen auch ohne Brille, ohne Sommersprossen. Ihre Gemeinheit war ihr unerträglich.

Die Lehrerin rief sie ins Sprechzimmer, redete ein ernstes Wort mit ihr. Sie schwieg trotzig, dann brach es doch aus ihr heraus, wie gemein manche Mädchen seien, wie schlecht sie die Brillenträgerinnen behandelten, sie beschimpften, bespuckten, ihnen die Jause wegnahmen. Die Lehrerin versprach ihr, besser aufzupassen in den Pausen, bedankte sich sogar bei ihr, wollte aber, dass sie ihr versprach, nie wieder eine Prügelei anzufangen. Schon wieder wollte jemand, dass sie log, diese ganze Lügerei brachte sie zur Verzweiflung und vertrieb die Worte aus ihrem Kopf.

Du willst es mir also nicht versprechen, fragte die Lehrerin sanft und wirkte traurig.

Ihre Traurigkeit brachte die Worte zurück: Warum wollen Sie, dass ich lüge? Es ist eine Sünde zu lügen, aber ich soll immerzu lügen. Ich will nicht in die Hölle kommen!

Ich verstehe, meinte die Lehrerin und starrte zum Fenster hinaus.

Unbehaglich wartete sie, bis die Lehrerin ihr Schweigen beenden würde.

Du kannst schon lesen, habe ich bemerkt. Sicher ist es oft langweilig für dich, wenn ich euch das Lesen beibringe. Ich werde dir Bücher mitbringen, die kannst du währenddessen lesen.

Sie hätte die Lehrerin am liebsten umarmt, aber das gehörte sich nicht. Wirklich brachte sie ihr am nächsten Tag ein Buch mit in einer funkelnagelneuen roten Schultasche, genau wie die, die sie sich im Sommer gewünscht hatte.

Die ist für dich, ich brauche sie nicht mehr.

Während die Lehrerin ihr die rote Schultasche überreichte, die wunderbar duftete, wirkte sie erneut traurig. Sie verschränkte die Arme vor der Brust, schüttelte verneinend den Kopf.

Gefällt sie dir nicht?

Es macht sie traurig, sie herzugeben.

Aber nein. Ich brauche sie nicht mehr. Meine Tochter starb, bevor sie in die Schule kam. Das macht mich traurig, nicht, dass du sie hast.

Jetzt bin ich auch traurig.

Das musst du nicht. Sie war immer krank, sie freute sich auf den Tod. Meine Traurigkeit ist purer Egoismus.

Purer Egoismus, wiederholte sie fragend, doch die Lehrerin war bereits am Gehen, und allein durfte sie nicht im Sprechzimmer bleiben.

Kaum hatte sie das Buch ausgelesen, erhielt sie das nächste. Bestimmt hatte die traurige Lehrerin diesen unerschöpflichen Vorrat an Büchern für ihre kranke Tochter gekauft, die sich auf den Tod freute, was sie sich noch weniger vorstellen konnte als nicht lesen zu können. Sie träumte manchmal von dem Mädchen, und es waren leichte, bunte Träume. Sie lasen sich gegenseitig Bücher vor, redeten über sie, verwandelten sich in die Figuren darin. Eines Tages erzählte sie der Lehrerin von ihren Träumen und beschrieb ihr ihre Traumfreundin. Die Augen der Lehrerin wurden immer größer, ihre Ohren liefen rot an und ihre Lippen zitterten, während sie in ihrer Tasche kramte. Endlich fand sie, was sie suchte und legte Fotos von dem Traummädchen auf den Tisch.

Das ist sie!, rief das Mädchen, das ist meine Traumfreundin.

Sie starb, bevor du geboren wurdest, du kannst sie unmöglich kennen. Dieser Scherz ist nicht lustig!

Jetzt wurden ihre Augen riesengroß. Die Lehrerin sah sie so traurig an, dass sie an jedem Wort herum würgte, bevor sie es aussprechen konnte: Ich habe nicht gescherzt. Ich habe Sie ihnen beschrieben, bevor Sie mir die Fotos zeigten.

Du hast in meiner Tasche gekramt.

Nein.

Sieh mich an!

Es fiel ihr schwer, in ihre Augen zu sehen. Die Augen waren traurig, der Mund wütend. Sie hasste sich. Sicher war es böse, von seinen Träumen zu erzählen, dachte sie und schwor sich, nie wieder einen Traum zu erzählen, nicht einmal ihrer Großmutter. Träume sind gefährlich, Träume machen andere traurig und wütend – nur böse, dumme Mädchen träumen.

Die Lehrerin schickte sie ohne Buch nach Hause, doch am nächsten Tag erhielt sie wieder eines und auch an den folgenden Tagen. Die Lehrerin fragte nicht mehr nach dem Traummädchen, und selbst wenn sie nach ihm gefragt hätte, sie hätte ihr nichts erzählen können. Sie erschien ihr nicht mehr im Traum oder sie vergaß diesen Traum beim Aufwachen.

Das Mädchen entwickelte sich zu einer Leseratte und erzählte den anderen Mädchen auf dem Heimweg die Geschichten von Mädchen aus Afrika und der Schlangenbeschwörerin, von Schiffbrüchigen und wunderbaren Tieren, die es in Afrika gab, und von den immer müden Koalabären in Australien. Nur von den Löwen in der Voest erzählte sie nie und erzählte nichts von ihrer einstigen Gewissheit, Afrika sei ein Teil der Voest. Manchmal, wenn ihr Vater sie wieder einmal auslachte, weil sie nicht wusste, was ein Tetraeder oder ein

Oktaeder war, schämte sie sich all ihrer Unwissenheit, die nie ein Ende nahm. Immer neue Worte tauchten auf, die sie nicht verstand, neue Geheimnisse, die unerlöst in ihrem Kopf herum taumelten.

So sehr sie morgens vor dem großen Tor Ausschau nach Milo hielt, nie konnte sie ihn entdecken. An den ersten Schultagen verwechselte sie andere Buben mit ihm, doch als sie sich an das morgendliche Gedränge gewöhnt hatte, sie die besten Positionen für einen Überblick herausgefunden hatte, passierte ihr das nicht mehr. Milo blieb verschwunden. Die Au war überschwemmt, sogar der Bunker. In die Barackensiedlung wagte sie sich alleine nicht, und die anderen Kinder trauten sich nicht mehr in die Nähe der Zigeuner. Sie glaubten dem Nazibuben vielleicht nicht, aber riskieren wollten sie nichts. Was sollen wir im Waldfriedhof, meinten sie, lassen wir die Toten in Ruhe. Wenn sie nachmittags ausnahmsweise nicht auf ihre kleine Schwester aufpassen musste, ging sie alleine hinauf, versteckte sich hinter einem großen Baum und wartete. Hin und wieder beobachtete sie ein Begräbnis, aber Milo war weder unter den Trauernden noch streunte er herum. Auch die anderen Buben seiner Gruppe liefen ihr nie mehr über den Weg. Vielleicht hat die Polizei alle Buben aus der Barackensiedlung eingesperrt, überlegte sie, vielleicht haben sie ein Kind gegessen, fand diesen Gedanken unerträglich, vor allem machte er ihr Angst. Trotzdem schlich sie immer näher zu den braunen Holzzeilen, verblüfft über die Stille dort. Erst, als sie so nahe war, dass sie durch die Scheiben sehen konnte, merkte sie, dass die Baracken leer waren. Milo ist weg, wusste sie im selben Moment. Dieses Wissen verwirrte sie und ließ sie hilflos in die leeren, dunklen Räume starren. Als sie weggehen wollte, hatte sie den Eindruck, ein Teil von ihr sei in den Baracken zurückgeblieben und suche jetzt nach Milo, ohne zu wissen, wohin er sollte.

So etwas Langweiliges wie Schönschreibübungen hatte sie nie zuvor wieder und wieder machen müssen! In diesen Stunden wäre sie doch lieber eine einsame Zigeunerin in dem Wohnwagen in der Schottergrube gewesen, als hundert Mal ein m oder g mit schönen Schwüngen zu schreiben, die ihr nie gelingen wollten. Es nützte nichts, Löcher in die Lehrerin zu starren, schönschreiben musste geübt werden, in diesem Punkt war sie unerbittlich, musste sie sogar ihr Buch her geben, das sie über die Schwünge hinweg getragen hatte. Nur turnen war herrlich, denn seitdem sie sich nicht mehr prügelte, weil Mädchen sich nicht prügeln, wie sie aus den Büchern erfahren hatte, konnte sie beim Völkerball wenigstens die dummen Mädchen, die ihre Lehrerin immer noch heimlich als alte Jungfrau verspotteten, so hart abschießen, dass sie Kopfweh bekamen oder Nasenbluten und freiwillig den Rest der Stunde auf der Bank saßen und sich bedauerten. Aus der Freude an einem gut gezielten Faustst0ß war Schadenfreude über einen gut gezielten Ballwurf geworden, doch das behielt sie für sich. Ihre Gefühle wurden ihr immer unheimlicher. Fremd, wie sie sich anfühlten, erkannte sie sich nicht wieder.

Auf dem Schulweg lernte sie ein Voest-Mädchen kennen, das bereits in die Hauptschule ging und trotzdem mit ihr befreundet sein wollte, was sie verzauberte.

Durch sie erfuhr sie, dass Buben immer nur das eine wollen, und obwohl sie nicht erfuhr, was das eine war, dachte sie an ihren Cousin im Graben und nickte eifrig. An Milo, der ihr nie unter den Rock sehen wollte, dachte sie nur flüchtig, ihn zu erwähnen, widerstrebte ihr. Mit ihrer ersten Freundin trank sie Himbeerwasser aus einem Glas und rauchte die erste Zigarette. Mit ihr fuhr sie ins Schwimmbad, wo die Buben ihrer älteren Freundin nachpfiffen, was sie schrecklich fand, ihrer Freundin aber gefiel. Wir sind sooo verschieden, seufzten sie, und darüber konnten sie herzlich lachen. Ich bin frühreif, sagte die Freundin, mir wächst schon der Busen, und ich habe schon Achselhaare. Sie bestaunte die Achselhaare der Freundin, die sie mit unter dem Kopf verschränkten Armen für alle zur Schau stellte. Von ihr wusste sie, dass die erste Beichte das unheimlichste Erlebnis war und sie sich alle Sünden vorher aufschreiben sollte, sonst würde sie eine Todsünde begehen, wenn sie mit einer nicht gebeichteten Sünde zur Kommunion gehen würde. Gierig hing sie an den Sätzen der Großen, die so viel mehr von der Welt wusste als sie und die so anders redete, von der sie jeden Tag neue Worte lernte, die zu den verbotenen Worten gehörten, wie sie schnell herausfand. Vom Bumsen redete sie und Achselhaaren und Schamhaaren, aber vor allem davon, wie sie es anstellen sollte zu bumsen, ohne schwanger zu werden. Sie verachtete all die schwangeren Voest-Frauen, die sich bei jedem Bumsen schwängern ließen.

Die Sexualität der Erwachsenen war ihr bisher vollkommen gleichgültig gewesen, aber ihre große Freundin interessierte sich brennend dafür. Es gab das Gebot der Kirche, du sollst nicht Unkeuschheit treiben, unter dem sie sich bisher nie etwas vorstellen konnte, das nun Sinn bekam: Sie durfte nicht an sich herumfummeln, obwohl das köstlich war, wie ihre Freundin behauptete, während sie sich die Wäschestange zwischen die Oberschenkel drückte, deren Gesicht dabei einen so verzückten Ausdruck annahm, dass sie es ebenfalls versuchen musste. Ihr tat die Wäschestange zwischen den Beinen nur weh. Etwas machte sie falsch, stellte sie enttäuscht fest, wollte nicht die dumme Kleine sein und verzog ihr Gesicht zu einem Entzücken, das bei der Freundin einen Lachkrampf auslöste. Du hast eben noch keinen Busen, da kann man nichts machen, meinte sie, und zupfte an ihren Brustwarzen herum, bis sie steif abstanden. Du kannst sie in den Mund nehmen, bot sie großzügig an, doch sie hatte nicht die geringste Lust, an Brustwarzen zu saugen, sie war schließlich kein Baby wie ihre Schwester, die manchmal nur zu beruhigen war, wenn die Mutter sie an die Brust hielt. Sie fand, im Vergleich zu ihrer Mutter hätte die erste Freundin ihres Lebens keinen Busen, doch die Freundin erklärte ihr den Unterschied zwischen Hängebusen, den alle Frauen, die stillten, bekamen, und einem straffen, jungen Busen. Manchmal war sie in Versuchung, der Freundin die Schimpfwörter ihrer Wiener Tante zu verraten. Kaum wollte sie davon reden, herrschte Chaos in ihrem Kopf.

An manchen Tagen trug die Freundin einen kostbaren Schmuck und wirkte unglücklich. Endlich hielt die Freundin ihr Schweigen nicht länger aus, und nachdem sie ihr geschworen hatte, niemandem ein Wort zu sagen, ja, es nicht einmal zu beichten, erzählte sie ihr von ihrem heimlichen Freund, einem reichen Voest-

Buben, der mit seinem kleinen Bruder allein lebte und ihr allen Familienschmuck schenken würde, wenn sie mit ihm bumste.

Warum lebt er mit seinem Bruder allein?

Was weiß ich. Sag mir lieber, was ich tun soll?

Es verwirrte sie, dass die Ältere sie um Rat fragte, meinte zögernd: Der Schmuck ist wunderschön.

Ja, wunderschön, wiederholte die Freundin und schwärmte davon, dass ihr reicher Freund sie sicher heiraten würde mit all dem Schmuck: Dann schenkt er mir immer mehr Schmuck und noch mehr Schmuck, das wird fürchterlich grandios.

Sie verstand nur, dass ihre Freundin heiraten wollte und war entsetzt: Wenn du verheiratet bist, lebst du im Keller! Ich werde nie heiraten!

Die Freundin sah sie misstrauisch an, schüttelte den Kopf und lachte: Wir sind sooo verschieden – noch wirkte die alte Zauberformel. Ja, sagte sie ebenfalls, wir sind sooo verschieden, und die Freundin fragte: Willst du den Rest sehen?

Sie interessierte sich nicht für Schmuck, aber das Leben der Freundin war so aufregend, ihre Wangen glühten, und sie atmete so schnell, wenn ihre Hand den Schmuck berührte, dass sie einfach ja sagen musste.

Nach der Schule gingen sie zu den alleinlebenden Buben. Sie wohnten am anderen Ende der Siedlung, alle Jalousien waren geschlossen, ein eigenartiger Geruch schlug ihnen entgegen und Zigarettenqualm, als der jüngere Bub, der nur Zwergi genannt wurde, sie hinein ließ. Sie konnte ihre Neugier nicht bezähmen und wollte wissen, wo ihre Eltern seien. Der fremde Geruch ließ die Eltern im Keller verwesen, obwohl sie sich gleich darauf sagte, dass sie keine Ahnung hatte, wie verwesende Eltern rochen, um die Angst zu vertreiben, die diese Vorstellung in ihr weckte. Da kam der Freund der Freundin und meinte lässig, sie seien auf einer Voest-Baustelle irgendwo in Russland, ihr Vater sei ein Schwächling, der es ohne seine Frau keinen Tag aushalte. Unsere Mutter muss sich als Mann verkleiden, könnt ihr euch das vorstellen? Ausländische Frauen sind auf der Baustelle strengstens verboten, weil die Russen bei ihnen so geil werden, dass sie an sich herumschweißen, statt an den Nähten. Das hält mein Hirn nicht aus, dass die das durchzieht, sagte der Freund der Freundin, und sein Bruder fügte hinzu: Und uns allein lässt.

Heul nicht Zwergi, das ist schlecht für die Nerven, rauch lieber, und bring uns Kracherl mit Schuss! Wir ziehen das beinhart durch: Hart wie Voest-Stahl, zäh wie altes Weiberfleisch. Wir haben schon Blähbäuche von all den Kracherln, aber zu irgendetwas muss dieses Waisendasein ja gut sein. Er lachte, und sein Kopf zuckte dabei immer wieder nach hinten. Sie verstand ihn kaum, alles in ihr wehrte sich gegen seine Sprache, am liebsten wäre sie weggelaufen, doch sie konnte ihre Freundin unmöglich alleinlassen. Plötzlich ließ er einen lauten Buh, sie sah ihn entsetzt an, worüber er noch mehr lachte und noch einen Buh ließ. Sein Lachen mit dem lauernden Unterton klang fremd in ihren Ohren, erschreckte sie. Es klang, als würde er ständig einen Schlag auf den Hinterkopf erwarten. Er beobachtet mich, merkte sie, und fühlte sich nicht wohl dabei.

Du bist doch das Chinchilla-Mädchen, sagte er, etwas freundlicher jetzt und zündete sich eine Zigarette an der anderen an. Bring eines mit, ich möchte spüren, wie es an mir herumnagt. Seine Hand griff zwischen seine Beine und hob und senkte sich.

Sie hätte zu gerne gewusst, was er meinte und sein Getue bedeutete, doch danach fragen wollte sie ihn nicht.

Ich wette mit euch, mein Vater besorgt es meiner Mutter jede Nacht, sonst würde sie ihre Babys nie allein lassen. Diese Hure ist echt geil auf seinen verkohlten Schwanz! Betriebsunfall, jeden Tag passieren diese Betriebsunfälle, bei denen sich ein Voestler seinen Schwanz verkohlt, aber darüber redet niemand in dieser Scheiß-Siedlung!

Zwergi griff sich jetzt ebenfalls zwischen die Beine und schrie: Au, au, mein Schwanz brennt, au, au! Auschreiend turnte er auf das Küchenkastl, kauerte sich dort zusammen, während ihn sein Bruder anfeuerte: Spring, Zwergi, spring!

Der Kleine, erklärte er stolz, hat sich bereits beide Schlüsselbeine gebrochen, ein Fersenbein, Finger, Zehen, Unterschenkel, die Arme oben und unten und wie oft er sich die Schultern ausgekegelt hat, wissen wir beide nicht mehr, stimmts, Zwergi? Aber er ist wirklich ein Sprungtalent. Jetzt spring endlich, sonst ab in den Kohlenkeller!

Zwergi zitterte und sprang, schrie wieder au, aber es klang nicht so, als hätte er sich etwas gebrochen, nur ein Arm hing irgendwie verdreht aus seiner Schulter, sein Bruder zog an ihm, es knackste schrecklich, doch der Arm war wieder dort, wo er hin gehörte.

Warum, fragte sie atemlos, warum machst du das?

Das ist die geilste Heimholgeschichte, die du dir vorstellen kannst, antwortete der große Bruder statt

Zwergi. Unsere Mutter wurde schon sieben Mal mit dem Hubschrauber von der Baustelle nach Moskau geflogen und dort in den Zug gesetzt. Heute hat es leider nicht geklappt. Zwergi hat noch weiche Knochen, die verheilen von allein!

Mamiiiiiiii!, brüllte Zwergi los, und sie hätte ihn am liebsten umarmt, aber immer stand der Ältere zwischen ihr und Zwergi. Er machte ihr Angst. Im selben Moment hasste sie ihn zutiefst, hasste auch ihre Freundin, die ein Kracherl trank und so tat, als würde sie nur das Kracherl interessieren.

Du bist gemein, sagte sie und wich ein paar Schritte von ihm zurück.

Zeig uns den Schmuck, unterbrach die Freundin das Geschrei von Zwergi.

Nur wenn ihr die Beine breit macht, sagte er mit lauernder Stimme.

Wären die Jalousien nicht geschlossen, wäre der lauernde Blick nicht, sie hätte sich ihrem Lachen überlassen. Buben waren zu komisch, fand sie, alle wollen nur das eine, außer Milo, aber Milo ist verschwunden, der einzige Bub, der nicht das eine wollte, ist verschwunden, so ein Irrsinn, seufzte sie, und merkte, wie aus ihrem unterdrückten Lachen ein Lachkrampf wurde, den die Buben sicher nicht lustig fanden. Sie wollte nur noch weg, vergaß ihre Freundin, die mit ihrem Freund und dem armen Zwergi allein zurückblieb. Irgendwie gelang es ihr trotz ihres Lachkrampfs hinaus zu laufen. Sie hörte Schritte hinter sich, doch im Freien spürte sie keine Angst mehr, und als sie sich umdrehte, war ihre Freundin hinter ihr.

Mir graust vor deinem Freund, bestimmt ist seine Mutter vor ihm geflüchtet, flüsterte sie, unsicher, ob sie verfolgt wurden. Wieder spürte sie Schadenfreude in sich, während sie an die verlassenen Buben dachte. Auch keimte in ihr der Verdacht, ihre große Freundin könnte dumm sein, wenn sie die Freundin so eines dummen Bubens sein wollte. Sie lachte nicht mehr, während sie Zwergi vor sich sah, wie er zusammengekauert auf dem Küchenkastl vor Angst zitterte.

Wir hätten Zwergi helfen müssen, sagte sie mit viel zu lauter Stimme, das ist so gemein, ihm mit dem Kohlenkeller zu drohen! Aber du denkst ja nur an den blöden Schmuck!

Sie hob drohend ihre Fäuste, war bereit, mit der Freundin zu raufen.

Die lachte nur, hörte ihr nicht einmal zu: Der wollte uns beide bumsen!

Endlich erfuhr sie, was bumsen war: die Beine breit machen für den fremden Blick. Fasziniert von dem neuen Wissen vergaß sie Zwergi: Genau wie mein Cousin, sagte sie lachend. Aber der hat wenigstens keine Buhs gelassen, das ist eklig.

Dein Cousin wollte dich bumsen, das ist ja Inzucht, meinte die Freundin entsetzt.

Kaum hatte sich ein Wort aufgeklärt, tanzte das nächste Geheimwort daher, das ein schreckliches Geheimnis verbergen musste, wenn ihre Freundin, die so viele verbotene Worte selbstverständlich aussprach, ohne dass sich ihre Zunge verknotete, sich bei dem Wort Inzucht die Hand auf den Mund schlug und die Augen zusammenkniff, als wäre sie eine Asiatin.

Wenigstens bist du nicht schwanger geworden, war die Freundin für sie erleichtert.

Schwanger!?

Klar, denk an die Jungfrau Maria. Wenn ein Mann dir zwischen die Beine blickt, wirst du schwanger. Ich bin ja nicht so prüde wie du, dass ich gleich weglaufe. Aber ich weiß nicht, wie ich nicht schwanger werde. Wenn mir nicht bald etwas einfällt, kann ich den Schmuck vergessen.

Sie hörte kaum noch zu: schwanger! Ein einziges Alptraumwort. Hätte sie sich gegen ihren Cousin im Graben nicht gewehrt, hätte sie nicht nur eine Schwester, sondern selbst schon ein Kind. Nein, viel schlimmer: Wenn sie an den Riesenbauch ihrer Mutter dachte, wäre ihr kleiner Bauch bestimmt geplatzt bei der Schwangerschaft.

In dieser Nacht kehrte der Alptraum zurück. Sie ist in einem dunklen Wald, in dem sie kaum die Bäume unterscheiden kann. Kein Weg ist erkennbar, kein Lichtstrahl dringt durch das dichte Blattwerk. Sie will laufen, doch sie kann sich nicht bewegen. Sie will schreien, doch sie kann nicht schreien. Nass geschwitzt wacht sie daraus auf. Einst erzählte sie ihrem Großvater den Traum. Der Großvater umarmte sie väterlich: Das ist mein Traum aus der Gefangenschaft, Kleine! Vergiss ihn, es ist ein riesiger Blödsinn, den Traum eines anderen zu träumen. Doch es war nicht mehr der Traum des Großvaters, wusste sie. Es war jetzt ihr Traum, den sie niemandem mehr erzählen konnte.

Ihre Freundin bekam Besuch von ihrer Wiener Tante. Sie war neugierig auf sie, aber die Freundin lachte sie aus, als sie wissen wollte, ob die Tante eine Akrobatin sei und manchmal mit dem Kopf gegen die Tür renne, sie ihr auch immer Milch mit Zucker gab und sie schlug, wenn sie unfolgsam war. Die Freundin zeigte ihr ein blutiges Tuch, vor dem ihr ekelte, und klärte sie auf: Das kommt unten aus dir raus, wenn du so alt bist wie ich.

Tut das weh?

Manchen ja, mir nicht! Ich bin sehr entwickelt, antwortete die Freundin und streichelte die nur für sie sichtbaren Brüste.

Sie wollte nicht, dass irgendwann Blut aus ihr herausrinnen würde, und wollte immer wieder wissen, was sie dagegen tun könne. Die Freundin, die stolz darauf war, so frühreif zu sein, verstand sie nicht, aber sie versprach sich umzuhören Endlich hatte sie die überlebenswichtige Information gefunden: In einer Frauenzeitschrift wurde Mädchen, die keinen Besuch haben wollten, empfohlen, kein Fleisch und keine Wurst zu essen und möglichst untergewichtig zu bleiben.

Kein Fleisch, sagte sie gedehnt. Sonntags gab es immer Fleisch, und am Samstag kochte die Mutter immer Spaghetti Bolognese, ihr Lieblingsessen, und am Montag gab es die Reste vom Sonntagsfleisch mit Kartoffeln oder Nudeln oder als Knödel. Sie ahnte, es würde all ihre Bemühungen, eine brave Tochter zu spielen, zunichtemachen, sollte sie plötzlich kein Fleisch mehr essen.

Die Freundin lachte nur: Bei uns gibt es so wenig Fleisch, meine Eltern streiten sich jeden Sonntag über das Stückerl, jeder behauptet, seines sei kleiner! Ich muss höllisch aufpassen auf meines.

Eltern, die sich um Fleisch stritten, waren ihr unvorstellbar. Ihr Vater bekam immer das größte Stück Fleisch, und wenn das Geld nicht reichte, verzichtete die Mutter auf ihr Schnitzel. Sie hatte sie beobachtet, wie sie aus den Resten der Eier und Brösel ein falsches Schnitzel für sich machte, ohne dass der Vater etwas bemerkte. Sie bekam immer ein echtes Schnitzel, wenn auch ein viel kleineres als der Vater, aber trotzdem viel zu groß, sodass dem Vater immer noch etwas blieb, wenn er fragte: Gibt es noch etwas?

Am nächsten Sonntag schnitt sie zwar von ihrem Schnitzerl etwas ab, aß jedoch nur die Kartoffeln und den Salat. Der Vater war endlich satt, nachdem er auch ihres gegessen hatte. Am Montag war es schwieriger. Die Mutter machte Hascheeknödel. Bisher hatte sie stets nur das Haschee gegessen, nie den Teig. Tapfer nahm sie einen Bissen vom Teig, der in ihrem Mund immer größer wurde, wie sie verblüfft bemerkte, sich an den Gaumen klebte, die Zähne, der einfach nicht zu schlucken war, nicht einmal mit einem Schluck Wasser und noch einem. Ihr Vater fischte sich das Haschee von ihrem Teller, mitsamt dem restlichen Teig, und sie kaute, bis er vom Tisch aufstand, an dem einen Teigstück herum. Mit viel Wasser konnte sie ihn endlich vom Gaumen und den Zähnen lösen und unbemerkt ausspucken. Nicht einmal hungrig war sie nach dieser Anstrengung. Ohnedies war es bald Zeit zum Bettgehen, jetzt, wo die Schule einen strengen Rhythmus verlangte. Bis zum Samstag würde sie keine Tricks erfinden müssen, wusste sie. Wie sie jedoch von den Spaghetti Bolognese das Faschierte entfernen sollte, wusste sie nicht.

Der Pfarrer unterrichtete Religion. Er beobachtete genau, welche Kinder am Sonntag in die Kirche gingen. Im Advent lud er alle braven Kirchenmädchen ein, im

Kinderchor zu singen. Während seiner Stunde mussten sie sich in die ersten Reihen setzen, sein Blick ruhte auf ihnen, seinen braven Schäfchen, während er die anderen im Fegefeuer der Gleichgültigkeit schmoren ließ. Er erzählte ihnen von allen Höllenstrafen und dass die Taufe sie zwar von der Erbsünde erlöst hätte, aber, und dabei streckte er die Arme zum Himmel, nichts sei entschieden, die Erbsünde lauere hinter jeder Versuchung! Er spuckte und spuckte beim Reden, dass sie ernsthaft überlegte, nicht mehr in die Kirche und erst recht nicht in den Kinderchor zu gehen, nur um von seiner Spucke nicht getroffen zu werden. Ohnedies waren die Chorproben im Pfarrzimmer bisher unerträglich langweilig – der Pfarrer übte mit ihnen, möglichst lang die Luft anzuhalten, und war jedes Mal der Sieger. Manchmal, wenn er sich während des Unterrichts bei einer Höllenqual sehr ereiferte und entsprechend spuckte, würgte es sie, und sie wusste nie, ob sie den Brechreiz bis zum Ende der Stunde unterdrücken konnte. Meist sagte er die erlösenden Worte: Gott prüft uns, und sie war augenblicklich überzeugt, der spuckende Pfarrer sei eine Prüfung Gottes. Vor Weihnachten erhörte Gott ihre Gebete: Es gab noch eine Rettung vor der Hölle, außer der Beichte und der Kommunion, auf die sie immer noch warten musste. Der Pfarrer sah eine nach der anderen eindringlich an, und zum Glück schwieg er bei seinem eindringlichen Blickkontakt, und beschwor sie, drei Jahre lang jeden Herz-Jesu-Freitag in die heilige Messe zu gehen, um ihre Seelen vor der Hölle zu retten und dem Teufel keine noch so winzige Hintertür in ihre Seelen offen zu lassen. Sie weinte vor Erleichterung, der Pfarrer verstand sie und strich ihr väterlich über den Kopf. Sie wunderte sich, warum sie nicht selbst auf die Idee gekommen war, wieder jeden Morgen in die Kirche zu gehen, aber seitdem sie für die Schule aufstehen musste, fiel ihr das Aufstehen jeden Tag schwerer. Etwas hielt sie im Bett fest, zerrte sie zurück in den Schlaf. Zum Glück war die Messe am Herz-Jesu-Freitag erst am Nachmittag, sie würde sie nie versäumen.

Endlich war es so weit, die Vorbereitungen für die Erstkommunion begannen. Der Pfarrer redete vom neuen Bund, von der Erlösung vom Sündenfall durch den Kreuzestod und die Auferstehung Jesus, redete vom Leib Christi und seinem Blut – sie würde seinen Leib essen und würde eine Todsünde begehen, sollte sie in diesen heiligen Leib hineinbeißen. Etwas in ihr, das sie jedes Mal sofort unterdrückte, fand es grauenhaft, den Leib Christi zu verspeisen, es erinnerte sie an die Kinderesser, die von allen verachtet wurden, und nun sollte sie selbst Menschenfleisch essen, noch dazu den Leib ihres geliebten Jesus! Beides war bedrohlich, aber der Gedanke gegen alle Gedanken des Pfarrers und der Erwachsenen, die jeden Sonntag zur Kommunion gingen, war noch bedrohlicher als die Vorstellung, den Leib Christi zu essen. Sie betete inständig darum, keinen Brechreiz bei der Erstkommunion zu bekommen und zur Sicherheit auch darum, dass sie ihn – falls doch – bis zum Ende der Messe bezwingen konnte. Die zehn Gebote wurden wieder und wieder durchgenommen, und zum Glück hatte ihr die Freundin die Unkeuschheit erklärt, denn vom Pfarrer erfuhr sie darüber nichts, und obwohl sie auch das nicht denken durfte, empfand sie seine ständigen Wiederholungen der Gebote als langweilig.

Die Mutter nähte ihr ein weißes Kleid aus einem alten Stoff, das so schön war wie das Kleid einer Prinzessin. Ihr Haar drehte ihr die Mutter am Vortag zum ersten Mal auf Lockenwickler, mit denen sie nicht schlafen konnte. Sogar ihre Großmutter war mit dem Zug in die Wildnis gereist, um bei der Erstkommunion ihrer Enkelin dabei zu sein. Alle Mädchen hatten gebeichtet – sie hatte die unsinnigsten Sünden gestanden, nur um keine vergessene Sünde mit zu Jesus zu nehmen. Der Pfarrer hatte manchmal hinter dem komischen Gitter gelacht, sie aber von allen Sünden befreit, und Gott sei Dank hatte er sie gefragt, ob sie ihre Sünden wirklich bereue, und sie hatte erleichtert mit Ja geantwortet, ja, ich bereue, damit Jesus sie endlich retten konnte.

Zur Buße musste sie drei Vaterunser und einen Rosenkranz beten. Sie fand die Buße für all ihre Wut, ihre Lügen viel zu mild und belegte sich selbst mit der Buße des Kreuzwegs. Dreimal ging sie mit Jesus den Leidensweg, schrieb sich sein Leiden unter die Zunge, die Haut, brannte es sich in den Blick auf die Welt.

Vor Aufregung hatte sie bereits am Vortag nichts essen können, schon gar kein Fleisch, vor dem ihr inzwischen grauste, denn es würde als Blut aus ihr hinausrinnen eines Tages, und natürlich hatte sie nichts vor ihrer Erstkommunion gegessen, und als das Fleisch Jesus Christus auf ihre Zunge gelegt wurde, verflog jede Angst vor einem Brechreiz. Sie ließ die Hostie in ihrem Speichel zergehen, sich langsam auflösen, bis sie ihr fast aus den Mundwinkeln rann, weil sie das Fleisch Christi, das zum Glück nicht im geringsten nach Fleisch schmeckte, nicht zu schlucken wagte. Einige

Momente lang war sie beseelt von dem Gefühl, mit Jesus eins zu sein, bis die Stimme des Pfarrers ertönte: Hochmut kommt vor dem Fall! Da wäre sie am liebsten noch einmal beichten gegangen, und vor Schreck schluckte sie den Rest der Hostie hinunter und verschluckte alle Vorfreude auf den Kakao und die Torte, die ihre Mutter für diesen besonderen Tag gebacken hatte. Sie hielt es nicht länger aus, vor dem Altar zu knien, sondern stand auf und lief zu ihren Eltern und weinte und weinte, konnte sich ausnahmsweise nicht darum kümmern, wie peinlich ihren Eltern ihr Weinen war, ging weinend an der Hand des Vaters aus der Kirche, ließ sich von ihm die Nase putzen und die Tränen abwischen mit seinem Taschentuch, in dem schon wieder ein Knoten für die Voest war. Als er wissen wollte, warum sie weine, fing sie erneut damit an, aber wenigstens musste sie ihm nicht antworten. Warum verstand er nicht, dass das Weinen die einzig mögliche Antwort auf die Nichterlösung war, die Bestrafung für ihren Hochmut, sich mit Jesus eins gefühlt zu haben, für die erste Sünde nach der Beichte, die Unerträglichkeit der Wiederholung, die Gewissheit, so würde es von nun an sein: sündigen, beichten, sündigen, beichten, keine Erlösung, immer nur die nächste unausweichliche Sünde.

Nachdem sie gefrühstückt hatten, bat die Großmutter sie, ihr den Garten zu zeigen. Sie setzten sich unter den Apfelbaum, den der Vater gepflanzt hatte.

Ein Apfelbaum ist etwas Gutes, sagte die Großmutter leise, und die Enkelin nickte. Ein Baum im Garten ist wichtig, überlegte sie. Zum Bunker ist es weit, und ein Baum ist ein viel schönerer Schutz vor Bomben.

Äpfel sind etwas Gutes, fügte die Großmutter noch leiser hinzu. Glaubst du, dass es dem Apfelbaum jemals langweilig wird, ein Apfelbaum zu sein, zu blühen und Früchte zu tragen, sie reifen zu lassen und zu verschenken?

Sie sah ihre geliebte Omi erstaunt an: Warum flüsterst du?

Flüstere ich?

Ja.

Ich weiß es nicht, aber das ist keine Antwort.

Sie hatte noch nie über Bäume nachgedacht, außer als Bombenschutz, aber jetzt betrachtete sie den Apfelbaum ehrfürchtig. Die Großmutter bemerkte ihren Blick und meinte: So ist es besser. Vergiss diesen Pfarrer, der verwirrt dich nur. Halte dich an den Apfelbaum, in ihm ist Gott sichtbar.

Omi, warum wohnst du nicht hier?

Einen alten Baum verpflanzt man nicht, mein Engel. Komm, zeig mir den Waldfriedhof, langsam fühle ich mich bei den Toten zu Hause.

Sie schmiegte sich enger an ihre Großmutter, vergrub ihr Gesicht in ihrem Kleid. Zum ersten Mal vermisste sie den zarten Veilchenduft ihrer Omi. Dieser duftlose Körper erschreckte sie. Nicht einmal die Hand, mit der ihre Großmutter sie streichelte, duftete. Entschlossen, ihrer Omi das Sterben auszureden, fragte sie: Willst du bald sterben?

Unsinn, ich will nur ein wenig gehen. Und jetzt erzähle, was dich beschäftigt, außer der Hölle.

Erleichtert über die Worte ihrer geliebten Omi konnte sie ihr endlich von Milo erzählen und seinem Verschwinden, von ihrer großen Freundin, die so viele verbotene Sachen wusste, die sie aber unmöglich wiederholen konnte, der Schule und all den spannenden Büchern, die sie dort las, und der wunderbaren Lehrerin, die sie sogar schlafen ließ, wenn sie ein Buch ausgelesen und sie ausnahmsweise kein neues dabei hatte. Sie las inzwischen im Rekordtempo und musste über jedes gelesene Buch einen Aufsatz schreiben, weil die Lehrerin sich nicht vorstellen konnte, dass ein Kind so schnell lesen kann. Dabei durfte sie zu Hause abends nicht lesen, weil das die Augen verdirbt, aber heimlich las sie doch, bis sie vor Müdigkeit nichts mehr sah.

Sie rasteten auf einer Bank im Waldfriedhof unter einem riesigen Nussbaum.

Siehst du, der war schon vor mir da und wird nach mir da sein, sagte die Großmutter lachend und wollte wissen, wie es ihr mit ihrer Schwester ergehe.

Ein bisschen besser, seitdem sie so ulkige Worte sagt. Langsam wird sie ein Mensch, obwohl sie unerträglich langweilig und dumm ist.

Ich weiß nicht, wer mehr Glück hat von euch beiden. Liebes, du warst zu lange ein Einzelkind, dafür kannst du nichts, aber deine Schwester kann auch nichts dafür.

Ich will keine Schwester.

Es geht aber nicht darum, was du willst. Sie lebt! Der Baum sagt auch nicht, ich will keinen Baum neben mir, oder ich bin jetzt ein unglücklicher Baum, weil hier viele Bäume sind. Alle haben Platz auf Gottes Erde.

Nein, widersprach sie, es ist nicht für alle Chinchillas Platz, wir töten sie.

Liebes, dein Vater züchtet diese Tiere, damit es euch gut geht. Er tötet sie nicht, weil es ihm Freude macht, sondern er verdient Geld mit den Fellen.

Wozu braucht er so viel Geld?

Er muss das Haus abzahlen, und ihr braucht etwas zu essen, und du brauchst Schulsachen, für alles muss er bezahlen.

Vielleicht kann ich Geld verdienen?

Kinderarbeit ist Gott sei Dank verboten. Du lerne! Aber nicht nur Unsinn, wenn möglich. Geld verdienen dauert lange genug.

Warum kann ich nicht frei sein? Ich will nicht in die Schule gehen, ich will nach Afrika zu den wilden Tieren.

Ich habe noch nie so ein ungeduldiges Kind erlebt. Nicht einmal dein Vater war so ungeduldig, dabei dachte ich, er ist Weltmeister darin. Eigenartig, du bist ihm ähnlicher, als ich glaubte. Er wollte auch als Kind nach Afrika – bist du sicher, dass du nicht seine Sehnsucht spürst? Ist es wirklich dein Wunsch? Sieh dir bitte noch einmal diesen wunderschönen Nussbaum an: Glaubst du, er wäre so schön gewachsen, wenn er immerzu unzufrieden gewesen wäre mit seiner Größe, seinem Ort, allem?

Du bist heute komisch, Omi. Warum redest du immer von den Bäumen?

Weil die Bäume sich selbst gehören, das sagen sie uns. Du gehörst nur dir! Nicht dem Pfarrer, nicht deinen Eltern oder mir. Nur dir.

Zum ersten Mal kamen ihr die Worte ihrer geliebten Omi sündig vor.

Und Gott, fragte sie – und ihre Stimme klang schärfer als sonst und fast böse.

Wir kehren zu Gott zurück. So lange wir hier auf der Erde sind, gehören wir uns selbst.

Alles in ihr schrie nein!

Die Großmutter ließ sich von ihrem großen Nein nicht beirren: Wozu wären wir hier, wenn wir ihm gehörten? Das ergibt keinen Sinn für mich. Gott hat uns als sein Ebenbild erschaffen, nicht als abhängige Sklaven, obwohl, ich weiß nicht, ob ihm da nicht ein paar Fehler unterlaufen sind.

Du hast gesagt, dass Gott uns immer lieb hat und nicht verlassen kann!

Ach, Engelchen. Du weißt das doch alles besser als ich. Natürlich kann Gott uns nicht verlassen, trotzdem vermissen wir ihn. Seitdem ich mich erinnern kann, wollte ich immer näher zu Gott! Im Kloster haben sie mich aber nicht genommen. Ich hätte ihnen meinen Besitz geben müssen, der aus einer zweiten Garnitur Unterwäsche, einem zweiten Kleid, einer zweiten Schürze bestand. Das war ihnen zu wenig. Geld hatte ich so und so keines, wir Mägde und Knechte wurden nicht bezahlt, wir bekamen zu essen und das Gewand, das die Bauersleut nicht mehr tragen wollten, einen Strohsack zum Schlafen. Ich kann mir ein Leben, das nicht zu Gott will, gar nicht vorstellen, mein Engel.

Und die Seele, fragte sie, und war wieder versöhnt mit ihrer Omi.

Die Seele ist bei Gott und bei dir.

Gehöre ich der Seele?

Vielleicht gehört deine Seele dir? Vielleicht bist du deine Seele?

Ich darf auch keine Fragen mit Fragen beantworten!

Ich weiß, aber deine Fragen werden nicht einfacher. Ich finde, es reicht, sich selbst zu gehören. Versprich mir, es wenigstens zu versuchen.

Meinetwegen.

Ein schönes Wort! Fast so schön wie Baum. Bestimmt sind die Bäume hier so groß und kräftig, weil sie immerzu Leichennahrung bekommen. Ich werde bald einen Baum ernähren, ist das nicht tröstlich? Vorher sollte ich einen auf mein Grab pflanzen, das darf ich nicht vergessen. Vielleicht einen Apfelbaum, was meinst du? Weißt du, andere klagen immerzu darüber, was sie alles vergessen, ich empfinde es als eine Gnade. Komm, lass uns den Baum umarmen, nun komm schon!

Sie starrte den Baum an, die Großmutter, deren Arme nicht einmal die Hälfte des Stammes umfingen, und konnte nur denken: Ich bin kein Baum, das ist zu kindisch, aber solange sie so dachte, würde ihre Großmutter den Baum nicht loslassen. Nachsichtig mit ihrer alten Omi versuchte sie, mit ihren Fingerspitzen ihre Hände zu erreichen, doch der Stamm war viel zu dick. Einen Moment lang hatte sie das Gefühl, der Baum lache mit der Großmutter, schüttle sich geradezu vor Lachen.

Der Nazivater hatte recht behalten: Die Barackensiedlung wurde abgerissen. Gut, dass ihre Großmutter nicht nach Hause fahren konnte, ein Wasserrohrbruch hatte einen Riesenschaden in ihrem Haus angerichtet, und die feuchten Wände würden ihre Gesundheit angreifen, hatte ihr Vater gesagt und seine Mutter nicht abreisen lassen. Seitdem kümmerten sich ihre Eltern nicht mehr um sie, überließen sie der Großmutter. Unbewacht konnte sie in der Dämmerung zu dem Abrissplatz schleichen, zwischen Brettern und Fensterrahmen nach einem Schatz suchen, der Milo gehört hatte. Das einzige, was sie fand, war eine Stoffpuppe.

Sie hatte ein schmutziges weißes Kleid an und blonde Strohhaare, blaue Knöpfe als Augen, die Lippen waren mit einem roten Farbstift in das runde Gesicht gezeichnet und lächelten sie an. Sie würde das Kleid waschen und die Puppe immer bei sich tragen, diese Puppe würde sie nicht der Zukunft schenken, die immer enger wurde. Leise rief sie nach Milo, doch niemand außer ihr trieb sich auf dem Platz herum.

Ihre Freundin hatte sich von ihrem Freund getrennt oder der Freund von ihrer Freundin. Wochenlang weinte die Ältere, während sie nur erleichtert war für sie. Jetzt musst du wenigstens nicht im Keller leben, tröstete sie die Weinende. Zu ihrer Verblüffung meinte die Freundin: Ich hätte so gerne im Keller gelebt wie alle Frauen! Jetzt muss ich arbeiten gehen! Ich will nicht arbeiten gehen! Ich will Schmuck und einen Mann!

Nach den tränenreichen Wochen wurde der Schmuckfreund nie wieder erwähnt. Die Freundin wollte jetzt Friseurin werden, träumte von einem schicken Salon. Seitdem sie Friseurin werden wollte, fuchtelte sie ständig an ihrem eigenen Haar herum und an jedem, das ihr erreichbar war. Sie drehte es auf Lockenwickler, steckte sich Schmuck hinein, wollte die Haare der Jüngeren abschneiden, doch sie hatte endlich durchgesetzt, sich ihre Haare wieder wachsen zu lassen und verweigerte diesen Freundschaftsdienst. Ihre Freundin wurde zum ersten Mal böse auf sie und beschimpfte sie als blöde Tussi, dumme Kuh und hinterwäldlerisch, zerrte sie sogar an den Haaren. Die Worte taten weh, der Kopf tat weh, trotzdem dachte sie nicht daran nachzugeben, schrie nur, so laut sie konnte. Nach einigen Tagen hatte sich die Ältere beruhigt, und es genügte ihr, wenn sie sich die Haare von ihr waschen und eindrehen ließ, obwohl sie sich mit den hoch toupierten Frisuren, die vom Haarspray ihrer Mutter versiegelt wurden und mit denen sie sich nur vorsichtig bewegen konnte, hässlich vorkam und nicht verstand, was der zukünftigen Friseurin daran gefiel. Kaum war die Freundin nach Hause gegangen, wusch sie sich Spray und Locken aus ihrem Haar. Anfangs war die zukünftige Friseurin entsetzt, wenn sie ihr Werk so vollkommen zerstört sah: Eine Frisur muss eine Woche halten, seufzte sie, was mache ich nur falsch? Da sie ihre Freundin nicht belügen wollte, gestand sie ihr, dass sie ihre Art von Frisuren nicht mochte: Das Haar muss fliegen, sagte sie sanft und fügte schnell hinzu: Wir sind sooo verschieden! Aber die Zauberformel wirkte nicht, die Freundin ging grußlos nach Hause.

Ich habe sie enttäuscht, spürte sie, ich bin eine schlechte Freundin.

Das Gerücht, ein Zirkus werde auf dem Schotterfeld gastieren, wo bis vor wenigen Wochen die Barackensiedlung stand, elektrisierte sie. Zirkus war ein Zauberwort. Sie erinnerte sich an ihren ersten Zirkusbesuch mit ihren Großeltern, an all die Tiere, die Clowns – obwohl kein magischer Clown unter all den Clowns war, wie ihr jetzt einfiel –, und den Geruch, der so wunderbar war, dass ihr Opa sie Huckepack nehmen musste, weil sie sich nicht und nicht von diesem wilden Geruch trennen wollte. Sie bekam Fieber, endlich, endlich, lachte und kicherte sie vor sich hin, tanzte mit ihrer Stoffpuppe im Kinderzimmer und flüsterte das

Zauberwort in ihre nicht vorhandenen Ohren, aber das war ohne Bedeutung. Zum ersten Mal warf sie nicht alles Geld in den Klingelbeutel für ein schöneres Gotteshaus, sondern behielt eine der zwei Silbermünzen, die sie zur Erstkommunion von ihrer Großmutter bekommen hatte, für sich. Sie fühlte sich sehr reich. Noch nie hatte sie fünfundzwanzig Schilling, mit so viel Geld, überlegte sie, konnte sie sicher in den Zirkus gehen.

Die Rolle des braven Mädchens musste sie für einige Tage aufgeben, konnte wieder der Wildfang sein, um das Fieber vor ihren Eltern zu verbergen. Dann war es so weit, der Zirkus gab seine erste Vorstellung! Zum Glück gab es eine Nachmittagsvorstellung für Kinder, und sie musste niemanden um Erlaubnis fragen, denn ihre Großmutter würde wie jeden Nachmittag bei der Kleinen bleiben und sie hinaus schicken: Geh nur, geh zu den anderen Kindern, ich bleibe bei deiner Schwester, dafür sind Großmütter da, sonst langweile ich mich hier ohnedies nur.

Warum kannst du nicht immer bei mir bleiben?

Liebling, ich würde hier vor Langeweile sterben, und das willst du bestimmt nicht.

Sie sah in die fast farblosen Augen ihrer Großmutter und bekam ein schlechtes Gewissen. Sicher würde ihre Omi auch gerne in den Zirkus gehen, um sich nicht zu langweilen, überlegte sie. Vielleicht kann die Kleine ausnahmsweise alleine bleiben oder wir nehmen sie im Kinderwagen mit – oder sind Kinderwägen im Zirkus verboten?, – oder ist der Zirkus für kleine Kinder gefährlich?, – oder für Omis? Sie gestand sich ein, dass sie nur ungern mit dem Kinderwagen in den Zirkus ging, aber ihre Omi einfach einer Langeweile zu überlassen, an der sie sogar sterben konnte, war noch schlimmer.

Erinnerst du dich an den Zirkus? Es war sooo schön! Gehen wir in den Zirkus, bitte Omi, bitte!

Es gab nie einen Zirkus, und du warst noch nie in einem und ich auch nicht seit dem Krieg.

Ihre Großmutter wurde wirklich komisch, jetzt erinnerte sie sich nicht einmal an den herrlichen Zirkus, und etwas so Schönes zu vergessen war unheimlich und keine Gnade.

Omi, wir saßen mit Opi in der ersten Reihe, und Baldo war der Clown – er war so lustig, dass wir Tränen lachten, so viele Tränen, dass wir ihn fast nicht mehr sehen konnten. Da holte er den Zauberer, der verwandelte Blumen in Taschentücher und wischte uns damit die Tränen weg, und wir konnten wieder sehen! Einmal war die Mami ein Clown, obwohl ich nicht weiß, ob ich mich an sie erinnere oder an einen Traum?

Deine Mutter ist ein lustiger Clown.

Immer nicht, nur manchmal.

Ach, Engelchen, was willst du wissen?

Ist sie in den Zirkus verschwunden? Verschwindet sie jetzt wieder?

Liebes, es gab keinen Zirkus, und seitdem ihr in der Wildnis lebt, ist deine Mutter noch nie verschwunden, glaube ich.

Stimmt, sie verschwindet nur jeden Nachmittag. Aber es gab einen Zirkus, Omi! Dieser Duft! – so wild, noch viel, viel wilder als der vom Waldboden nach dem Regen und der von den Pferden!

Du Engel, rief die Großmutter und umarmte sie. Ich weiß nicht, woran du dich erinnerst, aber das ist unwichtig. Ich freue mich für dich, wie wundervoll, danke Gott, ich danke dir.

Erinnerst du dich auch wieder, Omi?

Wie schön, dass es wieder einen Zirkus gibt nach so vielen Jahren. Dein Großvater schenkte mir zur Hochzeit einen Zirkusbesuch, diese Welt ist bezaubernd. Die Nazis haben sie vernichtet, wie sie alles Zauberhafte vernichtet haben. Geh nur, es wird dir gefallen.

Komm mit, Omi, bettelte sie, verwirrt von ihren Worten.

Nein, mein Engel. Kein Zirkusbesuch kann je wieder so schön sein wie der mit deinem Großvater zu unserer Hochzeit. Wir durften sogar auf dem Kamel reiten, weil es unser Hochzeitstag war. Es war unheimlich, wie es sich aufrichtete, wir immer höher und höher stiegen. Allein hätte ich mich gefürchtet, aber dein Opa hat mich fest gehalten. Er war so ein tapferer Mann. Das Kamel schritt langsam und würdevoll mit uns eine Runde um das Zelt, ach, so hoch oben war ich nie wieder. Jetzt geh, und vergiss nicht, dir die Tiere anzusehen.

Als sie den Zirkus riechen konnte, bevor er zu sehen war, musste sie auf jeden Schritt achten. Am liebsten hätte sie sich unter einen Baum gesetzt und vor Erschöpfung geweint. Ihr Körper war ihr viel zu klein plötzlich, ihr Herz hämmerte gegen die Rippen, während sich ihre Beine anfühlten, als trüge sie Bleischuhe wie die Stahlarbeiter in der Voest. Vor ihren Augen verschwamm alles, nur ihre Nase funktionierte perfekt, zielsicher folgte sie dem Zirkusgeruch. Als sie den ersten Esel umarmte, war alles gut. Ihr Herz beruhigte sich, ihre Augen sahen wieder, und ihre Beine liefen jubelnd von einem Tier zum nächsten. Vor dem Löwenkäfig erstarrte sie jedoch wieder, konnte ihren Blick nicht von der Löwin lösen. Die Löwin starrte zurück, lautlos wie sie. Sie hörte sich irgendwann flüstern: Du bist ich und ich bin du, und im selben Moment geschah es, sie sah sich hinter den Gitterstäben aus Löwenaugen auf sich schauen und grinste breit. So bewundernd hatte sie lange niemand mehr angesehen. Da erklangen die Fanfaren, und sie musste sich auf ihren Auftritt vorbereiten, aber ich sehe dich ja im Zirkus, Kleine.

Mit wackligen Beinen ging sie in den Zirkus, sah kaum etwas, bis die Löwin kam. Ihre Augen fanden sie mühelos, mit ihren Augen sah sie den Dompteur, die Zuseher, die den Atem anhielten, als die Käfigtür geöffnet wurde und die Königin der Tiere die Manege betrat. Es war viel zu leicht für sie, durch den Feuerring zu springen, was war ein Feuerring gegen die Buschfeuer, aus denen sie ihre Jungen befreien musste! Geradezu beleidigend empfand sie es, über Baumstämme zu balancieren, die knapp über dem Boden lagen, als hätte sie auf ähnlichen nicht unergründliche Tiefen überquert bei ihrer Futtersuche. Der Applaus tat ihren Ohren weh, sie wollte das Rauschen der Blätter hören, das Gebrüll des Löwen oder der Elefanten, das Gesäusel des Grases, das Beben der Erde, wenn Herden von Antilopen vorbei zogen, und den Flügelschlag der Vögel. Nur die leuchtenden Augen der Kinder waren schön, für sie wälzte sich die Löwin im Sandboden, brüllte furchterregend, weinte und lachte mit ihnen. Eine weinende Löwin, staunten die Erwachsenen, und beobachteten sie mit offenem Mund. Eine lachende Löwin, jauchzten die Kinder und lachten mit ihr. Der Dompteur war heute sehr zufrieden mit der Löwin, er schlug sie nie mit seiner Peitsche, dieser lächerlichen Peitsche, ein Prankenhieb würde genügen, und er würde mit der Peitsche im Käfig sitzen, doch die Löwin wusste, sie war in einem grauenhaften Käfig, viel kleiner als dieser für die Manege, über das Meer gekommen, und ihre Heimat lag unendlich weit weg, allein würde sie nie dorthin zurückfinden. Und was sie bei ihren Reisen mit dem Zirkus bisher gesehen hatte, glich kein bisschen ihrer Heimat, weckte keine Sehnsucht zur Flucht, nährte nur das Heimweh.

Als das Mädchen das Zirkuszelt verließ, sah sie die Chinchilla-Königin und den Chinchilla-König. Sie grüßten sie mit einem leichten Kopfnicken. Sie versuchte einen Knicks, doch im selben Moment gaben ihre Beine nach und ihr Kopf wurde zu einem Karussell. Als die Karussellfahrt beendet war, lag sie in einem weichen Bett, und die Königin sah sie besorgt an. Plötzlich lächelte sie, wie nur eine Königin lächeln kann und rief nach dem König, der ihr ebenfalls zulächelte und lachend zur Königin gewandt sagte:

Ich habe nicht geahnt, in welch herrlichen Traumländern schlafende Löwen verweilen und ebenso wenig, wie lange sie schlafen können.

Ja, ist sie nicht beneidenswert, hörte sie die Königin antworten. Stell dir vor, Liebster, wir könnten eine ganze Nacht durchschlafen, wie erholsam das sein müsste. Ich glaube, ich habe zum letzten Mal eine ganze Nacht geschlafen, als wir in Sobibor getrennt wurden. In dem Zug war es ja unmöglich zu schlafen.

Geliebte, du hast nicht geschlafen, du wurdest von dem Gestank ohnmächtig, hörte sie den König seufzen.

Liebster, natürlich wurde ich ohnmächtig von dem Gestank, welch eine Lady würde davon nicht ohnmächtig! Obwohl, der Gestank im Zug wurde mit jedem Tag, nein, mit jeder Stunde ebenfalls unerträglicher. Trotzdem habe ich diesen unheimlichen Ort wenigstens eine Nacht lang verlassen können.

Unerträglich, diese Rampe, unsere Trennung, alles unerträglich, schrie der König plötzlich, bevor er sich auf einen Stuhl fallen ließ und bitterlich weinte.

Die Königin eilte zu ihm und umschlang ihn mit ihrem zierlichen Körper. Er schluchzte noch ein paar Mal, doch sein Weinen hörte bald auf. Wie gut sie ihn trösten kann, dachte das Mädchen, wie schön es sein musste, von ihr getröstet zu werden, schon lachte der König wieder. Vielleicht sollte ich ebenfalls weinen, es war doch zum Weinen, wenn die Königin und der König so traurig waren, denn jetzt, beobachtete sie, weinte die Königin, und das Lachen des Königs hörte auf. Er umarmte nun sie und streichelte ihr glänzendes schwarzes Haar, das ohne Zopf bestimmt bis zum Boden reichte. Sie wollte nicht weinen, doch kaum verbot sie es sich, weinte sie, als bestünde sie nur aus Wasser. Nicht einmal ein Taschentuch hatte sie, das Kissen musste alle Tränen aufsaugen! Nie würde die Königin auf einem nassen Kissen schlafen wollen, aber kein Gedanke hatte die Macht, ihre Tränen zu beenden, die Traurigkeit des Königspaares war allumfassend.

Der Bäcker brachte Milch und frische Semmeln.

Die Königin und der König hörten auf zu weinen, und der König lachte wieder, während sie selbst das

Frühstück machten, was ihr für ein Königspaar sehr ungewöhnlich erschien, aber die alte Dame, die sie in die Villa gelassen hatte, schlief vielleicht noch. Erst jetzt fiel ihr auf, dass sie in einem Wohnwagen lag, roch sie den Zirkusduft wieder, versickerten ihre Tränen.

Wir bitten zu Tisch, sagte die Königin, und zum ersten Mal bekam sie einen italienischen Espresso, der ihr hoffentlich munde, wie sich die Königin erkundigte. Er schmeckte abscheulich bitter, doch sie wollte die Königin nicht enttäuschen und nickte eifrig.

Wir haben alle Chinchillas verkauft, jetzt sind wir wieder freie Menschen, sagte der König.

In den Augen der Königin bildeten sich bereits wieder Tränen: Wir konnten sie nicht töten, das war eine unvorstellbare Tat.

Jetzt sind alle gerettet, seufzte der König erleichtert.

Sie dachte an die Chinchillas im Keller, die nicht gerettet waren. Doch sie schwieg lieber, als die Königin noch trauriger zu machen.

Wir treten nur in der Abendvorstellung auf, erklärte ihr der König, unser Auftritt ist für Kinder zu aufregend. Wir lieben den Zirkus, von klein auf, dann kam diese …

Bitte nicht, Liebster, bitte nicht, unterbrach ihn die Königin und suchte nach ihrem Taschentuch, das der König in seiner Faust hielt. Sie sah, wie die Tränen daraus auf den Boden fielen.

Nach dem Krieg, fuhr er fort – und sie hörte, wie die Königin die angehaltene Luft ausstieß –, schworen wir uns, reich zu werden, und wir wurden reich. Kaum waren wir reich, stellten wir fest, dass uns unser Reichtum nur langweilte – ist das nicht komisch? Jetzt lachte nicht nur der König, sondern sogar die Königin, und erleichtert lachte sie mit ihnen.

Eigentlich nicht der Reichtum, warf die Königin leise ein, eher die Reichen.

Du hast recht, Liebling, aber wir wollen unseren Gast nicht mit unserer schicksalslosen Vergangenheit ermüden. Du hast uns heute Nacht so reich beschenkt mit all deinen Löwengeschichten. Seit vielen Jahren haben wir keine so angenehme Nacht mehr verbracht. Dafür möchten wir dir danken. Du liebst den Zirkus wie wir, wünsche dir etwas, bitte, mache uns diese Freude.

Ich möchte bei euch bleiben und ... Durfte sie zwei Wünsche äußern? War nicht der eine schon zu groß?

Sag bitte, was du dir noch wünschst!

Ich möchte bei euch und der Löwin bleiben.

Liebe auf den ersten Blick, sagte ich es nicht heute Nacht, fragte die Königin den König, und beide lächelten, als hätten sie das Reich der Traurigkeit weit hinter sich gelassen. Im nächsten Moment waren sie wieder seine Bewohner, und das Mädchen stellte erstaunt fest, dass es für den König keinen Unterschied machte, ob er lachte oder weinte, fast schien ihr, dass er entweder lachte oder weinte, und sehr selten weder lachte noch weinte. In diesen Momenten war er am allertraurigsten, bemerkte sie, seine Augen waren hinter einem Schleier verborgen, der weder von innen noch von außen zu durchdringen war. Als der König die Augen schloss, hatte sie ein schlechtes Gewissen. Wie oft hatte ihre Mutter sie ermahnt, die Menschen nicht anzustarren! Sie flüsterte: Verzeihung, aber der König hörte sie nicht.

Wie zur Strafe sagte er nach einem langen Schweigen: Deine Großmutter war gestern Abend hier, sie hat dich schlafen lassen. Wir haben ihr versprochen, dich in die Schule zu schicken. Sie wird dich gleich abholen. Wenn du nicht mit ihr gehst, bekommen wir große Probleme, das willst du sicher nicht.

Das wollte sie nicht. Trotzdem klangen die sanft geäußerten Worte wie das Zufallen von Türen. Es war sinnlos, sich etwas zu wünschen, ihr Vater hatte recht, wenn er sich Wünsche verbat. Sie erzeugen nur Illusionen, hatte er einmal zu ihr gesagt, als sie noch klein und dumm war, und das Wort nicht verstand. Warum sie es plötzlich verstand, wusste sie nicht, aber mit Sicherheit wusste sie, dass sie während des Frühstücks in einer riesigen Illusion gelebt hatte, wie in einer Seifenblase, bunt, schillernd, wunderschön, die sich, kaum berührte sie etwas Festes, in nichts auflöste.

Du kannst zu jeder Zeit herein, wann immer es dir beliebt, auch wenn keine Vorstellung ist, wir freuen uns über deinen Besuch und die Löwin ebenso.

Ihr werdet ja doch verschwinden, sagte sie und wunderte sich, dass sie nicht erneut losheulte. Eigentlich war ihr nur zum Heulen zumute.

Wir sind längst verschwunden, lachten plötzlich beide los, als hätte sie einen Witz gemacht.

Sie stand langsam auf. Das Gesicht der Königin wirkte jetzt alt und viel zu grell geschminkt. Nur ihre Augen und ihr Haar waren immer noch wunderschön. Beim Zirkus muss man sich wohl schminken, dachte sie, und bedankte sich.

Sie ging langsam zum Löwenkäfig, sehr langsam, sich jede Hoffnung verbietend. Doch die Löwin wartete auf sie! Sie lag ans Gitter gepresst und starrte in ihre Richtung. Kaum sahen sie sich, richtete sie sich auf, streckte eine Pfote zwischen den Stäben durch und flüsterte: Du bist ich und ich bin du. Dann lachte sie, und es blieb ihr nichts übrig, als mit der Löwin zu lachen. Sie lachten, bis die Großmutter kam und sie sanft umarmte.

Sieht die Königin aus wie Medea, wollte das Mädchen wissen.

Ja, seufzte die Großmutter, sie sieht ihr ähnlich.

Fahren wir ans Schwarze Meer, bettelte die Enkelin.

Die Großmutter schüttelte nur den Kopf und wandte sich der Löwin zu: Ich würde auch dich gerne umarmen, schöne Löwin, aber leider lässt man mich nicht. So eine wunderschöne Löwin habe ich noch nie gesehen, fügte die Großmutter schnell hinzu, als die Löwin ihre Pfote zurück zog. Da streckte die Löwin sie wieder zwischen den Stäben durch, und das Mädchen verabschiedete sich bis zum Nachmittag. Während sie das Gelände verließen, begleitete sie das Lachen der Löwin.

Als sie am Nachmittag zum Zirkus lief, war nichts mehr von ihm zu sehen. Nur sein Geruch hing noch in der Luft, und das Lachen der Löwin war zurückgeblieben.

Sie rannte nach Hause, nahm ihre Schulhefte und zerriss sie. Vor Wut konnte sie nur zischen: Ich hasse euch, ich hasse euch! Nie wieder wollte sie in die Schule gehen, nie, nie wieder. Sie brauchte keine Schule für den Zirkus, nichts brauchte sie dafür. Seit vielen Wochen ging sie wieder in den Keller, nahm ein Chinchilla aus dem Käfig und drückte es an sich. Sie wollte sie am liebsten alle freilassen, doch trotz ihrer Wut ahnte sie, dass sie in der Wildnis noch jämmerlicher sterben würden als in dem Polsterüberzug. Einmal, als sie noch klein war, hatte sie die Hasen im

Garten der Großmutter freigelassen, als sie hörte, dass sie als Sonntagsmahl vorgesehen waren. Lauft, lauft, rief sie ihnen zu, doch die Hasen hoppelten nur durch den Garten, fraßen Blumen und Gemüseblätter, alles durcheinander, von allem zu viel, starben noch während des Fressens. Mit der Großmutter schaufelte sie ihnen ein Grab hinter dem Käfig, und die Großmutter versprach ihr, nie wieder auch nur daran zu denken, einen Hasen zu töten für ein Festessen. Sie flüsterte dem kuscheligen Tier zu: Du bist ich und ich bin du. Es legte die Ohren leicht an, lachte nicht. Sagt bloß, ihr könnt nicht lachen, da versäumt ihr aber das Wichtigste im Leben, hörte sie sich sagen und fand die kuscheligen Tiere auf einmal unerträglich dumm. Dann lachte sie und nahm sich vor, doch wieder in den Keller zu gehen, um den Chinchillas das Lachen beizubringen.

Sie überredete ihre Großmutter, ihr in der Trafik neue Schulhefte zu kaufen. Die Verkäuferin kannte sie und und redete immer endlos lange mit der Mutter. Die Großmutter kam mit neuen Heften zurück. Eines davon sah aus wie ein Buch, aber es war absperrbar, und die Seiten waren unbeschrieben: Das sollen sie nicht bleiben, Liebling, wenn du nicht darüber reden kannst, was im Zirkus passiert ist, dann schreib es auf. Wozu sonst soll es gut sein, schreiben zu können. Sogar dein Großvater, der wirklich kein großer Schreiber war, nicht einen Brief hat er mir je geschrieben, machte sich viele Notizen während seiner Kriegsgefangenschaft. Und ich habe ein Heft mit Kochrezepten vollgeschrieben, und was ich kann, kannst du hundert Mal besser.

Sie hielt das dicke, schwere Heft in der Hand.

Großmutter, du und Opa, ihr habt euch erst nach seiner Kriegsgefangenschaft kennengelernt.

Gott sei Dank! Stell dir vor, ich hätte ewig auf ihn warten müssen ohne einen Brief.

Sie grinsten beide.

Danach, ich meine, als ihr verheiratet ward, seid ihr keinen Tag getrennt gewesen?

Die Großmutter hatte bereits zu lachen begonnen, während ihre Enkelin noch zu Ende redete. Lachend umarmten sie sich. Sie spürte, wie dünn ihre Omi geworden war, so dünn, dass der Wind durch sie pfeifen konnte, der Waldwind oder der Granitwind und vor allem der Donauwind, der konnte sie hoch heben und bis zum Schwarzen Meer tragen, wo sie sich in Medea verwandeln könnte und niemand wüsste, wo ihre Omi geblieben war. Wenn sie den Erwachsenen erzählte, dass der Wind sie fortgetragen hatte, würden sie sagen, sie sei verrückt, und sicher bekäme sie wieder Zimmerarrest oder würde in die Irrenanstalt geschickt, weshalb sie lieber schweigen würde. Zum Glück war ihre Großmutter damit einverstanden, dass dies ihr Geheimnis bleiben würde, von dem außer ihnen nur der Wind wusste.

Das dicke, schwere Heft gefiel ihr. Auch sein Umschlag war viel dicker als der von den Schulheften und vor allem war er rot. Sie schlug es erneut auf und entdeckte auf der ersten Seite die wunderschöne Schrift ihrer Großmutter: Ich liebe deine Fantasie. Fülle die Seiten mit ihr und danke Gott für diese Gabe. In Liebe, Oma.

Als sie an den Seiten roch, war sie hingerissen von dem Papierduft. Du musst bleiben, flüsterte sie ihm zu, wenigstens etwas muss bleiben.

Von nun an las sie nicht nur in der Schule oder schrieb ihre Leseberichte, sondern schrieb auch in das rote Heft, schrieb Seite um Seite voll. Doch irgendetwas stimmte nicht mit diesem Heft. Wozu, fragte sie sich, soll ich etwas aufschreiben, wovon niemand etwas erfahren darf.

Ihre Großmutter verstand sie nicht: Es sind deine Geschichten, deine Ideen, Erfahrungen, sie gehören dir, was soll an ihnen falsch sein?

Ich finde es lustiger, Geschichten zu erzählen als aufzuschreiben.

Dann erzähle mir eine deiner Geschichten.

Ich erzähle sie meinen Schulfreundinnen beim Nachhausegehen. Morgens ist mein Kopf noch müde, aber nach der Schule ist er voll von Geschichten.

Das ist wunderbar, wo ist dein Problem?

Omi! Es ist ein Riesenproblem! Die Geschichten, die ich aufschreibe, könnte ich nie erzählen.

Und warum nicht?

Diese Frage konnte sie nicht beantworten. Patzig meinte sie: Sie sind eben anders.

Wie anders?

Du bist sonst auch nicht so stur, Omi!

Du wirst älter, du denkst gerne, da werde ich wohl nachfragen dürfen, mein Liebling?

Im Zirkus müsste ich nicht denken, widersprach sie.

Erstens irrst du dich und zweitens: Wer sagt, dass du denken musst? Ich war überzeugt, du denkst gerne, sehr gerne sogar. Du sprichst nicht wie ein Kind, das nicht denkt, im Gegenteil, manchmal denke ich, du denkst viel zu viel für dein Alter. Tut mir leid, ich will dich nicht verwirren. Ich bin nur neugierig, worin sich deine erzählten Geschichten von den aufgeschriebenen unterscheiden?

Sie sind mein Geheimnis.

Gut so! Du schreibst das auf, worüber du nicht reden kannst!

Nein.

Was dann?

Sie sind verrückt!

Noch besser, ich hatte schon Angst, du sagst, sie sind zu brav.

Wenn sie jemand liest, komme ich in die Irrenanstalt!

Wieso, es sind Geschichten? Jeder Mensch versteht den Unterschied zwischen Wirklichkeit und Erfindung.

Ich nicht. Solange ich schreibe, glaube ich, dass es so ist.

Jetzt verstehe ich: Sie haben es geschafft, dass du dich selbst für verrückt hältst. Ach, Engelchen, das ist keine gute Idee. Du bist nicht verrückt, glaub mir noch einmal. Vielleicht ist es wirklich besser, du hörst mit dem Schreiben auf. Fang zu malen an, von der Malerei versteht niemand etwas, und Kinder dürfen so und so malen, wie sie wollen. Wahrscheinlich werden sie dich für vollkommen unbegabt halten, aber das ist dein bester Schutz. Ich werde dir Farben kaufen, mit Farben kannst du dich auch besser austoben.

Sie malte mit den Buntstiften, den Kreidefarben und den Wasserfarben auf das Zeichenpapier und in ihr dickes, schönes Heft und malte immerzu ein Bild: die Hölle. Zuerst war die schwarze Kreide aus, dann der schwarze Stift nur noch ein Stummel, zuletzt die schwarze Wasserfarbe. Von ihrem Taschengeld kaufte sie die schwarze Farbe nach und einen neuen Zeichenblock und malte wieder die Hölle: Schwarze Flecken, schwarze Pfeile, schwarze Punkte und Kreise, schwarze Striche, bis es der Lehrerin unheimlich wurde und sie die Mutter in die Schule kommen ließ.

Der Vater fragte sie abends, was dieses Gekritzel bedeute.

Nichts, gar nichts, versicherte sie.

Du musst zum Augenarzt, wir vermuten, du bist farbenblind.

Sie sah ihren Vater verblüfft an, senkte sofort den Kopf, als sie ihr Grinsen nicht unterdrücken konnte. Gleichzeitig spürte sie einen stechenden Schmerz: Ihr kluger Vater war dumm, es war unerträglich, einen dummen Vater zu haben, der dreimal dümmer war als erlaubt! Für einen Moment, den sie sofort wieder vergaß, verachtete sie ihren bewunderten Vater. Erlaubt war der Gedanke, dass sie böse war! Ihr Vater war nicht dumm, er war müde. Sie sah die dunklen Ringe unter seinen Augen, beobachtete seine langsamen Bewegungen. So ein müder Vater konnte nicht auf die Idee kommen, seine Tochter nach Farben zu fragen: Welche Farbe hat mein Hemd, hätte er nur fragen brauchen, oder welche Farbe hat meine Krawatte, und er hätte begriffen, dass sie nicht farbenblind war, sondern dass es nur eine Farbe für sie gab.

Sie tat ihm den Gefallen und spielte die Farbenblinde. Der Arzt schüttelte verzweifelt den Kopf, so etwas hätte er noch nie erlebt, aber dagegen sei die Medizin zur Zeit noch machtlos. Er empfahl Karotten und Spinat und jedes Gemüse der Saison und Obst und möglichst kein Fleisch – bei diesen Worten hätte sie den Augenarzt am liebsten umarmt. Ihre Farbenblindheit erleichterte ihr das Leben, statt Fleisch bekam sie

Karotten, statt Spaghetti Bolognese schwammen ihre Nudeln in Gemüse, das natürlich schwarz war, wenn jemand so unvorsichtig war, sich für ihre Farbenblindheit zu interessieren.

Ihre ältere Freundin, die nicht mehr Friseurin, sondern Haushälterin werden wollte, weil der neue Hausarzt so entzückend war und dringend jemanden suchte, der ihm seine weißen Hosen und Hemden wusch und bügelte und seine Ordination putzte, über die alle Hausfrauen nur die Nase rümpften, weil sie angeblich schmutzig war, hatte sich wieder mit ihr versöhnt und fand ihre Bilder sehr modern. Sie kannten beide nur die Kirchenbilder und die Schlafzimmerbilder ihrer Eltern mit einer lieblichen Landschaft und einem Kind darauf, das von einem Engel begleitet wurde. Sie fragte nicht, warum sie keine anderen Farben verwendete, sondern fing selbst an, schwarze Bilder zu malen. Auch in ihrer Klasse fanden manche Kinder schwarze Bilder interessant, und die Farbenblindheit wurde zu einer ansteckenden Krankheit.

Der Voest-Rauch, vermutete die Lehrerin.

Die Mode verebbte wieder, und alle außer ihr interessierten sich für Servietten, die eifrig getauscht wurden. So etwas Bescheuertes kränkte sie, auch wenn manche schöne Muster hatten und die chinesischen Seidenservietten, die den höchsten Tauschwert erzielten, sich gut anfühlten.

Einmal im Monat übten ihre Eltern für die Zukunft, in der sie sich etwas leisten konnten und nicht mehr nur sparen mussten: Sie gingen mit anderen Voestlern Kegeln. Ihre ältere Freundin durfte an diesem Samstagabend bei ihr bleiben, um auf sie und die kleine

Schwester aufzupassen, wie sich die Mutter ausdrückte. Es war an einem dieser Samstagabende – die Schwester schlief endlich, sie hatten erfolgreich eine Riesenspinne in einem Glas gefangen genommen und gruselten sich ausgiebig beim Blick auf ihren behaarten Körper und die ebenso behaarten Beine –, als es die Freundin nicht länger aushielt und rief: Ich bin gerettet, ich bin gerettet! Gummi! Gummi! Ein Gummi rettet mich! Sie verstand Gummi und gerettet, aber wovor ein Gummi ihre Freundin retten konnte, ahnte sie nicht. Langsam beruhigte sich die Ältere, erzählte, immer noch aufgeregt, sie hätte gelesen, dass sie einen Gummi benützen müsse, um beim Bumsen nicht schwanger zu werden.

Welchen Gummi?

Keine Ahnung, es stand nur Gummi in dem Heft.

Sie suchten nach Gummi: Der Radiergummi erschien ihnen unbrauchbar, die Rexgummi zu löchrig, Kaugummi kam ihnen sinnvoll vor: ihn aufblasen und die Blase zwischen die Beine geklebt, würde vielleicht den durchdringenden Blick abwehren können. Da nahm sie den Schnuller ihrer Schwester in die Hand – die Freundin starrte ihn fasziniert an, doch dann verwarfen sie die Idee wieder. Trotzdem führte der Schnuller sie zu den Luftballons, die im Laufstall lagen, und die Freundin knüpfte an einen eine lange Schnur, die sie sich um die Oberschenkel band, und war glücklich: Mit einem Luftballon zwischen den Beinen konnte sie endlich bumsen, ohne schwanger zu werden!

Jeden Herz-Jesu-Freitag ging sie in die Kirche und den Kreuzweg mit Jesus, obwohl sie die Hölle nicht mehr so fürchtete wie noch ein Jahr davor.

V.

Die Voest wurde ein globales Unternehmen – ihr Nachbaronkel war auf Montage in der Türkei, ein anderer in Arabien verloren gegangen. Ihr Vater war der erste aus der Voest-Siedlung, der nach Afrika gehen würde.

Bevor er sie in die Konditorei zu einem Vater-Tochter-Gespräch einlud, ahnte sie bereits, dass er sie verlassen würde, seitdem er um fünf Uhr morgens aufstand, um sein Englisch zu perfektionieren und Französisch zu lernen. Noch hoffte sie auf kurze Reisen, denn ihre Onkel konnten keine Fremdsprachen und blieben lange weg. Manchmal tröstete sie ihren Cousin, der traurig im Garten saß und nicht spielen wollte, nur Papi, Papi stöhnte.

Er kommt viel schneller wieder, wenn du mit uns spielst, hatte sie erst gestern zu ihm gesagt. Wir brauchen dich fürs Völkerball!

Er kommt nicht schneller deshalb, du lügst.

Sie war empört über seine Behauptung! Ich lüge nie, schrie sie, dabei wollte sie ihn trösten, fiel ihr ein.

Du meinst sicher, die Zeit vergeht dann schneller, meinte er triumphierend.

Genau, sagte sie schnell. Er nervte sie, aber leid tat er ihr trotzdem. Es muss schrecklich sein, zwei Jahre auf den Vater warten zu müssen, dachte sie und spürte den Schrecken näher kommen.

Sie hörte, wie ihre Mutter zum Vater sagte, dass die Männer der Voest alles opferten, ihre Familien, sogar ihr Leben. Die Voest verlangt zu viel von euch, fügte sie mit leiser Stimme hinzu. Der Vater nannte die Mutter dumm und undankbar.

Auch sie mochte die Worte der Mutter nicht, aber sie hörte die Angst in ihrer Stimme, dachte an ihren weinenden Cousin und an die vielen Begräbnisse. Eine neue Angst um ihren Vater vermischte sich mit der alten.

An manchen Tagen wurde es still in der Siedlung, mussten die Kinder in den Häusern bleiben. Ein Voestler war im Werk verunglückt oder auf einer weit entfernten Baustelle. Niemand redete darüber, nur geseufzt wurde in den Kellern. Welch ein Unglück, hieß es beim Begräbnis, die arme Frau, die armen Kinder. Die Voest-Kapelle spielte traurige Lieder beim Begräbnis, zu dem fast alle Frauen aus der Siedlung gingen und ein paar Arbeitskollegen. Danach durften die Kinder wieder auf die Straße und die Frauen besuchten einander wieder. Nur die Familie des Toten sahen sie lange nicht.

Ihr Vater erklärte ihr, Französisch sei die Sprache der Diplomatie.

Diplomat war ein schönes Wort. Kein Zauberwort, aber schön. Sie fand es großartig, dass er Diplomat wurde.

Nein, wie kommst du darauf?

Wie freundlich er war, seitdem er wusste, dass er sie verlassen würde.

Ich möchte auch Französisch und Englisch lernen, sagte sie statt zu antworten.

Etwas lernen wollen zählte nicht immer zu den verbotenen Wünschen, obwohl sie nie im Vorhinein wusste, welcher Lernwunsch ihm sinnvoll und welcher ihm so absurd erschien, dass er sich nur wortlos von ihr abwandte, wie damals, als sie Seiltänzerin oder Dompteurin für Löwinnen werden wollte.

Heute lachte er nur. Doch er schickte sie nicht weg, wenn sie sich von nun an zwang, den Wecker des Vaters zu hören, ihre Riesenmüdigkeit im Bett zurückzulassen, um sich morgens zu ihm zu setzen und die Sprachkurse mit ihm anzuhören, die neuen Worte so leise zu wiederholen, dass sie ihn nicht störte.

Solange er nur Englisch und Französisch lernte, war alles gut. Als die Chinchillas verkauft wurden, bekam sie Angst, dass die Voest ihn auf eine Baustelle schickte. Zum ersten Mal hasste sie die Voest.

Während ein Käufer nach dem anderen mit Chinchillas verschwand, mied sie den Keller erneut. Die Chinchillas hatten nie lachen gelernt, so sehr sie sich auch bemühte. Je weniger Tiere zurückblieben, desto unheimlicher wurde ihr der Keller. Die letzten, die keinen Käufer fanden, töteten sie, um daraus einen Kragen für den Wintermantel der Mutter machen zu lassen. Ihr gruselte davor, doch die Mutter war glücklich über das wertvolle Stück.

Von einer Geschäftsreise nach London brachte er die sehnlich erwünschten Jeans mit, die keine Ähnlichkeit mit Jeans hatten, sondern abgrundtief hässlich in der Farbe und im Schnitt waren, deren Stoff die Nadel der Nähmaschine verbog, bis die Mutter es aufgab, sie in tragbare Hosen zu verwandeln. Die Tochter weigerte sich, diese Jeans anzuziehen, ihre Mutter packte sie weg für schwere Zeiten, in denen sie noch froh sein würde über eine so strapazierfähige Hose, die alles ohne Schaden überstehen würde.

Dann kam der entscheidende Tag, an dem er sie in die Konditorei zu einem ernsthaften Vater-Tochter-Gespräch einlud. Jetzt wusste sie, er würde weit, weit weg gehen und für immer wegbleiben. Sie sah ihren weinenden Cousin vor sich, wollte nicht mit ihm weinen, hasste die Voest, wie sie noch nie etwas gehasst hatte. Als sie ihrem Vater wieder zuhören konnte, sprach er von seinem erfüllten Traum, Bauleiter zu werden. Ihr Vater hatte einen Traum gehabt, von dem er nie erzählte, und der sich trotzdem erfüllte, die Rätselschnur war aufgespannt, bekam einen neuen Knoten dazu: Blauer Nil. Ihr Vater würde nicht nur nach Afrika gehen, ein Wort, das sie von Anfang an bezauberte, nicht nur an den Nil, von dem sie seit Moses träumte, sondern tiefer in den Kontinent hinein, in ein ihr vollkommen unbekanntes Afrika, in den Sudan, an den Blauen Nil. Der Blaue Nil verzauberte sie endgültig, sie wollte auf der Stelle mit ihm an den Blauen Nil, auf seine Baustelle! Wenigstens sagte er nicht sein endgültiges Nein, redete von der Schule und versprach, dass sie ihn besuchen würde in den Ferien, vorausgesetzt, sie unterstütze ihre Mutter, die es sehr schwer haben würde, seit ihrer Hochzeit sei sie nur ein paar Tage allein gewesen, als er nach London fliegen musste.

Es zerriss sie fast an diesem kleinen Tisch in der Konditorei – purer Neid war das intensivste Gefühl, Neid auf ihren Vater, der an den Blauen Nil reisen durfte, ohne bei den Worten Blauer Nil ohnmächtig zu werden. Angst um ihn schwemmte den Neid in die nahe Traun. Ihr Vater würde im Urwald verhungern, von Krokodilen gefressen oder von Elefantenherden zertrampelt werden. Ihre Ängste belustigten ihn, er könne sehr gut auf sich aufpassen, außerdem würde er einen Koch haben, einen für sich allein. Seinen Spott mochte sie nicht, verstand, dass er wieder lieber allein war als mit anderen, für die wilden Tiere würde er allein nur eine noch leichtere Beute sein … ihr Vater wollte von ihren Ängsten nichts wissen. Sie sei groß genug, um vernünftig zu denken, ob sie ihm verspreche, ihrer Mutter eine brave Tochter zu sein?

Sie sah ihre Mutter vor sich, die in den letzten Wochen fast verstummt war. Sie ahnte, dass ihre Mutter bereits jetzt litt, nur noch lächelte, wenn *er* nach Hause kam. Ihre Mutter würde krank vor Sehnsucht werden, kaum wäre *er* abgereist. All ihre Wut über dieses Allein-Gelassen-Werden würde sie gegen die Vatertochter richten, die sich plötzlich in eine Muttertochter verwandeln sollte, ohne dass ihr jemand sagte, wie diese Veränderung möglich war.

Trotzdem gab sie ihm das Versprechen, wollte, dass er seines wiederholte. Er sah sie irritiert an, lachte. Meinetwegen, ich verspreche dir, dass du mich besuchen darfst.

Auf der Straße stand ein Mann mit riesigen Luftballons vor ihnen. Sie lief in ihn hinein, als hätte sie ihn nicht gesehen, hoffte, er würde ihr wenigstens einen dieser Riesenballons schenken, damit sie mit ihm in die Luft steigen und nach Afrika fliegen konnte, doch der Luftballonverkäufer schimpfte nur mit ihr, genauso ihr Vater.

Warum fluchte die Mutter nicht über die Voest, die eine Familie auseinanderriss, eine Frau mit zwei Kindern allein zurückließ? Ein Vampir!, hätte sie fluchen können, und sie hätte ihr recht gegeben. Ihr Bild vom

Feuer speienden Drachen hatte nur den Hochofen umfasst, nicht das ganze Werk, das täglich die Männer verschlang und sie abends ausspuckte. Diese müden Männer! Oder sie schickte sie irgendwo hin, allein. Und die Männer gingen, wegen des Geldes oder der Herausforderung. Ihrer Voest widersprachen sie nicht. Die Frauen und Kinder hatten nichts zu sagen.

Den ersten Winter, den sie mit ihrer Mutter und Schwester allein in der Wildnis verbrachte, nannte sie den Winter der Schneeengel. Der erste Schnee fiel in dicken, großen Flocken die ganze Nacht hindurch. Am Morgen waren die Dächer, die Straße, die Wiesen und Bäume und sogar die Zäune weiß – und es war still. In dieser Stille klang das Lachen ihrer Mutter laut. Sie lacht, sie lacht, freute sich das Mädchen. Leise schlich sie sich in das angrenzende Zimmer und beobachtete ihre Mutter, die mit hoch erhobenen Armen am offenen Fenster stand und gluckste und trällerte, lachte und weinte.

Komm nur, sagte sie, ohne sich nach der Tochter umzudrehen. Die Welt hat sich über Nacht in eine weiße Welt verwandelt. Ist sie nicht wunderschön? Ich liebe die Jahreszeiten, in Afrika ist immer Sommer, das muss unerträglich sein für deinen Vater!

Sie schmiegte sich an ihre Mutter, die sich Schnee vom Fensterbrett holte. Sie machte es ihr nach, und beide bliesen den Schnee an den Blauen Nil.

Hol deine Schwester, wir werden jetzt Schneeengel!

Die Mutter hängte sich ihre Stola um, ihren Töchtern Schals, und barfuß gingen sie in den Garten. Die Mutter bestimmte, dass sie sich im Kreis in den Schnee legen sollten – die Kleine quängelte, doch die Mutter beachtete sie nicht. Wir sind Engel, lachte sie, unsere Arme sind Flügel, schwingt die Flügel, schwingt sie, wir fliegen, ja, jetzt fliegen wir über das Haus, ich sehe die Siedlung unter uns, den Waldfriedhof, jetzt lasst uns über die Traun fliegen, ihr grünes Wasser ist inmitten des Schnees noch dunkler – sie ist wunderschön, aber wir müssen trotzdem umkehren, lasst uns zurückfliegen in unseren Garten und sanft landen, engelsanft, flüsterte sie. Ihr müsst vorsichtig aufstehen, verletzt eure Flügel nicht, die Schneeengel wollen jetzt rasten, bevor sie in den Himmel fliegen.

Drei Engel blieben im Schnee zurück, drei Engel liefen ins Haus, die Mutter zog ihnen dicke Socken an, die Wintermäntel, kochte Kakao für sie.

Im Sommer verschwand ihre Mutter an den Blauen Nil – sie verschwand nicht heimlich, aber für länger als je zuvor. All ihre Bitten und die Erinnerung an das Versprechen ihres Vaters hatten die Mutter nicht umgestimmt, sie mitzunehmen. Sie stotterte nur noch vor Wut, ertrug die Vorfreude ihrer Mutter genauso wenig wie ihre Angst vor dem Heimweh. Einmal, als die Mutter wieder jammerte, wie sie es so lange in Afrika aushalten solle, schrie sie: Bleib doch hier! Lass mich fahren! Ich hasse dich.

Zwei Ohrfeigen und ein abgewandter Körper.

Statt zur Großmutter, brachte die Mutter ihre Töchter zur Tante in den Graben. Die Ältere weigerte sich, an dem Haus der Großmutter vorbei zu gehen, doch die Mutter zerrte sie einfach weiter, bis sie ihre Hand abschüttelte.

Ihre kleine Schwester, die nicht begriff, warum sie plötzlich bei der ihr fremden Tante im Graben leben sollte statt bei ihrer geliebten Mutter, wurde krank vor Sehnsucht. Die Wiener Tante genoss ihre Macht über die Mädchen. Sie bekamen morgens gezuckerte Milch und mittags Milch mit Knoblauch gegen die Parasiten, die sich von Afrika längst nach Europa ausgebreitet hatten, um die weiße Rasse zu vernichten. Sie fluchte über die Fremdarbeiter, die scharenweise kamen und die Voest eroberten und den Einheimischen die Arbeitsplätze stahlen.

Das Mädchen weigerte sich, diese ekelhafte Milch zu trinken, verschwand lieber mit der Kleinen im Wald und machte sich auf zur Großmutter, die der Tante mit der Polizei drohte, sollte sie es wagen, die Kinder zu entführen. Die Tante konnte am besten von allen Frauen fluchen, und sie verfluchte sie alle drei. Da sagte ihre Großmutter etwas, das sie zittern ließ: Hol dich der Teufel!

Jetzt war es an der Kleinen, mit der Schaukel in den Zwetschkenbaum zu fliegen, Blumenkränze zu flechten und in einer Zauberwelt zu leben, von der sie nichts mehr wusste. Sobald sie in die verträumten Augen ihrer Schwester sah, hätte sie am liebsten geheult. Sie vermisste den Pferdegeruch, sogar in der Kleinstadt roch es jetzt nach Benzin. Auch die Großmutter vermisste die Pferdeäpfel als Dünger, die Pflanzen wuchsen nicht mehr so üppig ohne ihn. Wenigstens duftete es im Garten nach frisch gemähtem Gras. Sie setzte sich mit einem Buch in den Schatten, wo einst Baldo lag, doch das Lesen wurde bald langweilig. Alle Mädchen in den Büchern waren dumm, alle Buben erlebten die tollsten Abenteuer. Sie wunderte sich, dass sie das bisher nicht durchschaut hatte, las die Bücher nur noch an, legte sie enttäuscht weg, träumte sich an den Blauen Nil oder schlich sich fort an die Donau. Ihre Großmutter sagte nichts, wenn sie erst in der Dunkelheit nach Hause kam, doch sie spürte, wie angespannt sie auf sie gewartet hatte und nahm sich vor, am nächsten Tag früher zurück zu kommen. Dann saß sie am Ufer oder schwamm im Blauen Nil mit den Krokodilen um die Wette, lauschte auf all die wilden, herrlichen Geräusche aus dem Urwald, beobachtete in der Dämmerung die Tiere, die zum Wasser kamen, unter ihnen die Löwin mit ihren Löwenkindern, und vergaß alles, wälzte sich mit den Löwen im Sand, spielte mit ihnen Verstecken, lief mit ihnen um die Wette, rettete sie vor den Krokodilen und folgte ihnen in den Dschungel, der unendlich weit und voll von Düften war, fast so berauschend wie im Zirkus.

Jeden Samstag buken sie gemeinsam einen Gugelhupf, den die Großmutter zum Auskühlen in den Keller stellte. Am Sonntag war er reif, und es gab ein Kuchenfrühstück. Sie durften so viel von dem Gugelhupf essen wie sie konnten. Nichts musste bei der Großmutter für später aufgehoben werden. Einmal aßen sie den ganzen Gugelhupf auf einmal, und die Großmutter fand das wunderbar.

Aber die Zukunft, stöhnte die Großmutter, und sie stöhnte ebenfalls, und die Kleine wollte Zukunft sagen, doch manche Buchstaben waren noch zu schwierig für ihren winzigen Mund. Die Zunge verrutschte mit dem Z und dem ft, und so wurde aus der Zukunft die Unkund, und alle drei lachten, und die Großmutter fand, die Kleine hätte vollkommen recht, über nichts seien sie so unkundig wie über die Zukunft. Das gefiel der Kleinen, sie klatschte mit ihren Patschhändchen und rief immer wieder unkund, unkund, bis sie es nicht mehr hören konnten und sie mit Schokolade ablenkten.

Erst beim Kochen erinnerte sie sich, dass sie den Herz-Jesu-Freitag vergessen hatte. Sie schnitt sich in den Finger und sah zu, wie das Blut aus ihm rann. Die Großmutter ließ die Erdäpfel in die Pfanne fallen, riss ihr den Arm hoch und presste ihren Daumen auf die Schnittwunde. Beim Kochen musst du dich aufs Kochen konzentrieren und nicht deinen Gedanken nachhängen, die offensichtlich nicht einmal erfreuliche waren, denn vor lauter Freude schneidet man sich nicht den halben Finger weg.

Sie nickte, spürte kein Verlangen zu widersprechen oder zu weinen, während die Großmutter mit einer Hand die Pfannen vom Herd schob und ihr befahl, den Arm oben zu lassen und mit der anderen Hand auf die Wunde zu drücken. Lauf zum Arzt, ich komme mit der Kleinen nach, sagte sie streng. Der Arzt öffnete ihr mit umgebundener Serviette und vollem Mund missmutig die Tür. Sie hatte nur das Blut gesehen, das warm bis zur Achsel rann und von dort den Körper hinunter, hatte die Großmutter hinter sich gespürt, das Schreien der Schwester gehört, nicht gespürt, wie die Großmutter sie auffing und der Arzt sie in die Praxis trug, die Wunde desinfizierte und nähte.

Nicht geweint, sagte die Kleine später. Sie lachte: Warum hätte ich weinen sollen, ich habe doch nichts gespürt. Ich geweint, viel geweint, sagte die Schwester und weinte schon wieder. Heulsuse, schimpfte sie mit ihr, doch sie ließ es zu, dass sich die Kleine an sie schmiegte.

Die Großmutter brachte ihnen heiße Schokolade, obwohl Sommer war und es die kostbare heiße Schokolade eigentlich nur im Winter zum Aufwärmen gab. Sie genossen jeden Schluck und stellten fest, dass sie im Sommer genauso gut schmeckte wie im Winter.

Du hast dir den gleichen Finger verletzt wie dein Vater, sagte die Großmutter in das andächtige Schweigen hinein. Erinnerst du dich, dass dir dein Großvater einmal sagte, dass es Unsinn sei, die Träume anderer zu träumen? Ja? Gut, dann sage ich dir jetzt, dass es genauso unsinnig ist, das Leben eines anderen nachzuleben. Ich weiß, ihr beide vermisst eure Eltern, aber er kommt nicht zurück, weil du dich selbst verletzt! Und näher kommst du deinem Vater auch nicht, wenn du ihn nachahmst. Du kannst ihm nur als *du* nahe sein, nicht als sein Abziehbild.

Sie verstand nicht, was ihre Großmutter meinte, dachte nur an Zwergi, dessen Mutter immer zurückkam, wenn er sich bei seinen Sprüngen verletzte.

Du musst ein Telegramm schicken, sagte sie laut.

Und was soll da stehen?

Die Kleine weinte. Sie konnte unmöglich weinen, wenn die Kleine weinte. Wir sind nur Mädchen, dachte sie, wäre ich ein verletzter Bub, würde sie die Mama mit einem Telegramm nach Hause holen.

Sanft sagte die Großmutter: Ich will dich an dein Versprechen erinnern: Du gehörst dir! Euer Vater hat euch verlassen, das ist traurig, aber es ist sein Recht. Jeder muss sein Leben leben, jeder gehört sich selbst.

War er so alt wie ich, als er sich weh tat, wollte sie wissen.

Nein, er war schon siebzehn, es war zu Kriegsende, diese Verletzung hat seine Seele gerettet, die er an die

Nazis verloren hatte wie so viele junge Leute. Aber als sie ihn wegen Selbstverstümmelung anklagten, nein, wegen Wehrkraftzersetzung glaube ich, weil er mit dem kaputten Finger nicht schießen konnte, erfasste er wohl in einem Moment den ganzen Wahnsinn. Zum Glück war der Krieg aus, bevor ihm der Prozess gemacht wurde.

Auch diese Worte der Großmutter verstand sie nicht. Aber sie stellte keine Frage, ihre Omi wirkte verstört. Sicher redet sie so unverständliches Zeug, weil ich so ungeschickt war, sagte sie sich. Zum ersten Mal schlief sie an ihre kleine Schwester geschmiegt, die nur gelauscht und sich kein einziges Mal gerührt hatte.

Die Märchenstunde gehörte jetzt der Großmutter und ihrer Schwester. Während sie die Kleine beobachtete, wie sie der Großmutter genauso fasziniert zuhörte wie sie einst, tat sie ihr leid – sie war noch so klein und ohne Vater, ohne Mutter, und wenn sie wieder bei der Mutter waren, ohne Großmutter, ohne Märchenstunde. Den Großvater hatte sie nie kennengelernt, und die Großeltern auf dem Land erst einmal gesehen, aber da war sie noch ein Baby. Ich werde netter zu ihr sein, nahm sie sich fest vor. Manchmal hörte sie der Großmutter zu, manchmal durchwühlte sie lieber Schubladen, die Kisten auf dem Dachboden. Sie fand ein Foto ihres Vaters in einer Uniform, auf dem Ärmel war das gleiche komische Mühlrad wie auf dem Helm, den Milo im Bunker gefunden hatte. Ihre Großmutter sah das Foto lange an: Er war sechzehn, als sie ihn in diese Uniform steckten, nicht einmal die Schule durfte er beenden. Schrecklich, er sieht aus wie ein erwachsener Mann. Weder dein Großvater noch ich konnten ihn vor den Nazis beschützen, das hat er uns nie verziehen. Überall waren sie, in der Schule, im Sportverein, auf der Straße. Er war so begeistert von allem, hoffentlich hat er sich wenigstens selbst verziehen. Manchmal habe ich ihn in Verdacht, er läuft immer noch vor den Nazis davon oder vor dem Nazi in sich, aber er redet ja nicht, genau wie sein Vater. Sieh mich nicht so überrascht an: Natürlich reden sie: über die Voest, die Bahn, die Weltwirtschaft, die Politik, aber sie reden nie über sich! Obwohl er mein Sohn ist, weiß ich nichts über ihn. Ist er zufrieden, jetzt, wo er Karriere macht? Was ist das für eine Karriere, die ihn ins Innere von Afrika verbannt, ihn von seinen Kindern weg reißt? Glücklich sah er nicht aus, nur überarbeitet. Er hat keine Begabung zum Glücklichsein, außer in der Nazizeit war er nie glücklich, obwohl ich ihn kaum noch sah, so beschäftigt wie er war. Aber ich sah seine Begeisterung und Hingabe, seinen Eifer. Mir wollte er sogar den Messbesuch verbieten und meine Marienlieder. Er durfte natürlich die Nazilieder laut singen, aber ich sollte schweigen. Was ist das für ein Glück, das sich aus dem Unglück anderer nährt? Hätte er nicht den Unfall gehabt, vielleicht wäre er nie zur Vernunft gekommen. Vielleicht ist er vor Schreck über sich selbst erstarrt, vielleicht verbietet er es sich, glücklich zu sein?

Afika, sagte die Kleine, und schlug mit dem Löffel auf die Tasse.

Du meinst, in Afrika ist er glücklich, fragte die Großmutter die Kleine.

Afika, Afika …

Ich weiß nicht, meinte die Großmutter, die Worte dehnend, ich glaube, Afrika ist nur eine Einbildung.

Auf dem Dachboden fand sie eine Schachtel, die ihr Vater bei der Übersiedlung zurückgelassen hatte. Sie war voll mit Holzfiguren, die er als Kind geschnitzt hatte, wie ihr die Großmutter erzählte. Sie wuschen sie, und Afrika erstand auf dem Küchentisch: Löwen lagen friedlich zu Füßen von Elefanten, Affen klammerten sich an Giraffen, tummelten sich in Riesenbäumen, Zebras spielten mit Antilopen. Die Großmutter suchte nach dem grünen Tischtuch, das schon vergilbt war, auf dem ihr Sohn einst sein Afrika aufgebaut hatte.

Der Afrikafeldzug, sagte die Großmutter mitten in die Spiele der Affen hinein, natürlich, wie konnte ich das vergessen. Die Deutschen sind bis Afrika gekommen, und dein Vater wollte immer schon nach Afrika, das siehst du ja. Seitdem er von diesem Afrikafeldzug gehört hat, war er von den Nazis besessen. Was ich alles vergesse! Der arme Bub, er war gerade dreizehn, jetzt ist er endlich in Afrika, aber ohne seine Kinder.

Endlich war es so weit, dass sie die Mutter in Linz vom Zug abholen konnten. Die Mutter trug einen riesigen Strohhut, der ihr Gesicht beschattete, ihr Sommerkleid flatterte im Wind, im Arm hielt sie ein Bündel, und das Mädchen dachte, es sieht aus wie ein Baby. Genauso hat sie die Kleine getragen, als sie mit ihr aus der Frauenklinik nach Hause kam. Aber die Mutter war ohne Bauch weggeflogen und war nur sieben Wochen fort, überlegte sie, und war stolz darauf, dass sie bereits wusste, dass eine Schwangerschaft neun Monate dauerte. Vielleicht dauern Schwangerschaften in Afrika nur zwei Monate, überlegte sie und fand es urblöd, ihre

Freundin, die den Sommer bei den Großeltern in Jugoslawien verbrachte, nicht fragen zu können.

Die Mutter übergab das Bündel der Großmutter und umarmte ihre Töchter. Sie konnten nicht aufhören, sich zu kosen, doch da begann das Bündel zu schreien, und ihre Mutter musste sich um das Baby kümmern. Sie nahm es der Großmutter aus dem Arm, zog die Windel von seinem Gesicht und meinte fröhlich: Ihr habt jetzt ein Brüderchen. Zu ihrer Großen sagte sie: Es ist dein Baby, und legte ihr das schwarze Kind in den Arm.

Die Großmutter bekreuzigte sich. Ich will mich nicht einmischen, aber ist sie nicht viel zu jung für ein Baby? Du warst wenigstens achtzehn, als du sie bekommen hast.

Ach, Omi, sagte sie schnell, bevor die Mutter eine spitze Bemerkung gegen die Großmutter machen konnte, er ist so ein süßes Baby, schau, seine Handflächen sind ganz hell, und seine Augen so schwarz wie der Voest-Koks. Mami, Mami, das ist das allerschönste Geschenk!

Ein Brüderchen, das zugleich ihr Kind war – welch eine Überraschung. In ihrem riesigen Schlund verschwand die Sicherheit, nie einen Bruder zu wollen. Wie dumm ich war, dachte sie, ich habe mir einen Bruder immer gleich groß vorgestellt wie meinen Cousin aus dem Graben, nie als Baby.

Der Kleine zappelte und grapschte mit seinen Fingerchen in ihr Gesicht, verkrallte sich in ihr Haar und zog und zerrte daran, dass es wirklich weh tat. Sie ließ ihn gewähren, er sollte nicht glauben, sie sei eine böse Mami.

Die Kleine hingegen sprühte vor Eifersucht. Baby, schrie sie, und niemand wusste, ob sie ebenfalls ein

Baby wollte oder sich selbst als Baby bezeichnete. Die Mutter hob sie hoch, das beruhigte sie etwas. Du bist mein Baby, keine Angst!

Sie fuhren ohne Großmutter in die Siedlung. All ihr Betteln hatte sie nicht umgestimmt. Die Großmutter wollte nicht in die Wildnis, sie wollte nach Hause.

Entweder bist du naiver oder mutiger, als ich dachte, hatte die Großmutter zum Abschied zu ihrer Schwiegertochter gesagt.

Ihre Mutter hatte spitz geantwortet: Was dein Sohn will, geschieht.

Kaum waren sie in Sichtweite der Voest-Siedlung, legte die Mutter die Windel über den Kleinen. Ihre große Tochter ahnte, dass die Mutter dieses Kind verstecken wollte. Einige Wochen konnten sie das Kind verbergen, doch eines Tages stürmte ihr Cousin herein, während das Baby gerade gewickelt wurde, starrte es kurz an und lief – Ein Neger! Ein Neger! – schreiend wieder hinaus.

Das Gesicht ihrer Mutter färbte sich glühend rot, ihre Hände ballten sich zu Fäusten, ihre Stimme zischte: dieser Bengel, dieser verdammte Bengel! Dann richtete sich ihre Wut gegen ihre Große: Habe ich dir nicht befohlen, die Tür zuzusperren!

Immer noch begleitete dieses Zischen die Worte der Mutter. Sie wusste nicht, ob sie vergessen hatte zuzusperren, fühlte sich jedoch schuldig. Sie wickelte den Kleinen fertig, während die Mutter durch die Küche ging und nicht aufhören konnte zu fluchen. Plötzlich blieb sie stehen und fragte: Was sollen wir jetzt tun?

Was wolltest du denn tun, fragte sie verdutzt zurück. Hatte ihre Mutter wirklich geglaubt, ein Baby ewig verstecken zu können? Und wenn es krank wurde? Oder in die Sonne wollte? Sie verstand ihre Mutter nicht.

Ich konnte es doch nicht verhungern lassen, flüsterte die Mutter, dann lief sie ins Schlafzimmer und sperrte sich ein. Den ganzen Tag blieb sie dort, die ganze Nacht und den nächsten Tag und noch eine Nacht. Sie kümmerte sich um das Baby und ihre Schwester, die sie kaum von der Schlafzimmertür weg brachte. Es war, als wäre die Mutter erneut verschwunden. Am nächsten Morgen verließ sie endlich das Schlafzimmer, doch nur, um wortlos mit dem Fahrrad weg zu fahren. Das Mädchen war überzeugt, ihre Mutter nie wieder zu sehen. Mechanisch erledigte sie alles, betete und betete, dass ihre Mutter zurück kam. Ihre Schwester weinte nur noch, spürte ihre Angst, schrie, sobald sie in ihre Nähe kam. Endlich, als es bereits dunkelte, hörte sie die Gartentür aufgehen. Ihre Mutter stand vor ihr, schwenkte ein Telegramm, kommt, euer Vater hat geantwortet: Keine Angst, stopp, wir sind eine Familie, stopp, die anderen gehen uns, stopp, nichts an, stopp, haltet zusammen, stopp, kann unmöglich weg, stopp, liebe euch!

Diese verstümmelten Sätze konnten ihre Mutter glücklich machen? Sie verstand ihre Mutter wieder nicht. Aber den Auftrag des Vaters begriff sie sofort: Sie musste ihrer Mutter helfen, eine brave Tochter sein, sonst würde sie ihn nie wieder sehen. Nur ihre Schwester war glücklich. Sie hing am Hals der Mutter und schlief vor Erschöpfung ein.

Warum kommt er nicht und hilft uns, sagte sie wütend.

Aber, seufzte die Mutter, er schreibt doch, dass er nicht weg kann.

Du willst auch, dass er kommt.

Ja, das habe ich ihm heute Morgen telegrafiert. Aber es nützt nichts. Dein Vater wollte immer einen Sohn, jetzt hat er einen Sohn, obwohl er ihn nie sieht. Dein Vater wollte nach Afrika, jetzt ist er in Afrika, obwohl er nur auf der Baustelle ist, die überall auf der Welt sein könnte. Nein, das ist nicht wahr – in Russland ist es eiskalt im Winter auf den Baustellen, da müssen sie oft die Arbeit einstellen, und die Voestler dürfen nach Hause fahren. In Afrika ist es unerträglich heiß im Sommer, aber die Arbeit geht weiter. Und jetzt hör auf, an deinem Vater herum zu nörgeln! Sei nicht so egoistisch, gönn ihm sein Glück! Wir schaffen das schon, das wäre ja gelacht!

Er kommt nicht, weil wir keine Buben sind, war sie überzeugt. Aber der Kleine ist doch ein Bub, widersprach sie sich. Ja, aber die Mama ist nur ein großes Mädchen, eine Erwachsene, eine Frau, kein Mann! Hätte ihm ein Mann das Telegramm geschickt … Alles wurde wieder kompliziert und ihr Kopf wirr.

Seit diesem Abend versteckten sie das Baby nicht mehr. Die Mutter wirkte jetzt glücklich, sie sang oft, und am Samstagabend badete sie die Töchter und legte sich mit dem Baby in die Wanne. Bei einem Zwischenaufenthalt in London hatte sie ein Schaumbad gekauft, das wunderbar duftete und wirklich Schaum erzeugte, den sie sich gegenseitig zuwarfen oder in die Luft bliesen. Die Mutter und die Kleinen waren glücklich, sie vermisste die Segelabenteuer im Waschzuber mehr als je zuvor. Wenigstens zog sich die Mutter nach dem Bad ein kurzes, perlenbesticktes Kleid an, das in allen Farben schillerte, und tanzte mit jedem Kind. Dieses Kleid, sagte sie jedes Mal, hat mir euer Vater geschenkt, als er mich in Khartum abholte. Wir gingen in eine Bar und haben die ganze Nacht durchgetanzt. Ich habe ihm versprochen, es jeden Samstagabend zu tragen. Die Perlen kratzten die Haut auf, die Kleinen schrien. Sie wurde nicht mehr hoch gehoben, ihre Mutter zeigte ihr neue Tanzschritte und wirbelte sie herum, dass ihr nach einem Tanz schwindlig war. Es gab inzwischen einen Plattenspieler, und die Lieblingsplatten der Mutter waren die von Elvis. Heartbreak Hotel konnte sie endlos hören oder Blueberry Hill von Fats Domino. Auch die Platten hatte sie am Londoner Flughafen gekauft: Endlich bin ich nicht mehr auf dieses alte Radio angewiesen, meinte sie zufrieden, während sie Rock'n'Roll hörte und die Texte bald auswendig konnte.

Alle kamen sie: Die Schulfreundinnen und die Nachbarinnen, ein Kommen und Gehen war das tagelang, manche kamen vormittags und nachmittags, konnten sich nicht sattsehen an dem Kind. Meistens lachte es, quängelte selten, weinte fast nie. Niemand hatte je zuvor ein schwarzes Baby gesehen, nur schwarze Soldaten, nach dem Krieg, Amis, die Sieger, die eigentlich ganz nett waren, erzählte eine Nachbarin, ihr hätten sie immer geholfen, den Koks in den dritten Stock zu schleppen in Linz, obwohl Soldaten dazu nicht verpflichtet waren – andere widersprachen ihr heftig, schrecklich seien sie gewesen, egal ob Amis, Russen, Engländer oder Franzosen, obwohl die Russen … da verstummten sie, seufzten, manch eine schneuzte sich geräuschvoll … das Mädchen beobachtete fasziniert das sich wiederholende Schauspiel … wie sie sich, nach all dem Schweigen und den vielen Geräuschen, mit wenigen Worten einig wurden, dass sie heilfroh waren, als die Besatzer endlich weg waren.

Als hätten sie sich verabredet, brachte jede Voest-Hausfrau das gleiche Geschenk für das Baby mit: Eine kleine Plastikpuppe mit einem bunten Bastrock, schwarz gekräuseltem Haar und schwarzen Augen. Manche bedauerten, dass es nur Mädchenpuppen zu kaufen gäbe, betonten gleichzeitig, dass das einem Negerkind bestimmt egal sei, wichtig sei nur, dass seine Puppe schwarz sei. Einige behaupteten sogar, dass so ein Negerkind vor einer weißen Puppe erschrecken würde.

Seitdem der Vater die Baustelle am Blauen Nil leitete, trug die Mutter nichts mehr in die ‚Chance', doch die kleinen Puppen sammelte sie mit spitzen Fingern ein und verstaute sie in der Tasche, mit der sie früher immer nach Linz in die ‚Chance' gefahren war.

Heimlich holte das Mädchen drei Puppen wieder heraus. Die Mutter lachte, als sie es bemerkte: Mit so hässlichen Puppen wollt ihr spielen? Meinetwegen, aber zieht ihnen wenigstens die Baströcke aus, die sind ja eine Beleidigung für jede Afrikanerin. Ich nähe ihnen neue Kleider.

Wenn sie das Baby spazieren führte, musste sie bei jedem Haus stehen bleiben – es war, als könnte nicht nur sie sich nicht satt sehen an dem Kleinen, sondern als ginge es allen so. In der Siedlung herrschte eine andere Stimmung, seitdem das Baby da war, die Frauen kamen aus ihren Kellern und redeten und redeten miteinander und staunten und lachten, drückten ihre eigenen Babys fest an sich und liebkosten sie mehr als früher.

Das Hauptwort dieser Tage war süß – so ein süßes Ding, sagten die Frauen, und stellten der Mutter unzählige Fragen, die sie nicht beantwortete.

Sie stellen die Fragen verkehrt herum, sagte die Mutter und lachte.

Die Tochter verstand die Mutter wieder nicht: Antworte ihnen, bitte!

Die Sache geht sie nichts an!

Es ist falsch, Fragen nicht zu beantworten, meinte sie und hoffte, die Mutter würde es sich anders überlegen, doch die Mutter blieb stur und behauptete, die Frauen würden sich daran gewöhnen.

Sie wagte es nicht, Fragen nach der Herkunft des Babys zu stellen. Seitdem sie aus Afrika zurück war, lachte ihre Mutter wieder öfter, aber dieses Lachen war ein zu unsicherer Boden, jede Frage konnte ihn zum Einstürzen bringen.

Nur für sich war sie überzeugt, ihr afrikanischer Bruder sei in einem Korb im Blauen Nil direkt zu ihrer Mutter geschwommen, und ihre Mutter hatte ihn vorm Ertrinken gerettet. In ihren Augen war der Blaue Nil noch viel geheimnisvoller als der Nil.

Die Nachbarinnen kamen wieder, jetzt mit ihren eigenen Antworten, die nicht mehr freundlich klangen.

Sie hörte genau hin, obwohl ihr Kopf wirr wurde, je länger sie zuhörte. Ihre Neugier zwang sie, sich die veränderte Sprache der Nachbarinnen anzuhören, die nicht länger Gartenworte benutzten und Kochworte, Regeln für die Kinder aufstellten oder Wetterberichte verkündeten. Die einfachen, verständlichen Sätze waren verschwunden, mussten hinter den sieben Wolken warten, während die komplizierten Gebilde unbeholfen über die schmäler werdenden Lippen taumelten, oft mit losen Enden herumkullerten, ohne dass sich die Frauen darum kümmerten. Die langen Sätze schrieb sie auf. Sie saß in einer Ecke mit einem Schulheft und schrieb mit, was die Nachbarinnen sagten, um es vielleicht später verstehen zu können, wenn sie allein war und darüber nachdenken konnte.

Wäre ich ein Mann, ich hätte mich auch auf Abenteuer eingelassen, warum nicht, man hört da ja einiges, nicht wahr, Afrika ist ein Land … Abenteuer sind etwas für Männer, sagt mein Mann, Männer können Abenteuer genießen, aber da ich nie in Afrika war, und, Gott behüte, auch nie dorthin fahren werde, wer fährt schon freiwillig nach Afrika, dort leben ja nur Schwarze, ich meine, wir wissen ja, was von denen zu halten ist, nichts gelernt, nichts geleistet, faul bis in die Knochen, leben ja alle in der Steinzeit, wie diese Buschmänner, sagt mein Mann, der gestern … Für Männer gibt es tausend Möglichkeiten, in Versuchung zu kommen, die ja hinter jedem Gebüsch lauert …

Wäre ich die Mutter dieses entzückenden Babys, die ich, Gott behüte, nicht sein kann, denn Gott wirkt zwar Wunder, aber von einem Wunder, dass Gott uns Weiße mit einem schwarzen Kind überrascht, habe ich noch nie in meinem Leben gehört, aber wer hätte denn je von einem Wunder gehört? Diese Wunder, ich weiß nicht, es soll ja einen Wunderheiler geben, aber nicht in Afrika, ich weiß jetzt nicht … Schwarze Mütter sind ja auch nur Mütter, obwohl ich gehört habe … Wäre ich die Mutter eines schwarzen Babys, ich hätte meinen Stamm nie verlassen, das schwöre ich, so wahr mir Gott helfe, ein Stamm ist ein Stamm, da fährt die

Eisenbahn drüber … Die Hitze ist an allem schuld, mein Gott, diese Hitze in Afrika, niedlich ist er ja, armes Kind, so verlassen von seinem Stamm, wie die Mutter … Ich würde das nie überleben, meine Güte, wenn ich Ihnen sage, was ich schon alles überlebt habe, diese Bombennächte, mitten aus dem Schlaf heraus in den Keller, aber nicht so ein schöner Keller, wenigstens waren keine Afrikaner im Keller, wir wissen ja, was die mit weißen Frauen anstellen, wenn ich mir vorstelle …

Wenn ich ehrlich sein soll, und wir sind ja alle ehrliche Christen, frage ich mich, wozu Gott verschiedene Rassen erschaffen hat, wenn wir sie vermischen, was Christen nicht tun, denn was ein Christ ist, der glaubt, Gott ist meine Burg, und eben fällt mir ein … Niemand soll Gott ins Handwerk pfuschen, aber das war … dieses Kind macht noch alle verrückt …

Dieses arme Kind, liebe Frau Nachbarin, wäre es nicht besser, wir würden alle dort bleiben, wo wir geboren wurden, so sagt zumindest …

Wäre ich dieses Baby, ich wäre ja so unglücklich unter lauter Weißen.

Diesen Satz hörte das Mädchen oft. Er brachte sie zum Lachen, denn das Baby war fröhlich und immer bereit, nach allem zu fassen und konnte vor Vergnügen quietschen, wenn es ausgeschlafen war und ihre Nase mit seinen Fingerchen zerquetschte oder ihre Ohren. Alles, was abstand, erregte seine Neugier und musste in die Hand und den Mund genommen werden.

Dann schrie das Baby zum ersten Mal, und es schrie ausgerechnet während der Sonntagsmesse und war nicht zu beruhigen, bis das Mädchen mit ihm die Kirche verließ. In der Siedlung stand plötzlich der Nazibub vor ihr. Er spuckte vor ihr auf den Boden und schrie sie an: Unter Hitler hat es das nicht gegeben. Ihr seid so asozial, sagt mein Vater! Ihr müsst an die Nachbarn denken, asoziales Gesindel! Sie fuhr ihm mit dem Kinderwagen über die Zehen, pfiff vor sich hin, um sein Geschimpfe nicht zu hören.

Obwohl alle Babys irgendwann während der Sonntagsmesse schrien und sich niemand daran störte, war dieses Schreien angeblich anders, und der Pfarrer musste schreckliche Worte über das Kind gesagt haben, so wütend hatte sie ihre Mutter noch nie erlebt, als sie bald nach ihr mit der Schwester nach Hause kam.

Die Mutter zog die Vorhänge zu, trommelte mit ihren Fäusten auf den Küchentisch und stöhnte manchmal. Später meinte sie zu ihrer Großen: Die Voest verbreitet sich mit den Baustellen in immer neue Erdteile! Hierhin und dahin, und bald ist die Voest überall. Die Voestler reisen in die Ferne, wie dein Vater, deine Onkel, die Nachbarn; warum soll es ein Verbrechen sein, dass die Einheimischen hierher kommen, warum bitte, kannst du mir das vielleicht erklären? In der Kirche wird für die Mission in Afrika gesammelt, aber ein afrikanisches Baby bringt den Pfarrer zum Geifern, und er vergisst jeden Anstand, als wäre er der beste Freund unseres Nazinachbarn, kein Diener Gottes.

Die Mutter starrte in die Ferne, schüttelte immer wieder den Kopf über so viel Schwachsinn.

Am nächsten Tag war ihre vordere Hauswand mit schwarzen Strichen bemalt.

Die Mutter holte einen Kübel mit Wasser. Mutter und Tochter versuchten gemeinsam, die Farbe abzubürsten. Als der Nachbar sein Motorrad vor ihrem Garten anhielt, flüsterte die Mutter ihr zu: Tu so, als wäre er nicht da!

Sie schrubbten weiter, während der Nachbar hinter ihnen stand. Die Tochter hörte die Mutter immer schneller atmen, versuchte auch die Worte weg zu schrubben, die der Nachbar sagte: Ich muss Sie anzeigen, Frau Ingenieur, ihr Hausanstrich entspricht nicht dem Siedlungsgesetz. Wir haben uns alle verpflichtet, für eine einheitliche Fassade zu sorgen. So wird das nichts, Sie zerstören unsere Einheit! Eigentlich müsste ihr Anstrich dunkler werden, aber Sie machen ihn immer heller!

Er lachte, und das Mädchen presste all ihre Wut gegen die Wand, während die Mutter kaum noch bürstete, nur noch hektisch atmete. Plötzlich drehte sich die Mutter um und schüttete den Kübel voll mit dem schwarzen Wasser in Richtung des Nachbarn. Die Tochter sah, dass ihn nur ein paar Spritzer trafen, trotzdem jubelte sie innerlich.

Dann kamen, wie in jedem Sommer, die Gewitter. Dieses Mal waren sie heftiger als sonst und dauerten tagelang. Niemand wagte sich ins Freie, denn die Donner folgten sofort auf die Blitze. Einmal musste die Mutter jedoch hinaus, das Baby brauchte Milch. Während die Mutter weg war, versteckte sie sich mit Bruder und Schwester unter dem Küchentisch. Ihre Gebete stammelte sie: Bitte, lieber Gott, mach, dass kein Blitz die Mami trifft. Die Kleine weinte, das Baby brüllte. Wenigstens übertönten sie die Donner. Die Mutter war bis auf die Haut nass, aber es hatte sie kein Blitz getroffen, danke Gott, flüsterte sie. Ich bin zwischen den Blitzen durchgerannt, lachte die Mutter. Dann kamen die Hagelstürme, mancher Hagelschlag war faustdick, vernichtete die Ernte, die Blumen in den Gärten.

Die Sätze der Hausfrauen wurden wieder kurz. Das Mädchen hörte, wie die Nachbartante die Sätze mit bebender Stimme der Mutter über den Gartenzaun hinweg zurief:

Die Frauen sagen, Gott hat gesprochen: Er will nicht, dass die Schwarzen hierher kommen! Der Hagel war sein Fingerzeig!

Alle sagen: Der Neger bringt Unglück über die Siedlung.

Was der Pfarrer predigt, glauben wir: Was Gott getrennt hat, soll der Mensch nicht vereinen! Jeder soll dort bleiben, wo er geboren ist. Die Heimat ist das kostbarste Gut!

Einige bestehen darauf: Unter Hitler hätte es das nicht gegeben.

Die Tante lachte kurz, ihre Stimme klang wieder fest und zugleich drohend, als sie sagte: Du bist der Schandfleck der Familie. Mit dir will ich nichts mehr zu tun haben.

Wenn du könntest, gab die Mutter spitz zurück, würdest du eine Mauer zwischen unseren Gärten aufstellen. Du hast wirklich Pech, dass Mauern in unserer idyllischen Voest-Siedlung genauso verboten sind wie unterschiedliche Häuserfarben. Der Nazi will mich deshalb verklagen. Ich nehme an, das ist ganz in deinem Sinn.

Die lauschende Tochter hörte nur noch zufallende Türen. Sie war froh, dass ihre Mutter keine Angst mehr hatte.

Das Mädchen fütterte und wickelte das Baby, konnte sich nicht sattsehen an seinem Lachen, das sie mitlachen ließ. Manchmal versuchte sie, dabei ernst zu bleiben, aber es gelang ihr nie. Während das Baby schlief oder ihre Schwester mit ihm spielte, schrieb sie für ihn Märchen über Afrika. Sie machte ihn zum König vom Blauen Nil und ließ ihn einen weisen Herrscher sein, der mit seiner Königin den Mädchen und Buben alles beibrachte, was sie brauchten, vor allem den Himmelsblick, mit dem sie sich vor den wilden Tieren schützen konnten. Sogar Krokodile wussten, von diesem Blick gebannt, nicht mehr, wozu sie ihr Riesenmaul so weit aufgerissen hatten, und Löwen wurden zu den besten Spielgefährten. Für die Giftschlangen brachten sie den Kindern einen Zischlaut bei, der noch viel gefährlicher klang als der von Schlangen. Es genügte, ihn hin und wieder auszustoßen, schon versteckten sich alle vor den Kindern. Und sie lehrten sie den tiefen Blick, mit dem sie die Pflanzen verstanden, die ihnen verrieten, ob sie genießbar waren oder nicht. Sie lehrten die Kinder auch fischen und schwimmen und den Wüstenlauf und Wasserlauf, und nie hörten die Kinder ein böses Wort! Er war der beste König in Afrika, und alle Könige wollten so sein wie er, deshalb musste er weite Reisen durch den riesigen Kontinent unternehmen mit der Königin. So lernten sie Afrika kennen und erzählten am Blauen Nil davon.

Schlagartig blieben die Besucherinnen weg.

Die Blicke, Worte und Gesten hatten sich verändert. Statt Neugier begegneten sie Ablehnung: Die Frauen flüchteten zurück in die Keller, manche riefen ihnen etwas von der Kellerstiege aus zu, was sie nicht verstanden.

Die früheren Wegbegleiterinnen riefen ihr Satansbraten zu. Da sie mit dem Wort nichts anfangen konnte, warf sie es ihnen zurück und wunderte sich, warum sie sich vor Lachen krümmten. Es machte ihr nicht viel aus, dass die anderen Kinder sie am Schulweg mieden, obwohl sie ihnen gerade jetzt so viele Geschichten über Afrika erzählen wollte. Aber vielleicht interessierte sie Afrika nicht, ihre Väter arbeiteten in der Voest in Linz oder auf Baustellen in Russland oder der Türkei. Stattdessen schrieb sie alles auf, empfand das Schreiben immer noch als schalen Ersatz für das mündliche Erzählen, gewöhnte sich langsam daran.

Es traf sie jedoch, dass ihre ältere Freundin nicht länger ihre Freundin sein wollte.

Mir graust vor dir, sagte sie bei ihrem Wiedersehen. Du stinkst nach Negerblut.

Du spinnst! Mehr wusste sie darauf nicht zu erwidern.

Eklig, so eine Negerbrut.

Die Freundin, die keine Freundin mehr sein wollte, schüttelte sich.

Sie nannte die Freundin einen Satansbraten. Im Gegensatz zu den anderen Kindern fand sie das nicht komisch. Sie hatte sie zum Lachen bringen wollen, stattdessen starrte die Freundin sie mit einem verzerrten Gesicht an. Wenn ich wenigstens die Worte verstehen würde, dachte sie verzweifelt. Da fiel ihr etwas ein: Sieh dir meinen Bruder an, der stinkt genauso, wie meine kleine Schwester als Baby gestunken hat, wenn sie sabberte oder die Windeln voll waren. Babys stinken eben manchmal, aber sonst duften sie wundervoll.

Wenigstens war es ihr gelungen, die Freundin aufzuhalten, die wütend meinte: Deine Mutter ist weiß, dein Vater ist weiß – dieses schwarze Baby stinkt zum Himmel! Meine Mutter sagt, deine Mutter ist die dümmste Frau der Welt. Sie kümmert sich um das Kind einer Negerin, mit der ihr Mann sie betrogen hat. Mit so einer dummen Frau wollen wir nichts zu tun haben, die ist weit unter unserem Niveau!

Sie lachte und kümmerte sich nicht darum, dass ihr Lachen künstlich klang, erinnerte die Freundin an den alten Zauberspruch: Wir sind sooo verschieden! Die Ältere aber antwortete: Gott sei Dank!

Verzweifelt kämpfte sie darum, dass ihre Freundin wieder ihre Freundin sein wollte und ihre Mutter nicht für dumm hielt. Sie erzählte von den Kochkünsten ihrer Mutter und ihren Nähkünsten und fragte die Freundin nach den Ferien in Jugoslawien, ihren Verwandten dort und ob sie auch eine neue Lehrerin habe, bewunderte ihre Frisur und ihren Lippenstift und Nagellack und konnte die Frage, ob ihr Vater es mit Negerinnen treibe, nicht beantworten, bewunderte stattdessen die schicken Jeans, die ihre Vielleicht-Freundin von ihrer Cousine geerbt hatte. Alle hatten während der Sommerferien eine Abmagerungskur gemacht, und Cousine und Tante hatten jeweils zehn Kilo abgenommen, während ihre erste Freundin nur zwei verlor. Die Cousine in ihrem Glücksrausch, bald so schlank zu sein wie Twiggy, die plötzlich in allen Frauen- und Mädchenköpfen herumspukte, obwohl sie aussah wie ein Gerippe, hatte ihr alle ihre Hosen und Röcke geschenkt, die ihr am Ende des Sommers nicht mehr passten. Sie sind an ihr hinunter gerutscht, das glaubst du nicht, sagte die ältere Freundin, die mit sehnsuchtsvollem Blick in eine Kleiderständer-Existenz starrte, zu der sie nicht geboren war.

Es war ihr letztes Gespräch. Von nun an drehte die Freundin den Kopf weg, wenn sich ihre Wege kreuzten und reagierte auf keinen Gruß, keinen Zuruf. Nach einigen Wochen gab sie es auf, darüber nachzudenken, wie sie die Freundin versöhnen könnte. Der Bauch der Freundin, die keine Freundin mehr war, wurde immer dicker. Vielleicht ist der Luftballon beim Bumsen geplatzt, überlegte sie und war gewarnt. Oder die Geschichte mit dem Luftballon stimmt nicht, überlegte sie weiter, und hätte gerne jemanden danach gefragt.

Sie schrieb viele Geschichten über Freundschaften, die alle ein Leben lang währten, obwohl sie das Gefühl hatte, sich dabei lauter Notlügen auszudenken, denn niemand hatte Freunde – weder ihre Großmutter noch ihre Eltern, weder ihre Cousins noch ihre Tanten und Onkel, und ihre Schwester wusste noch nicht einmal, was das Wort bedeutete, war zufrieden mit der kleinen Restfamilie, träumte inzwischen ebenfalls vom Blauen Nil, den sie im nächsten Sommer sicher sehen würden, denn noch einen Sommer würde sie ihre Mutter bestimmt nicht allein lassen, noch dazu mit dem Baby.

Nachts drückte sie ihre Plastikpuppe und ihre Stoffpuppe an sich und erzählte ihnen von einem Land, in dem es nur freundliche Menschen gab.

Satansbraten, Teufelspack, Rassenschande, Bastard, Negerbrut – inzwischen badeten sie in Schimpfwörtern, beruhigte sich die Siedlung nicht, wie es die Mutter vorher gesagt hatte.

Nachdem sie wieder wie durch einen Schimpfschlauch nach Hause gelaufen war, hielt sie es nicht länger aus und fragte ihre Mutter: Ist das Baby im Blauen Nil zu dir geschwommen?

Die Mutter sah sie verdutzt an, dann lachte sie.

Ach, du Süße, seufzte sie, ich hätte es dir wohl längst erklären sollen, aber ich war ja selbst so daneben. Ausnahmsweise hast du mit deiner komischen Fantasie recht, zumindest fast: Dein Bruder schwamm zwar nicht im Nil daher, aber er lag am Nil. Der Vater deines Bruders arbeitete bei deinem Vater und starb auf der Baustelle. Es war ein schrecklicher Unfall, ein Rohr zerquetschte ihn, dein Vater war so verzweifelt, er gab sich die Schuld, dabei war es ein Materialfehler, er hätte den Unfall gar nicht verhindern können. Ein Seil ist gerissen, er kann nicht jedes Seil kontrollieren. Aber er sagte: Als Bauleiter hätte ich jedes Seil kontrollieren müssen, und ab sofort geschieht das auch. Deshalb kann er nicht einmal für ein paar Tage weg von der Baustelle, verstehst du? Er arbeitet seit diesem schrecklichen Unfall noch mehr als zuvor, dabei hat er zuvor schon zu viel gearbeitet! Die Frau des Verunglückten wurde verrückt, als ihr dein Vater von dem Unfall erzählte. Ich weiß nicht, in welcher Sprache, dein Vater lernt und lernt und arbeitet und arbeitet, ich weiß nicht, wie er das schafft. Der Koch fand den Kleinen auf seinem Weg zum Markt. Wir haben die Mutter tagelang gesucht, alle haben nach ihr gesucht. Wir sind auch in das Dorf gefahren, aus dem sie kam, doch es war zerstört, kein Mensch war mehr da. Was hättest du getan? Sicher das gleiche wie dein Vater. Wir haben den

Kleinen adoptiert. Sollte seine Mutter zurückkommen, ist alles wieder anders, aber solange sie verschwunden bleibt, braucht er ein Zuhause. Davon darfst du nie etwas auch nur erwähnen! Dein Vater fühlt sich schuldig an dem Tod dieses Menschen, und er würde es nicht ertragen, wenn jemand von seiner Schuld wüsste. Begreifst du das?

Die Mutter packte sie an den Schultern und schüttelte sie. Verwirrt starrte sie in das entsetzte Gesicht der Mutter, in ihre jetzt fast schwarzen Augen, sagte immerzu ja, ja, ja.

Vergiss, was ich dir erzählt habe, verlangte die Mutter!

Ich vergesse es!

Schwör es bei deinem Leben!

Ja, ich schwöre.

Ich hätte dir das nie erzählen dürfen, er wird mir das nie verzeihen.

Ich habe es schon vergessen, flüsterte sie.

Und ich? Schrie die Mutter plötzlich, glaubst du vielleicht, ich habe es auch vergessen?

Etwas in ihr sagte: Meine Mutter ist verrückt!

Sie lief in den Waldfriedhof, dort war es ruhig, die Toten störten sie nicht. Vor ihnen hatte sie noch nie Angst gehabt, nur vor dem Teufel, der plötzlich aus der Erde auftauchte, doch inzwischen wusste sie, dass es nur der Totengräber war, den sie einst für den Teufel gehalten hatte. Die Erwachsenen sind verrückt, sagte sie sich, während sie Steine, Laub, Äste bewegte. Warum erzählt meine Mutter den neugierigen Nachbarinnen nicht die Geschichte vom Waisenkind, das sie adoptiert hat? Warum behauptet sie, es sei ihr Kind? Es ist ihr Kind, ja, aber warum redet sie nicht mit den Frauen?

Als sie sich an das Telegramm ihres Vaters erinnerte, verwandelte sich der Waldfriedhof in den Urwald, hörte sie das Gebrüll der Löwinnen, sah sie die eine Löwin im Zirkus vor sich, sah den Urwald mit ihren Augen. Es würgte sie, die Bilder verschwanden, die Worte, da war nur noch dieser Brechreiz, gegen den sie sich wehrte, den sie unterdrückte, bis nichts mehr war, kein Gefühl, kein Brechreiz, kein Bild. Sie hatte die Worte der Mutter hinuntergeschluckt. Ihr Vater war in Sicherheit.

Mit der neuen Lehrerin hatte sie kein Glück. Sie war für strikte Rassentrennung wie der Pfarrer, der jeden Sonntag predigte: Was Gott getrennt hat, soll der Mensch nicht verbinden.

Es fiel ihr nicht auf, dass sie an manchen Tagen auf dem Heimweg von der Schule laut redete. Sie musste ihre Geschichten hören, zu Hause notierte sie, was sie sich erzählt hatte.

Zum Glück hat euer Vater den Zaun fertig gemacht, bevor er nach Afrika fuhr, seufzte die Mutter. Ihr Seufzen machte aus dem Satz eine Drohung. Was wäre ohne Zaun oder mit einem unfertigen Zaun, wollte sie von ihrer Mutter wissen.

Bist du wirklich so dumm? Mit dieser Frage blieb sie allein, formte sie zur Gewissheit: Sie glaubt, ich bin dumm. Ich bin so dumm, dass ich nicht einmal weiß, warum ein Zaun wichtig ist, über den ich spielend klettern kann.

Ich bin dumm, sagte sie sich und verstand, warum sie plötzlich schlechte Noten bekam und alle paar Tage

Strafarbeiten schreiben musste. Hundert Mal die Worte viel und fiel und hundert Beispielsätze dazu, weil ihr niemand erklärt hatte, dass viel und fiel zwar gleich klangen, aber verschieden geschrieben wurden. Ich bin so dumm, sagte sie sich, dass ich nichts verstehe, alles muss man mir erklären. Sie schämte sich, während sie viel und fiel unterscheiden lernte, übte die Worte mit dem Satz: Viele Birnen fielen vom Baum, dann wurde die Strafarbeit langweilig. Ihre Mutter machte ein Spiel daraus, sie lachten über die vielen Töpfe, die zu Boden fielen und zerbrachen und träumten von den vielen Vögeln, die aus Afrika in den Norden zogen, ohne ins Meer zu fallen, aber dieses Beispiel war ein falsches, obwohl es ihrer Mutter eingefallen war, denn alle Sätze mussten die Worte viele und fielen enthalten, und fallen war nicht vorgesehen in der Strafarbeit, weswegen sie hundert neue Sätze schreiben musste, aber die fielen ihr nicht zu und fielen ihr nicht ein, und auch aus dem Mund der Mutter fielen keine mehr aufs Papier, und statt die Strafarbeit zu schreiben, schrieb ihr die Mutter eine Entschuldigung, dass sie sich die Hand verbrüht hätte, und legte ihr einen blütenweißen Verband an.

Ihre Dummheit quälte sie, jeder rote Strich bestätigte sie. Da sah sie zufällig das von Rotstrichen wimmelnde Diktatheft ihrer Banknachbarin und wurde sehr, sehr neugierig. Sie sah: Die Diktate und Rechenaufgaben der anderen Kinder wimmelten von Rotstrichen, aber Strafarbeiten, die unendlich langweilig waren, bekamen sie keine auf. Sie mussten auch nicht in der Ecke stehen, wenn sie vor Langeweile einschliefen oder weinten. Jeden Tag weinten einige Mädchen – sie nahm sich vor, nie wieder zu weinen, nicht einmal, wenn die großen Mädchen sie herumstießen, zwickten und schlugen. Sie biss sie von nun an und stand in der Ecke. Dann hörte sie mit dem Beißen auf. Als sie trotzdem in der Ecke stand, wehrte sie sich wieder. Auch dieses Spiel fand sie schrecklich langweilig, doch ihr fiel kein neues ein.

Zum Geburtstag bekam sie einen Tretroller geschenkt, mit dem fetzte sie durch die Siedlung, so schnell, dass sie kein Wort verstand, das ihr nachgerufen wurde. Es goss in Strömen, und wie immer konnte der Kanal das Wasser nicht aufnehmen. Am liebsten fuhr sie durch die riesigen Pfützen, kümmerte sich nicht darum, wer in die Wasserfontänen geriet. Sie spürte den Sog, den die bösen Worte auf sie ausübten: Ihr haltet mich für dumm – ich beweise euch, wie recht ihr habt! Schadenfroh lachte sie in sich hinein. Sie wusste, es war falsch, was sie tat, aber das Wissen änderte nichts an der Schadenfreude, rücksichtslos durch die riesigen Pfützen zu sausen.

Abends, bei Torte und heißer Schokolade, spielte die Mutter mit ihnen ‚Mensch ärgere dich nicht' und entschied, die Siegerin dürfe an den Blauen Nil reisen.

Endlich sagte die Mutter das Zauberwort, nahm es wenigstens in den Mund, damit das Wort ihn verlassen, es über das Spiel, bei dem die Mutter immer gewann, hinausfliegen konnte. Wie fröhlich sie war, wie schön mit dem Baby auf dem Arm. Sie gab es nur ungern her, es duftete so fein, und immer wieder lächelte es so bezaubernd, dass sie sogar die Schule vergaß und die Strafarbeit, von der sie ihrer Mutter noch nichts erzählt hatte, obwohl sie ihre Unterschrift brauchte. Sie musste endlich lernen, ihre Unterschrift nachzumachen. Bei jeder Mitteilung aus der Schule, die es früher nie gab, dafür jetzt mehrmals in der Woche, bekam ihre Mutter einen traurigen Blick, dass sie sich wünschte, sie hätte alles anders gemacht, um sie nicht so traurig sehen zu müssen, obwohl sie nicht einmal wusste, was sie angestellt hatte.

Von nun an hieß es:

Ihre Tochter träumt während der Stunde. Um sich dieses schädliche Träumen abzugewöhnen, muss sie hundert Mal schreiben: Ich darf während des Unterrichts nicht träumen.

Ihre Tochter ist während des Unterrichts eingeschlafen. Sie muss hundert Mal schreiben: Ich darf während des Unterrichts nicht schlafen.

Als sie ihrer Mutter die erneute Strafarbeit zur Unterschrift hinlegte, sagte sie trotzig: Ich bin nicht dumm.

Natürlich nicht, wie kommst du denn auf diese dumme Idee, wunderte sich die Mutter, und die Kleine rief: dumm, dumm, dumm! Am liebsten hätte sie ihre Schwester dafür geohrfeigt, stattdessen raste sie mit dem Roller durch die Siedlung. Doch abends, im Kinderzimmer, als die Kleine sich vor ihr Bett stellte, auf sie zeigte und wieder anfing: dumm, dumm, dumm zu sagen, schlug sie ihr ins Gesicht. Ihre Schwester sah sie triumphierend an, ging bis zur Stiege, begann erst dort zu brüllen. Die Mutter rief sie, sah sie fassungslos an: Wie kannst du mir das antun, sagte sie nur und verbot ihr den Roller. Sie wusste nicht, wo sie hinsehen sollte, jeder Blick schmerzte. Der Blick in das versteinerte Gesicht der Mutter, in das Grinsen der Schwester, auf den Kochlöffel. Zum Glück schlief ihr Bruder, nicht einmal sein Lachen hätte sie jetzt ertragen. Wortlos ging sie zurück ins Bett, zog sich die Decke über den Kopf und verschwand. Flüchtig bemerkte sie noch, wie ihre Gedanken sich vor ihr hinter einen dichten Schleier zurückzogen und ihre Gefühle davonflogen. Ihr Körper fühlte sich viel schwerer an als sonst, bis sie auch ihn verließ.

Ein paar Tage später hieß es:

Ihre Tochter provoziert die anderen Kinder durch ihr Verhalten zu Ungehorsam. Sie stört den Unterricht dadurch. Als Strafarbeit soll sie für jede Mitschülerin ein Geschenk basteln.

Das mache ich nicht, hatte sie gesagt, und gehofft, ihre Mutter mit diesem Satz nicht zum Weinen zu bringen. Dieses Mal sah ihre Mutter sie nicht traurig an, sondern lachte, umarmte sie und sagte: Natürlich machst du das nicht. So ein Schwachsinn! Ich gehe morgen mit dir in die Schule, das geht zu weit!

Die Lehrerin ließ die Mutter einfach auf dem Gang stehen: Kommen Sie in meine Sprechstunde, aber ohne den Negerbalg, wenn ich bitten darf.

Die Mutter reichte ihr das Baby, würfelte eine Sechs und warf sie weit, weit fort vom Blauen Nil. Dann stellte sie die ungewöhnlichste Frage, die sie sich vorstellen konnte: Willst du weiterhin in die Schule gehen?

Sie warf ihre Mutter fast um, als sie mit einem Satz an ihrem Hals hing: Wir ziehen nach Afrika, nach Afrika!

Möchtest du das?

An den Blauen Nil zu Papi, ja, ja, ja!

Ich verstehe dich, ich möchte auch nichts lieber als weg von hier. Der Blaue Nil, du hast recht, das klingt wirklich wie ein Zauberwort. Es ist heiß dort, euer Vater wohnt in einem winzigen Haus, aber wenigstens nicht in einer Strohhütte wie die Arbeiter, diese Brutstätten für Moskitos und alles Kleingetier. Er hat endlich ein Auto, einen Jeep, den braucht er für die Baustelle, die riesig ist. Am Wochenende sind wir damit manchmal an den Blauen Nil gefahren zu einer Angelstelle, aber leider waren die Fische, die euer Vater gefangen hat, ungenießbar. Der Koch hat sich auf die Erde geworfen, als er sie sah, und sie nicht angerührt. Euer Vater hat eine Dusche bauen lassen, die er sich selbst ausgedacht hat. Sie steht im Freien, und das Wasser in der Tonne wird von der Sonne erwärmt, abends ist es zu heiß, aber ohne diese Dusche hätte ich es nicht ausgehalten. Zum Essen gibt es nur Huhn mit Gemüse oder Gemüse ohne Huhn oder nur Huhn. Das Fleisch auf dem Markt hängt im Freien an Haken und ist schwarz von Fliegen, die es umschwärmen. Der Koch ist ein guter Mann, er geht auf den Markt, sobald er aufsperrt. Und er kauft nur lebende Hühner, er rupft sie selbst, damit euer Vater nicht krank wird. Für dich wäre das Essen kein Problem, das Gemüse schmeckt dort besser als hier. Ja, dir würde es dort gefallen, mein Wildfang – es gibt nämlich nirgendwo Zäune oder Mauern, nichts würde deine Neugier begrenzen. Allerdings gibt es Nomaden, ihre Herden fressen manchmal den Bauern die Ernte weg, dann kann es zu lokalen Kämpfen kommen – dein Vater war immer sehr vorsichtig bei unseren Ausflügen, und die Baustelle wird Tag und Nacht bewacht. Wahrscheinlich würde er dich nicht einmal vor die Tür lassen! So viel ist erst im Entstehen, dein Vater ist stolz darauf, beim Aufbau des Sudans zu helfen, dafür nimmt er alle Entbehrungen in

Kauf, sogar diese Hitze! Die Engländer machen es anders, sie lassen sich alles einfliegen. Kolonialerfahrung nennen sie das, und verstehen nicht, wieso die Voest an ihren eigenen Leuten spart. Wenn euer Vater sich die Reden der Engländer anhören muss, werden seine Lippen zu dünnen Strichen.

Sie war so aufgeregt, dass sie das Fieber erst spürte, als es ihren Körper schüttelte. Auch ihre kleine Schwester bekam vor Aufregung hohes Fieber, und so durften sie beide in dem riesigen, alten Ehebett schlafen. Sie spürte, wie ihre Mutter ihr immer wieder ihre Füße mit kalten Essigpatscherln umwickelte, während der Blaue Nil durch ihren Körper strömte. Manchmal hörte sie ihre Schwester neben sich flüstern: Ist er wirklich blau?, doch sie war viel zu müde und ihr Mund zu ausgetrocknet, um ihr zu antworten. Noch während sie träumte, wünschte sie, aufzuwachen. Der Traum fühlte sich nicht wie ein Traum an, vielleicht, weil sie zum ersten Mal wusste, dass sie träumte. Sie brauchte all ihre Konzentration, um ihren Alptraum zu verlassen, in dem sie nicht nach Afrika reiste, sondern jeden Morgen allein in die Schule ging. Nur in den Kinderchor des Pfarrers ging sie nicht mehr. Er hatte ihr deutlich zu verstehen gegeben, dass Bastarde nicht Gott preisen können mit ihrer Stimme. All die neuen Worte wiederholten sich ständig in ihrem Traum, der Satansbraten, das Teufelspack, die Rassenschande, der Bastard und die Negerbrut, ohne sie jedoch deutlich zu machen, verstehbar. Die Hälfte mancher Worte verstand sie, die Neger kannte sie von dem Kinderlied: Zehn kleine Negerlein. Sie weigerte sich jedes Mal, bei dem Lied mitzusingen. Lieber verbrachte sie die restliche Stunde in der Ecke des Klassenzimmers, als so ein schreckliches Lied zu singen. Und den Satan kannte sie, und vielleicht bedeutete Satansbraten etwas ähnliches wie Sonntagsbraten, aber welcher Satan sollte gebraten werden? Der Teufel war ihr von dem kleinen Kirchenbild bekannt, aber wer war der Teufel jetzt und was war sein Pack? Sie strengte ihren Kopf an, so gut sie konnte, doch weder im Traum noch im Wachen fand sie Erklärungen, und was noch viel schrecklicher war, auch ihre Mutter kannte die Worte nicht, ihre Mutter, die doch alles wusste, hatte nur eine Erklärung: dummes Gerede! Manchmal sagte sie auch: Lass sie reden, das ist nicht dein Problem, wir sind eine Familie. Aber der Traum sagte etwas anderes, er behauptete, es sei ihr Problem, sie müsse diese Worte verstehen, von denen ihr Kopf so voll war, dass er bald explodieren würde wie im Traum, plötzlich stieb er in unzähligen Funken auseinander, und die Funken erloschen wie Sternschnuppen. Außerdem war der Traum beharrlich, kaum schlief sie wieder ein, war auch er wieder da. Wenigstens gelang es ihr nach einigen Wiederholungen aufzuwachen, bevor ihr Kopf explodierte.

Sie durfte einen Tag zu Hause bleiben, im Bett, einen zweiten, und am Wochenende gab es keinen Grund mehr, vor Aufregung krank zu sein.

Es war alles ein Wunschtraum gewesen. Ihre Schwester und sie hatten den gleichen Traum von der großen Reise an den Blauen Nil geträumt und sich gegenseitig mit ihrer Aufregung angesteckt. Zum ersten Mal nahm sie die Kleine wirklich wahr, die ihr ähnlicher war, als sie geahnt hatte.

Am Montag weigerte sie sich, in die Schule zu gehen. Als die Mutter nicht aufhörte sie aufzuwecken und keine Widerrede dulden wollte, ging sie ins Badezimmer und schnitt sich mit einer Rasierklinge in den Unterarm. Sie wusste, es tat nicht weh, nicht gleich, später vielleicht. Das Blut fühlte sich warm an, und als die Mutter wieder nach oben kam, dieses Mal mit einem Krug Wasser, fiel sie ihr in die Arme. Sie hörte noch ein Geräusch, dann umfing sie endlich ein traumloser Schlaf. Als sie aufwachte, fühlte sie sich zum ersten Mal seit vielen Nächten ausgeschlafen. Überrascht stellte sie fest, dass es draußen dunkel war, drehte sich zur Seite und wollte weiterschlafen, als sie den Verband sah und sich an den Schnitt erinnerte. Nie mehr würde sie in die Schule gehen, schwor sie sich, nie, nie mehr. Klammheimlich war sie stolz darauf, einen Weg gefunden zu haben, wie sie es verhindern konnte.

Die Wunde heilte schneller, als ihr lieb war. Ein paar Tage quälte sie sich in die Schule, die Lehrerin schickte sie nicht in die Ecke, schrie sie nicht an, tat, als wäre sie nicht vorhanden. Das war angenehm, vor allem bewies es ihr, wie sinnlos es war, auf etwas zu hören, was sie nichts anging. Sie musste nicht einmal nachsitzen, als sie bei den dummen Liedern nicht mitsang. Dabei sang sie gerne, aber nicht ‚Alle meine Entlein', das war etwas für Babys, fand sie, und presste ihre Lippen zusammen. Lesen und schreiben konnte sie, was die Lehrerin malen nannte, waren brave Kritzeleien, die sie ebenfalls verweigerte und stattdessen den Blauen Nil malte und den Urwald und wilde Tiere, alles mit schwarzer Farbe, um ihrer Farbenblindheit treu zu bleiben. Die Lehrerin sah sich ihre Zeichnungen nicht an, umso besser, niemand störte sie, wenn sie verreiste. Rechnen fand sie lustig, doch sie meldete sich nicht mehr, nachdem sie immer wieder umsonst aufgezeigt hatte. Bevor ich hier vor Langeweile sterbe, dachte sie, muss ich mir etwas einfallen lassen.

Eines der Mädchen war von einer Blinddarmoperation aus dem Krankenhaus zurück in der Klasse, vielleicht wäre so eine Blinddarmoperation genau richtig, um zu entkommen? Sie stellte sich in die Nähe der Gruppe, in der die Blinddarmoperation bestaunt wurde, und hörte genau zu, wo es dem Mädchen weh getan hatte und wie schlimm die Schmerzen waren, um mit der Rettung in das Kinderspital nach Linz gebracht zu werden.

Alles verlief, wie sie es geplant hatte. Aber was sie nicht geahnt hatte war, dass es Kindern nicht erlaubt war, ihre Geschwister im Kinderspital zu besuchen. Erstaunt stellte sie fest, dass sie nicht nur ihren Bruder, sondern auch ihre Schwester vermisste. Gegen ihre Sehnsucht nach den beiden und vor allem nach ihrer Mutter konnte sie nichts machen, doch es verwirrte sie, dass die Tage, an denen ihr niemand unverständliche Schimpfwörter an den Kopf warf, trotzdem angenehm waren. Sie bekam Tee, nach drei Tagen Mus und später eine Gemüsesuppe, musste sich zwingen, etwas zu essen, der Essensgeruch mittags und abends vertrieb jeden Hunger. Auch die Ärzte im Kinderspital hatten noch nie etwas von einer absoluten Farbenblindheit gehört, aber sie interessierten sich nur für ihren Blinddarm. Es gab viele Bücher, die sie sich ins Bett mitnehmen konnte, und als sie wieder herumlaufen durfte, erforschte sie ein Zimmer nach dem anderen und stellte verblüfft fest, dass es viele kranke Kinder gab, und nicht nur scheinbar Kranke, sondern manche wirklich krank waren, und andere so krank, dass sie sterben mussten. Über ein Mädchen, dessen Kopf weiß verbunden war, hatten die Ärzte gesagt, dass es die kommende Nacht nicht überleben würde. Die Mutter hatte geweint und das Mädchen trotzdem allein gelassen. Sie schlich zu ihm ins Zimmer, setzte sich auf das Bett und konnte es nicht fassen, dass das sterbende Mädchen nicht einmal eine Puppe besaß. Sie hielt ihr die Plastikpuppe und die Stoffpuppe vor die Augen und fragte, welche sie haben möchte.

Als das Mädchen die Augen öffnete, waren sie von einem leuchtenden Blau, wie sie es noch nie gesehen hatte. Nicht einmal die Augen ihrer Omi hatten so geleuchtet, als der Großvater noch lebte.

Das sterbende Mädchen griff langsam nach der Stoffpuppe.

Sie borgte sie ihr bis zum Sterben, wollte wissen, ob sie Angst davor habe.

Ein bisschen, flüsterte das Mädchen.

Deine Augen leuchten, die möchten sicher noch viel sehen. Wohin möchtest du? Ich möchte an den Blauen Nil, der ist in Afrika. Der passt gut zu deinen Augen. Schade, dass meine nicht blau sind. Willst du nicht mitkommen?

Wann fährst du?

Sie merkte, wie anstrengend jedes Wort für das Mädchen war. Nicht einmal die Puppe konnte sie an sich drücken.

Keine Ahnung, sagte sie deshalb schnell.

Ich mache eine größere Reise, flüsterte das Mädchen.

Eine noch größere Reise als an den Blauen Nil konnte sie sich zwar nicht vorstellen, aber jetzt war sie so neugierig, dass sie alles über diese große Reise wissen wollte. Etwas in ihr hatte gezittert, als das Mädchen die Worte flüsterte, zitterte immer noch, brachte sie zum Weinen, als sie von der Himmelsreise hörte und von Gott, der sie erwartete, und Engeln, die sie begleiteten.

Kannst du sie nicht sehen, sie sind schon seit ein paar Tagen um mich. Du musst deine Augen zumachen, dann siehst du sie leichter.

Traurig stellte sie fest, dass sie nichts sah.

Sei nicht traurig, bevor du stirbst, werden sie sicher zu dir kommen. Vielleicht soll nur ich sie sehen. Ich bin müde.

Gute Reise!

Sie ging auf Zehenspitzen aus dem Zimmer, versuchte noch einmal mit geschlossenen Augen die Engel zu sehen. Außer einem Lichtpunkt von der Zimmerlampe blieb alles dunkel.

Sobald sie aufwachte, lief sie zurück in das Zimmer, und wirklich war das Mädchen tot. Es sah friedlich aus, ja, es lächelte sogar. Auch ihr Großvater hatte als Toter gelächelt, obwohl er im Zorn gestorben war. Wahrscheinlich hatten sich seine Engel verspätet. Sterben ist nicht so schlimm, entschied sie, und nahm sich fest vor, keine Angst davor zu haben. Am meisten tröstete sie, dass das Mädchen nicht allein gestorben war, sondern von Engeln und der Puppe begleitet. Du weißt jetzt mehr als ich, sagte sie zur Puppe, und nahm sie wieder an sich, drückte und koste sie.

Mit den anderen Kindern spielte sie am liebsten Verstecken. Dabei konnte sie das ganze Krankenhaus erforschen, außer den Operationssälen. Sie schaffte es nie, hineinzuschlüpfen, die Schwestern schienen sogar Augen im Hinterkopf zu haben. Ich muss noch viel schlauer werden, nahm sie sich vor, und beobachtete alle Tricks der anderen Kinder, wie sie das Bettgehen hinauszögerten, das Essen verweigerten, die Eltern überredeten, ihnen Geschenke zu machen: Ein lange versprochenes Fahrrad wurde zur Voraussetzung einer Genesung, sogar Fernseher wurden verlangt, und ein Bub bestand auf einem eigenen Telefon, was sie für Stunden beschäftigte. Wozu braucht er ein Telefon, fragte sie sich immer wieder. Sie kannte niemanden, der eines besaß. Es schien ihr vollkommen sinnlos, ein Telefon zu besitzen, wenn man niemanden anrufen konnte.

Sie war fasziniert von den bunten Hula-Hoop-Reifen, die es im Spielzimmer gab. Leider durfte sie den roten Reifen noch nicht mit ihrem Bauch herumwirbeln, nicht einmal mit den Beinen, aber um die Arme kreiste er bald genau so, wie sie es wollte. Sie entschied sich, Hula-Hoop-Akrobatin zu werden und damit im Zirkus aufzutreten. Bestimmt werden die Königin und der König bald mit dem Zirkus zurückkommen, überlegte sie, dann wollte sie ihnen ihre Kunststücke vorführen.

Am Sonntagnachmittag durfte sie in der Kindervorführung auftreten. All die Kinder, die nie Besuch bekamen, nicht einmal am Sonntag, lagen in ihren Betten oder saßen auf Stühlen und sahen zu ihr hoch, und all die Kinder, die Besuch bekamen, die sich jedoch in der anderen Umgebung mit ihren Eltern oder älteren Geschwistern, die schon in das Kinderkrankenhaus hinein durften, oder Verwandten langweilten, saßen mit ihrem Besuch in dem Saal und waren froh, der Langeweile entkommen zu können. Sie hatte den Reifen noch nie so gut die Arme hoch und hinunter gedreht wie während ihrer ersten Vorstellung als Hula-Hoop-Akrobatin. Es war herrlich, wie sich der Reifen drehte, ihre Arme mit ihm zu einer Bewegung verschmolzen.

Als sie die Bühne verließ, sagte der Arzt zu ihr: Das war fantastisch, du darfst den Reifen behalten. Er wäre sicher unglücklich ohne dich.

Ihre Mutter bedankte sich, während sie sprachlos vor Glück stumm daneben stand.

Am Sonntagabend, krank vor Heimweh nach der Mutter, den Geschwistern, entschied sie sich, nie wieder nachzugeben, wenn ihre Mutter von ihr verlangte, in die Schule zu gehen. Das Schuljahr war für sie zu Ende. Dieses und die folgenden gleich mit. Sie hoffte, ihre Mutter würde sich daran gewöhnen, dass ihre Tochter die Volksschule verweigerte oder sie einfach nicht das richtige für ein Mädchen war, das zur Hula-Hoop-Akrobatin geboren war und lieber Schulhefte mit eigenen Sätzen vollschrieb als hundert Mal zu wiederholen: Ich darf den Unterricht nicht stören. Was sie dabei lernen sollte, blieb das Geheimnis der Lehrerin. Sollte ihre Mutter uneinsichtig bleiben, hatte sie inzwischen von den größeren Kindern gelernt, inmitten der Unmöglichkeit zu überleben. Über den Preis hatten sie nicht verhandelt.

Du musst sagen: Alles tut mir weh! Da werden die Ärzte zwar böse, aber du erlebst sie dafür in ihrem Alptraum. Sie hassen es, machtlos zu sein.

Andere zeigten ihr, wie sie unter der Bettdecke das Fieberthermometer reiben konnte, damit es auf 38, 39 Grad stieg. Sie musste lange üben, um es nicht zu hoch steigen zu lassen.

Einige Kinder kannten das kalte Fieber, bei dem sie Schüttelfrost vortäuschen musste.

Künstlicher Husten und Halsweh waren bewährte Mittel, ein verstauchter Fuß landete einstimmig an erster Stelle, wenn es darum ging, irgendwo nicht hingehen zu müssen, vor allem nicht in die Schule.

Dann verblüffte ein bisher schweigendes Mädchen alle mit einer perfekten Vorstellung: Sie ließ sich vor ihnen hin fallen, lag regungslos auf dem Boden, lachte erst, als ein Kind schrie: Schwester! Schwester! Einen Nachmittag lang war dieses Mädchen der Star: Immer wieder führte sie ihnen vor, wie sie sich fallen lassen konnten, ohne sich weh zu tun, übte den flachen Atem mit ihnen, das langsame Zu-sich-Kommen aus der Ohnmacht.

Sie musste nicht üben, ihrem Körper war das Fallenlassen vertraut.

Erstaunt stellte sie fest, dass kein Kind von all den vielen Kindern gerne in die Schule ging. Ihre Hoffnung, in einer anderen Schule wäre es besser, verlor sich in den Erzählungen der Kinder.

Sogar das Mädchen, das jetzt in dem Bett neben ihrem lag, dessen rechte Gesichtshälfte verbunden war und das wunderbar nach Pferden roch, von dem die Ärzte nur als mathematischem Genie redeten, hasste die Schule. Sie hasste sie am allermeisten, stellte sie fest. Ihre neue Bettnachbarin hasste die Schule so sehr, dass sie sogar über sie fluchte, was sie beim ersten Zuhören erschreckte, inzwischen zum Kichern brachte, obwohl die Neue sie dann böse ansah und verlangte, dass sie sofort mit diesem blöden Gekicher aufhöre. Sie nannte die Schule eine Verdummungsinstitution, sonst wäre es unmöglich, dass sie das einzige Genie in dieser riesigen Kinderaufbewahrungsanstalt war, über deren Sinn oder Unsinn sie sich erst Klarheit verschaffen musste.

Sie dachte an die Strafarbeiten und gab ihr recht.

Kannst du lesen und schreiben, kennst du die Zahlen? Bitte, was soll der Rest? Den lernst du aus Büchern, dafür musst du nicht um halb sieben aufstehen, wenn der beste Schlaf beginnt, den du dringend brauchst, um hellwach dein Hirn zu benutzen! Nur Nazis stehen gerne früh auf, sie wollen nicht denken. Und wenn sie ausnahmsweise doch denken sollen, schaffen sie es nur mit Morphium. Obwohl, Mohnfelder sind toll!

Es war wie ein Wunder: Nicht nur sie konnte kaum mehr aus dem Bett, seitdem sie in die Schule gehen musste, anderen ging es genauso, sogar einem anerkannten Mathematikgenie, das Worte kannte, die wie Zauberworte klangen: Morphium, Mohnfelder. Sie sah eine bis zum Horizont reichende Blumenwiese vor sich, der rote Klatschmohn wiegte sich im Wind, das Meer türmte sich zu Riesenwellen, auf denen die kleinen Boote bis nach Myra getragen wurden und mit der nächsten Riesenwelle auf das Dach der Welt. Dort stand Milo auf dem höchsten Gipfel und fing sie sicher auf, bevor die Welle das Boot wieder mit sich nach unten zog. Bestimmt lebt Milo auf dem Dach der Welt, wo Gott nicht hinsieht, er ihn nicht bestrafen kann, weil er nie in die Kirche geht, überlegte sie. Und dort, geschützt vor seinem Blick, können seine Eltern wieder reden, denn bestimmt hatte ein Gottesfluch sie verstummen lassen. Von den mathematischen Formeln hingegen, die ihre Bettnachbarin aufschrieb und mit denen sie spielte, als wären sie Buchstaben, verstand sie nichts. Das Mädchen war fünf Jahre älter als sie, rechnete sie nach, und war somit uralt, wenn sie es sich genau überlegte. Und was noch eigenartiger war, sie war genauso alt wie ihr Cousin aus dem Graben! Aber zum Glück war sie ein Mädchen und kein halb toter Bub.

Klar, dich haben sie ja schon verblödet, meinte die Ältere. Aber du bist noch lange nicht so verblödet wie meine Eltern, die ewig in die Schule gingen. Das Ergebnis ist eine Katastrophe: Seitdem sie wissen, dass meine Freundin Jüdin ist, lassen sie mich nicht mehr zu ihr. Was will man auch anderes erwarten von Eltern, die mit einem Morphinisten befreundet waren und immer noch stolz darauf sind. Dabei hat sie der Göring nur ausgenutzt. Er brauchte sie, um an das Morphium heran zu kommen, dieser Dickwanst. Erwachsene sind verrückt, zumindest meine Eltern. Sie verachten alles Schwache, aber ihren Hermann bewundern sie. Bist du Jüdin?

Ich weiß es noch nicht.

Wie bitte?

Ob ich Jüdin oder Zigeunerin sein will oder beides.

Eine interessante Frage. Für mich kommt nur Jüdin in Frage! Zigeuner sind Diebe und schmutzig, aber vor allem dumm! Oder hast du je von einer klugen Zigeunerin gehört?

Sie dachte an Milo und fand die Ältere ausnahmsweise selbst ziemlich dumm: Du kennst gar keine Zigeuner!

Stimmt. Aber meine Freundin ist Jüdin, und meine Eltern hassen alle Juden, seitdem sie die meisten umgebracht haben. Wahrscheinlich erscheinen sie ihnen in ihren Träumen.

Die Zigeuner haben sie auch fast alle umgebracht, warf sie ein.

Wer, meine Eltern?

Das weiß ich nicht.

Sie haben nie von Zigeunern geredet, aber wer weiß? Du hast ja noch Zeit, wir dürfen ja eine ganze Ewigkeit nichts entscheiden. Dagegen hilft nur, ein Genie zu sein – wenigstens in die Mathematik können sie mir nicht mehr dreinreden. Du musst aus deinem Gehirn eine Kampfmaschine machen, sonst bist du verloren. Als ich noch Ungeziefer war, hieß es immerzu: Halte dich gerade, rede nicht so laut, geh leiser, sprich nicht beim Essen! Ich krächzte und humpelte, diesen Befehlston habe ich ihnen abgewöhnt. Wenn du etwas nicht willst, musst du nur sturer sein als sie, merk dir das.

Sie nickte. Während sie der Älteren zuhörte, klang alles einfach, nur das Wort Kampfmaschine für ihr Hirn klang abschreckend, nie und nimmer würde sie diesen Rat befolgen. Und wer Hermann Göring war, wusste sie nicht, und das neue Wort Morphium hatte allen Zauber verloren.

Was, du hast noch nie von diesem Feigling gehört? Er war ein brutaler Schlächter. Nachdem die Alliierten ihn in Nürnberg zum Tode verurteilten, hat er sich mit einer Giftkapsel aus dem Staub gemacht. Meine Eltern hielten das für sehr klug, klar, sie haben ihm das Gift ja besorgt, behaupten sie. Ich spucke auf ihn. So, und jetzt zeichne ein Dreieck, ein Viereck, ein Quadrat, ein gleichschenkeliges Dreieck, hier hast du den Zirkel, mach einen

Kreis um alle Figuren, stell dir vor, sie sind dein Körper und du spielst innerhalb des Kreises. Ich bin so gut, ich kann dir jede deiner Hula-Hoop-Bewegungen berechnen. Du bist, ganz nebenbei gesagt, Spitze darin, aber erwarte nicht von mir, dass ich diesen Schwachsinn unterstütze, über das Alter bin ich hinaus. Jetzt brauchst du nur noch die Formeln, mit denen du die Fläche oder den Umfang berechnen kannst, das ist ein Kinderspiel. Die Lehrer sind nur dazu da, dass wir das nicht mitbekommen. Wenn du das kannst, nimmst du dir die komplizierteren Formen vor, alle sind zerlegbar in diese einfachen Bestandteile. Die Welt besteht aus Mathematik, Gott ist der Führerrechner, ein Fehler von ihm, und alles würde zusammenstürzen. Ein Wahnsinn!

Ein Fehler würde alles kaputt machen?

Ein einziger Fehler.

Einige Sekunden schwiegen sie andächtig. Mitten in diesem andächtigen Schweigen spürte sie plötzlich Ekel vor dem Wort ‚Führerrechner' – es erinnerte sie an die Führerspiele der älteren Voest-Buben, an das Führergerede des Nazisohnes, doch sie schluckte den Ekel hinunter, überzeugte sich, dass Gott nichts mit dem Führer der Nazis zu tun haben konnte, und nahm sich vor, ihre Bettnachbarin zu einem schöneren Wort zu überreden, während diese meinte: Gott wird alt, er braucht unsere Hilfe. Wir sind alle verpflichtet, Mathematiker zu sein, die besten! Es genügt nicht, ein guter oder gar ein mittelmäßiger Mathematiker zu sein, nein, jeder muss der Beste sein, um Gott helfen zu können, wenn er unsere Hilfe braucht.

Interessant, murmelte sie beeindruckt. So hatte sie die Mathematik, die in ihrer Schule Rechnen hieß, noch nie betrachtet.

Schade, seufzte sie, dann werde ich eben nicht als Hula-Hoop-Akrobatin zum Zirkus gehen, sondern werde ein Mathematikgenie.

Das ist ein weiser Entschluss, der Führerrechner freut sich darüber bestimmt. Damit ist auch geklärt, dass du Jüdin wirst und keine Zigeunerin.

Nein, widersprach sie vehement. Ich bin ein Hälftemensch, halb Bub, halb Mädchen, ich kann genauso gut halb Jüdin und halb Zigeunerin sein.

Hälftemensch, wiederholte die Ältere gedehnt, das gibt es nicht. Wenn es so etwas gab, wurde es sicher als entartet von meinen Eltern vergast.

Sie wollte die schrecklichen Worte nicht hören. Unsinn, beharrte sie, ich bin ein Hälftemensch.

Dann bist du auch ein Genie, gab das Mathematikgenie nach und streckte ihr die Hand hin. Doch diese Geste war zu einfach für zwei Genies, fand es, und holte aus dem Schwesternzimmer heimlich eine Nadel. Sie stachen sich gegenseitig in die Daumen, pressten sie aufeinander.

Jetzt sind wir Blutsbrüder, stellte die Ältere zufrieden fest und beide grinsten.

Als anerkanntes Genie und Blutsbruder könnte sie das Genie jetzt überreden, das Wort Führerrechner gegen Schöpferrechner auszutauschen. Ihre erste Blutsbrüderschaft versetzte sie jedoch in einen Sinnestaumel, der sogar das Krankenzimmer freundlich aussehen ließ, und die Essensgerüche, die ihr bisher den Appetit verdorben hatten, rochen plötzlich nach Wald, und wenn sie genau hinhörte, hatte das abstoßende Wort zwar immer noch keine Ähnlichkeit mit den Zauberworten der Jungfrau Maria, die vom schöpferischen Geist Gottes gesprochen hatte, aber es klang nicht mehr so abstoßend wie zuvor.

Hier, fang damit an, es ist das einfachste Buch, das ich mitgenommen habe. Hör auf zu gähnen! Du musst dein Gehirn herausfordern, sonst bringt es nie Höchstleistungen.

Versprochen!

Wir müssen es für den Endsieg trainieren!

Für welchen Endsieg, fragte sie verwirrt.

Hast du nichts begriffen? Für den Endsieg über die Nazis! Die Nazis sind die schlechtesten Mathematiker der Welt – weil sie nicht mit Gott sind, sondern gegen ihn. Ihr Tausendjähriges Reich hat gerade ein paar Jahre gedauert, Gott sei Dank, aber da siehst du, wie dumm die sind.

Das Tausendjährige Reich – sie hatte es fast vergessen, jetzt dröhnte es in ihren Ohren, machte sie schwindlig. In tausend Jahren hätten sie alle Zigeuner vernichtet, alle Juden und sicher alle Mädchen, alle vernichtet, alle vernichtet, wiederholte sie ständig in ihrem Kopf, bis sie plötzlich auflachte, vor ihrem eigenen Ton erschrak. Sicher hatte sie nicht nach dem Tausendjährigen Reich fragen dürfen, weil alle sonst vor Angst erstarrt wären, überlegte sie. Vor ihrem inneren Auge verwandelte sich die Kleinstadt in Sodom und Gomorra, und statt Menschen sah sie Salzsäulen. Seitdem der Pfarrer zum ersten Mal von Lots Frau erzählte, war es ihr ein Rätsel, warum sie für ihre Neugier so hart bestraft wurde. Aber vielleicht hatte sich der Pfarrer geirrt, und es war keine Gottesstrafe, vielleicht war sie aus Angst zur Salzsäule erstarrt?

Als sie ihre neue Freundin sagen hörte: Wenn wir dem Führerrechner helfen, werden wir sie endgültig besiegen, beruhigte sich ihr Kopf. Ja, nahm sie sich vor, ich werde ein Mathematikgenie, um das Tausendjährige Reich zu beenden, damit der Messerschleifer nicht ermordet wird und Milo in Sicherheit ist und meine Omi keine Angst mehr hat, zur Salzsäule zu erstarren. Am besten, sie fing mit dem Führerrechner an: Du meinst dem Schöpferrechner, sagte sie so ruhig wie möglich.

Die neue Freundin schüttelte nur den Kopf.

Es war eigenartig, aber die klare Sprache der Zahlen und geometrischen Formen verstand sie sofort. Zugleich begriff sie, dass sie nicht dumm war. Es war eine Sprache, die ihren Kopf nicht verwirrte, sondern ihn denken ließ, wenn auch viel zu langsam für das Mathematikgenie. Nur hin und wieder, wenn sie zu viele Ausdrücke nicht verstand, schien es, als würde ihr Kopf gegen eine Wand rennen, aber es war keine starre Wand, sondern sie wich sofort zurück, sobald sie nachsah oder doch ihre Bettnachbarin fragte, die sich ihre Fragen ganz gerne anhörte, wie sie bald heraus fand, und die Tetraeder, Oktaeder und Ikosaeder so einfach erklärte, als ginge es darum, dreizehn mal dreizehn auszurechnen und nicht mit geometrischen Figuren zu jonglieren. Die Zahlen gefielen ihr immer besser. Sie waren eindeutig.

Am nächsten Tag wurde ihrer neuen Freundin der Verband abgenommen, und sie bestaunte ihre Hautverfärbungen im Handspiegel.

Halte dir das unverletzte Auge zu. Kannst du mit dem verletzten sehen, wollte der Arzt wissen. Seine Stimme klang streng, viel zu streng, fand ihre neue

Freundin, die nicht daran dachte, sich ein Auge zuzuhalten, lieber den Arzt anschrie: Sie haben mich verpfuscht, ich sehe nichts, nichts!

Der Arzt bat die Schwester: Halten Sie ihr das gute Auge zu. So, siehst du jetzt etwas?

Ich sehe eine Nazifratze, fauchte sie ihn an. Mir machen Sie nichts vor, Sie und mein Vater stecken unter einer Decke! Ich bin jetzt euer Versuchskaninchen!

Du bist ganz allein vom Pferd gefallen, meinte der Arzt nur und verließ das Zimmer.

Sie hörte die Ältere schimpfen und spürte, wie ihr die Hitze ins Gesicht schoss und sich Neid in ihr ausbreitete, ein maßloser Neid, der sie ganz ausfüllte, wie der Neid auf ihren Vater, als er zum ersten Mal die Worte Blauer Nil sagte. Einmal wurde nicht ein Kind ausgeschimpft, sondern die ganze Welt hatte sich verdreht: So schimpfen können mit einem Erwachsenen musste herrlich sein. Ihre neue Freundin kannte keine Angst, diese Angstlosigkeit schürte den Neid so intensiv, dass sie glaubte, Funken aus sich sprühen zu sehen. Langsam ließ der Neid nach, und jetzt war es Schamröte, die ihr Gesicht zum Glühen brachte. Sie erinnerte sich daran, dass sie ein Nazi werden wollte, und all die Wut der Älteren gegen den Arzt und ihren Vater richtete sich jetzt gegen sie.

Verzeih mir, stammelte sie, verzeih mir!

Spinnst du? Du hast mich nicht k.o. geschlagen und mir dieses brennende Zeug ins Aug geträufelt, das war mein Vater, mein verdammter Nazivater! Ich bin noch nie im Leben von meinem Pferd gefallen, so eine Frechheit!

Jetzt schrie die Ältere so laut, dass ihre Stimme an ihrem eigenen Schrei zerbrach. Unfähig zu weiteren Schreien zerriss sie das nächst liegende Heft mit ihren mathematischen Berechnungen, warf, was ihre Hände greifen konnten, gegen die Tür.

Das Geräusch, wie die Seiten zerrissen, erinnerte sie an ihre eigene Wut, als der Zirkus verschwunden war, und sie wusste, ihre neue Freundin war genauso verzweifelt wie sie damals.

Wetten, krächzte die Ältere, gleich kommen sie mit der Zwangsjacke, und dann werden sie mir eine Giftspritze geben, und mein Pferd werden sie erschießen, damit kein einziger Zeuge übrig bleibt.

Sie starrte abwechselnd die Tür und ihre neue Freundin an. Zum Glück blieb die Tür zu, das Mädchen klebte die zerrissenen Seiten zusammen, vertiefte sich in ein mathematisches Rätsel.

Sie dachte, welch ein Glück, dass ich kein Nazi geworden bin, sie hätte mich gehasst, und ich wäre nie ein mathematisches Genie wie sie geworden und hätte Gott bei seinen schweren Aufgaben nicht helfen können. Bevor sie einschlief, bat sie ihre Freundin, ihr von dem Pferd zu erzählen und träumte sich auf den braunen Rücken von Wüstensturm, dachte kurz, welch ein komischer Name für ein Pferd, ritt mit ihm bis tief nach Böhmen, durchquerte Flüsse und schlief auf Wiesen oder im Wald …

Ihrem Blutsbruder verriet sie gerne die Schimpfwörter ihrer Wiener Tante. Eine, die sich so mit Erwachsenen schimpfen traute, brauchte viele Schimpfworte. Während sie Versager, Schlappschwanz, Hurenbock, Arschloch, Schwanzlutscher, Niete, Tunte, Obertrottel, Weichei wiederholte, war ihr Kopf klar, und die fremden, verbotenen Worte liefen leicht wie Wasser aus ihrem Mund.

Ihre Freundin hörte ihr aufmerksam zu und wollte wissen: Warum fluchst du dann nie?

Sie dachte an Milo, den sie einst mit diesen Worten beschimpfte, doch erzählen konnte sie nicht von ihm.

Es gab nur einen Besuchsnachmittag während der Woche. Ihre Mutter brachte ihr Schokolade, die nicht so gut schmeckte wie die Bonbons ihrer Freundin, und eine Zeichnung ihrer Schwester, die schauerlich war. Der Blinddarm – oder was immer es sein sollte – kroch als dunkelroter Wurm über ein braunes Gekritzel. Auch ihre Großmutter hatte ihr einen Brief mit gegeben, aber den wollte sie erst lesen, wenn die Mutter wieder weg war.

Warum besuchen dich deine Eltern nie, wollte ihre Mutter von dem Mädchen mit dem blau und rot verfärbten Gesicht wissen.

Sie sind zu alt, es gibt sie nur mehr in Paketen, antwortete das Mädchen und lachte laut. Großzügig hielt sie ihnen die Bonboniere hin. Es war ein gruseliges Lachen, nicht nur sie, sogar die Mutter bekam eine Gänsehaut davon. Vor diesem Lachen, das nicht aufhören wollte, wäre sie am liebsten geflüchtet. Ich will nach Hause, jammerte sie, und die Mutter versprach ihr, mit dem Arzt zu reden, doch der Arzt sagte nein, sie sei so ein nervöses Kind, sie müssten sie noch einige Tage beobachten.

Seit wann bist du nervös, wollte die Mutter wissen?

Wie kann man so eine blöde Frage stellen, mischte sich die Ältere ein. Sie sind ihre Mutter, wenn Sie es nicht wissen, wie soll sie es wissen? Kinder wissen nie etwas, wie wir alle wissen.

Die Mutter meinte verblüfft: Du bist ein echter Witzbold, wie mir scheint.

Ach, ich dachte, die Sonne scheint, Sie sind aber nicht die Sonne, und das scheint mir nicht so, sondern das ist offensichtlich. Wo haben Sie denn dieses falsche Deutsch gelernt? Aber Sie dürfen sich trotzdem noch ein Bonbon nehmen, morgen bekomme ich wieder ein Paket.

Eines weiß ich, wärst du meine Tochter, ich wäre sehr unglücklich.

Es ist genau umgekehrt: Ich bin unglücklich, weil ich die Tochter meiner Eltern bin. Aber so etwas verstehen Eltern nie, ich weiß.

Was ist nur los mit dir, fragte die Mutter, wartete keine Antwort ab, sondern verabschiedete sich.

Die wunderschöne Schrift ihrer Großmutter brachte sie fast zum Weinen. Liebling, schrieb sie, es tut mir sehr leid, dass ich dich nicht besuchen kann, dafür passe ich auf die Kleinen auf, damit deine Mutter zu dir kann. Ich ertrage keine Krankenhäuser, sie machen mich krank. Dein Großvater war genauso, zum Glück durfte er zu Hause sterben, er hätte es mir nie verziehen, wenn ich ihn in ein Krankenhaus gebracht hätte. Ich will auch zu Hause sterben, bitte denk daran, wenn es einmal so weit ist. Keine Angst, ich bin gesund, und ich habe nicht das Gefühl, dass Gott mich bald zu sich ruft. Du siehst, mein Engel, du bist viel mutiger als ich, denn du hast keine Angst vorm Krankenhaus.

Pass gut auf dich auf, in Liebe, deine Oma.

Sei froh, dass du so eine junge Mutter hast. Sie ist sogar ganz nett, aber ziemlich beschränkt.

Ist sie nicht, widersprach sie heftig und spürte, dass sie kein einziges böses Wort gegen ihre Mutter mehr ertragen konnte.

Ich kenne sie ja nicht, lenkte die Ältere ein, deren Stimme immer noch kratzig klang. Sie ist wenigstens hübsch, meine ist abgrundtief hässlich. Zu Hause laufe ich immer mit einer Sonnenbrille herum.

Ihre Freundin setzte sich ihr gegenüber und wollte wissen, ob sie auch so hässlich sei wie ihre Mutter?

Ich kenne deine Mutter nicht, aber du bist nicht hässlich, du bist wunderschön!

Wirklich, fragte die Ältere erstaunt.

Ja, ich finde dich wunderschön.

Du bist auch wunderschön, alles an dir ist so zart, so fein. Du bist das hübscheste Mädchen im ganzen Land.

Und du auf der ganzen Welt.

Ach, seufzte die Ältere, dann umarmten sie sich.

Ich will dich etwas fragen, aber nicht lachen!

Versprochen, sagte die Freundin ernst.

Weißt du, wie unsere Mütter schwanger wurden?

Klar. Hm, du weißt es wirklich nicht?

Nicht lachen, du hast es mir versprochen!

Ich lache ja gar nicht, aber ich finde es erziehungstheoretisch unverantwortlich, dass dich deine Mutter noch nicht aufgeklärt hat. Worauf wartet sie? Dass du schwanger wirst?

Ich werde nie schwanger, schrie sie auf.

Ich auch nicht, seufzte die Ältere. Mathematikgenie und Kinder, unmöglich. Entweder Kinder oder, ist ja gut, gleich weißt du Bescheid: Der Mann hat so ein komisches Ding, sieht gruselig aus, sage ich dir, das hängt zwischen seinen Beinen herum, ich glaube, meine Mutter nannte es Penis, als sie mich aufklärte, ja, Penis, und den steckt er ganz tief in die Scheide der Frau, und manchmal tut das höllisch weh, und manchmal macht es Spaß, aber sie hat mir nicht gesagt, wann es weh tut und wann es Spaß macht. Sie hat nur gemeint, beim ersten Mal macht es den Frauen nie Spaß, denn wir haben ein Jungfernhäutchen, und wenn der Penis das durchstößt, tut das weh. Aus der Spitze des Penis kommen Samen, die spritzt er in die Scheide, also, bitte, hör auf, herumzuwürgen, klar ist das eklig, aber so ist es eben. Wir Frauen sind so offen, fällt mir erst jetzt auf, sobald wir kein Jungfernhäutchen mehr haben. Nach der Scheide kommt nämlich die Gebärmutter, die ist offen zur Scheide hin – nun ja, und wenn der Samen da hinein kommt, und die Frau gerade fruchtbar ist, wird die Frau schwanger. Kapiert, oder soll ich es dir aufzeichnen.

Nein, danke. In meiner Fantasie war das viel schöner.

Klar, darum hassen sie deine Fantasie ja auch.

Und wie sieht dein Vater aus?

Mein Vater hat sich einen Vollbart wachsen lassen, damit ihn niemand erkennt. Ich finde Bärte ekelig, aber wenigstens muss ich nicht noch ein hässliches Gesicht sehen. Hat dein Vater auch einen Vollbart?

Keine Ahnung, ich habe ihn ewig nicht gesehen. Er ist jetzt in Afrika, auf einer Voest-Baustelle. Früher hatte er keinen.

Dein Vater arbeitet für die Voest, fragte die Ältere mit einem lauernden Unterton in der Stimme, der nichts Gutes bedeutete, wie sie inzwischen wusste.

Arbeitet dein Vater nicht im Ausland für die Voest? Sonst würde er dich doch besuchen kommen?

Die Ältere meinte streng: Über meinen Vater reden wir später. Jetzt reden wir über deinen Vater und die Hermann-Göring-Werke. Ich habe dir ja erzählt, wer dieser Massenmörder und Freund meiner Eltern war.

Ich habe alles gehört, deshalb wollen sie mich umbringen.

Sprachlos starrte sie die Ältere an, die ruhig weiter redete: Also, die Nazis haben die Voest für ihre Kriegswirtschaft gegründet, dort arbeiteten Zwangsarbeiter und KZ-Häftlinge, die sind aber alle tot, jetzt arbeiten dort Fremdarbeiter. Die Voest hieß damals nicht Voest, sondern die Nazis nannten sie ausgerechnet nach dem Morphinisten Hermann-Göring-Werke. Panzer und Bomben haben sie gebaut und lauter Kriegszeug, so sieht die Voest aus! Dein Vater war wohl Aufseher, vielleicht sogar ein Mörder? Sicher ist er nach Afrika geflüchtet und hat die Eltern deines Bruders getötet, um endlich einen Sohn zu haben. Meine Eltern haben auf der ganzen Welt Söhne adoptiert, so ein Schwachsinn. Die Nazis hassen Mädchen, besser, du findest dich damit ab.

Sie versuchte sich an die Worte der Großmutter zu erinnern, doch ihr Hirn schwieg, und ihr war zum Heulen. Sie presste ihre Puppen an sich, doch die Puppen wussten noch weniger als sie. Sie drehte sich weg von der Älteren, die wartend an ihrem Bett stand, zog sich die Decke über den Kopf und starrte in die Finsternis. Sie darf nicht so über meinen Papi reden, schluchzte sie und hätte der Älteren gerne widersprochen, doch ihr fiel kein Rettungssatz ein, der ein feuriger, vor Wahrheit überschäumender Satz hätte sein müssen! Ja, ein Satz, der jede mathematische Zerlegung spielend überstanden hätte, um diese Behauptungen aus der Welt zu schaffen, keine einfache Verneinung. Das Wort Mörder brannte hinter ihren Augen, hämmerte in den Schläfen. Sie sah ihren Vater vor sich beim Vater-Tochter-Gespräch, beim Geige spielen, sah ihn mit der Mutter tanzen, mit ihr schwimmen, über die

Arbeit gebeugt, immer mehr Arbeit hatte er vor der Afrikareise mit nach Hause genommen, und wusste, er ist kein Mörder, er hat keinen Schwarzen umgebracht, es war ein Unfall, und die arme Frau wurde verrückt und ist verschwunden, deshalb haben sie das Baby adoptiert, aber das darf ich niemandem sagen. Mein Papi will allen helfen, er baut ihnen ein Wasserkraftwerk, damit sie Strom haben und sich duschen können und nicht im Dunklen nach Hause gehen müssen, flüsterte sie vor sich hin, aber hinter diesem Wissen spannten sich die Chinchilla-Felle auf, drückte sie die weichen Tiere an sich, spürte ihre Todesangst, bevor sie diese kuscheligen Wesen in den Polsterüberzug legte und wusste nichts mehr, ihr Hirn stand still, nur ihr Herz raste, ließ sie nach Atem ringen.

Da fiel ihr die rettende Frage ein: Was machen deine Eltern wirklich, weil sie nicht kommen können?

Sie verarzten Nazis. Wenn kein Nazi verarztet werden muss, verkaufen sie arisiertes Vermögen. Unsere Villa ist so voll von Raubgut, dass wir darin ersticken. Lauter Irre, jetzt kriegen sie Stielaugen und feuchte Hände vor den Bildern, die sie früher als entartete Kunst aus den Museen entfernen ließen.

Raubgut erschien ihr zwar ein eigenartiges Wort, aber sie ahnte, was es bedeutete, während arisiert und entartet ihr so fremd waren, dass sie sich mit dem Wort Mörder verbanden und die Worte alles Denken in Kopfweh verwandelten. Sie murmelte nur schrecklich, schrecklich, und die Ältere, die nichts von ihrem Kopfweh ahnte, gab ihr augenblicklich recht.

Ich wusste ja, dass du mich verstehst, alle Nazikinder verstehen einander und alle Genies sowieso. Ja, ich lebe in der Hölle!

Entsetzt sah sie das Mädchen an.

Keine Angst, sobald ich den Nobelpreis bekomme, sehen mich meine Eltern nie wieder!

Aber, stammelte sie, die Hölle, die Hölle, das ist, die Hölle …

Was hast du denn? Ach, hast du noch nie etwas von der Hölle auf Erden gehört? Wo lebst du denn? Inzwischen weiß ich alles, mir können sie ihre Geschichte vom Kinderkrankenhaus nicht mehr vorlügen. Wir sind hier Gefangene! Diese Ärzte in den weißen Kitteln, die vergitterten Fenster, heute wollte ich auf die Straße gehen, da haben sie mich gepackt und zurück gebracht. Wie weit bist du denn gekommen bei deinen Erkundungswegen? Ich weiß, wer mich hierher brachte: Meine Eltern waren Ärzte im KZ, ich habe zu viel gehört, alle Zeugen müssen aus dem Weg geräumt werden, das haben sie oft genug gesagt. Glaubst du vielleicht, das KZ ist ein Sanatorium oder im schlimmsten Fall ein Arbeitslager? Das hat dir sicher dein Vater eingeredet, genau wie meiner. Alle Väter wollen geliebt werden von ihren Töchtern, besonders die Naziväter, dabei verachten sie uns zutiefst. Du warst leider so dumm, dich selbst einzuliefern, dieser Fehler hätte dir nicht passieren dürfen. Jetzt heul bitte nicht, mir wird schon etwas einfallen, wie du hier hinauskommst. Dein Glück, dass die Voest kein Vernichtungs-KZ war, dort wurden die Männer zum Arbeiten gebraucht. In den Vernichtungs-KZ wurden alle vergast oder, wenn sie Pech hatten, von meinen Eltern für die medizinische Forschung gefoltert. Ich stelle es mir grauenhaft vor, ohne Narkose operiert zu werden. Hast du eine Narkose bekommen? Werd jetzt nicht ohnmächtig, deine Mutter ist sich wenigstens verabschieden gekommen, das werde ich nicht erleben. Es gibt nämlich keine feigeren Menschen als Nazis. Meine Eltern wagen sich nie hierher, nie!

Wasser, flüsterte sie.

Das Genie dachte nicht daran, ihr Wasser zu bringen, meinte nur: Es heißt nicht Wasser, sondern H_2O! Du atmest ab sofort nicht mehr Luft, sondern CO_2 – du musst Formeln verwenden, das schärft das mathematische Denken, das wir Genies mehr als alles andere brauchen.

Sie dachte, das Genie spinnt ganz schön und kicherte, obwohl die Ältere es hasste, wenn sie kicherte. Für Kichern gibt es ja auch keine Formel, dachte sie und kicherte noch mehr.

Ihre Freundin wollte wissen, was sie am liebsten mache.

Spontan antwortete sie zu ihrer eigenen Verblüffung: schreiben.

Ich bin beeindruckt. Anfangs dachte ich, du bist eine blöde Kuh: Hula-Hoop!!!

Ich bin gut in Hula-Hoop.

Ja, aber es ist lächerlich. Schreiben ist nicht lächerlich. Worüber schreibst du?

Über dich.

Das ist genial.

Die Ältere war beeindruckt. Seitdem sie sich als Gefangene empfand, dachte sie anders über ihr Schreiben. Ihr echtes Schreiben, nicht die Märchen über Afrika für ihren Bruder. Die fielen ihr leicht, die konnte sie laut vorlesen, ohne Angst zu haben, in die Irrenanstalt zu kommen. Ihr echtes Schreiben war anders, dabei starrte sie oft Löcher in die Luft, bis ihre Augen zu tränen begannen. Da, zwischen den Tränen, sah sie leuchtende Farben, sie drehten sich und schillerten, verschwanden und kamen zurück mit dem Tanz der Worte, die ihren Kopf klar machten und alles wirklich, was sie in Worte fassen konnte. Jetzt dachte sie, dass die Irrenanstalt auch nicht schlimmer sein konnte als eine Gefangenenanstalt. Eigentlich brauchte sie keine Angst mehr vor der Irrenanstalt zu haben und konnte schreiben.

Sie durften gleichzeitig nach Hause gehen. Das Genie wurde von einer Hausangestellten abgeholt, die kein Wort sagte.

Hast du keine Angst vor der?

Die ist harmlos, die war schon Nazi, als die Nazis noch verboten waren. So viel Dummheit führt zu Gehirnerweichung. Hier, sieh, ein toller Brief: Wir mussten leider plötzlich verreisen, mach dir eine schöne Zeit, deine Eltern! Wenigstens muss ich ihre hässlichen Gesichter nicht sehen. Du bist wirklich zu beneiden um deine hübsche Mutter.

Willst du nicht mit zu uns kommen?

Hast du nicht eine kleine Schwester und einen Babybruder?

Ja.

Und wie soll ich neben solchen Schreihälsen für den Nobelpreis durchhalten? Nein, meine Eltern haben sicher einen Hinweis bekommen, dass sie in den Untergrund gehen müssen. Wenigstens belästigten sie mich nicht mehr, während ich mein Gehirn stähle. Vergiss nie, das Gehirn muss eine Kampfmaschine werden!

Bist du nicht traurig?

Wärst du traurig, wenn die Hölle sich verabschiedet?

Nein, aber du bist mein Blutsbruder, und ich will nicht, dass du so hässliche Worte in deinem Kopf hast, das macht alles hässlich!

Du hast gesagt, ich bin schön!

Ich will keine Kampfmaschine in meinem Kopf haben!

Was willst du dann, Heulsuse? Du gehst mir auf die Nerven! Vergiss die Blutsbrüderschaft, alles Kinderkram. Das war nur wegen dieser schrecklichen Gefangenschaft. Jetzt bin ich frei, mich bringt niemand mehr in diese Anstalt.

Das Genie ging langsam mit der Hausangestellten weg. Die Mutter rief nach ihr. Ihre Mutter sollte ihre Tränen nicht sehen. Endlich gelang es ihr, nach innen zu weinen.

Die Volksschule war für sie zu Ende. Sie bekam Prüfungsvorbereitungen, die sie gelangweilt weglegte: Kinderkram, sagte sie nur, und als ihre Mutter sie prüfte, meinte sie verblüfft: Unglaublich, das ist alles, was du können musst?

Die Mutter sah sie mit einem neuen Blick an.

Verwirrt sah sie weg. Was will sie von mir, fragte sie sich, immer unruhiger werdend.

Zu ihrer Überraschung fragte die Mutter sie, ob sie sich zutraue, alleine nach Linz zu fahren, dort gäbe es eine öffentliche Bücherei, wo sie alle Bücher ausborgen könne.

Warum fahren wir nicht bummeln und gehen in den Eissalon, und während du Kleider probierst, kann ich Bücher probieren?

Meine Große, lachte die Mutter, mit den zwei Kleinen macht Bummeln keinen Spaß. Das war nur mit dir lustig, weil du alles bestaunt hast! Du hattest sogar Angst vor der Straßenbahn und glaubtest, die hohen Häuser müssten jeden Moment umfallen wie Dominosteine. Ach, und die Schaufensterpuppen, du warst zu komisch!

Gut, sagte sie, dann fahre ich alleine in die Bücherei, und ging weg. Die Mutter hatte fast so zynisch geklungen wie der Vater manchmal.

Seit diesem Winter ging sie nicht mehr mit den anderen Kindern Rodel fahren. Ihre Schwester heulte, aber alleine wagte sie sich nicht hinaus. Die Mutter kaufte ihnen Schlittschuhe und präparierte den Schnee mit den Holzbrettern an ihren Füßen, mit denen sie einst den Rasensamen in die Erde gepresst hatte, und mit viel Wasser zu einem Eislaufplatz: Nur Prinzessinnen haben einen eigenen Eislaufplatz, lachte sie, während ihre Töchter statt auf den Kufen auf ihren Hinterteilen übers Eis schlitterten. Irgendwann wurde es dem Mädchen zu dumm, und sie spannte eine Schnur zwischen Zaun und Wäschestange, an ihr entlang lernten sie Eislaufen. Andere Kinder starrten durch den Zaun, es genügte ein Blickkontakt mit ihrer Schwester, und der Eislaufplatz blieb für alle anderen unerreichbar. Der Zaun, dachte sie irritiert, der Zaun hält sie fern! Jetzt verstand sie, warum ihre Mutter froh war über den fertigen Zaun. Sie war über jeden Zaun geklettert, der ihr im Weg war, deshalb hatte sie nichts verstanden. Warum die Kinder den Zaun akzeptierten, blieb ihr ein Rätsel.

Kaum konnte sie geradeaus fahren, erwachte ihr Ehrgeiz: Irgendwie fand sie heraus, wie sie rückwärtsfahren konnte, dann waren einfache Sprünge leicht, und bald konnte sie auf dem Eis tanzen. Seitdem sie auf dem Eis schweben konnte, ging sie erst ins Haus, wenn es so dunkel war, dass sie den Zaun nicht mehr sehen konnte.

VI.

Nach zwei Jahren kam ihr Vater für wenige Wochen nach Hause, um sobald wie möglich wieder wegzufahren in ein Voest-Hotel. Zuvor spielte er mit dem Baby, bis es weinte und die Kleine ‚auch spielen, auch spielen' schrie, während sie alles nur beobachtete. Dann schlief er sich aus. Vater und Mutter verschwanden im Schlafzimmer, die Mutter tauchte hin und wieder auf, um Besorgungen für den Vater zu machen. Er freute sich auf einen Dia-Abend, bevor sie wegfuhren, den ersten Dia-Abend für alle, auch die Großmutter war eingeladen. Sogar der Vater hatte seine Afrika-Dias bisher nur in dem Kleinformat gegen das Licht gesehen, nie auf einer Leinwand. Gespannt saßen sie im Wohnzimmer, während die Mutter eine neue Leinwand aufhängte, der Vater den Diaprojektor aufbaute, eine Kassette mit Dias in den Apparat schob und stolz auf die Fernbedienung drückte, nachdem sie das Licht ausgeschaltet hatte, atemlos vor Neugier auf den Blauen Nil. Ein riesiges Rohr erschien auf der Leinwand, mehrere Rohre, ein Kran, der ein Rohr schwenkte, Raupenfahrzeuge vor Erdhügeln, ein Lastwagen mit Rohren darauf, da hörte sie die Großmutter leise schnarchen, während sie auf die weniger und weniger werdenden Dias starrte und sich versicherte: Jetzt, jetzt muss der Blaue Nil erscheinen! Auf einem einzigen Dia war ihr Vater zu sehen, winzig neben einem Riesenrohr, und auf einem Dia das kleine Haus mit Strohdach, in dem er wohnte, und auf dem letzten die selbst entworfene Dusche: eine Tonne auf einer Holzkabine mit einer Strohtür – nur der Blaue Nil tauchte nie in der Voest-Siedlung auf. Die Rohre nahmen kein Ende, sie verschluckte sich an ihrem Gähnen.

Sie machten zum ersten Mal gemeinsam Urlaub – ohne Großmutter, die darauf bestand, nach Hause zu fahren. Sie hätte noch nie in ihrem Leben Urlaub gemacht, für diese modernen Faxen sei sie zu alt. Mutter und Töchter wollten ans Meer, und hätte das Baby reden können, hätte es sicher auch ‚Meer' gesagt, aber ihr Vater wollte in die Berge, um sich von der afrikanischen Hitze zu erholen. Er bekam, was er wollte: eine durch und durch verregnete Woche in einem Zimmer mit zwei Stockbetten.

Sie redete so wenig wie möglich mit ihm. Er hatte sein Versprechen nicht gehalten. Statt ihn in Afrika zu besuchen, waren sie bei Schnürlregen in einem Hotel eingesperrt. Nicht einmal die Berge konnten sie durch die beschlagenen Fenster sehen, und kaum gingen sie ein paar Schritte vom Hotel weg, versanken sie in aufgeweichten Kuhfladen. Die Kühe brüllten den Regen an, doch zu sehen war von ihnen nur der Mist. Trotzdem genoss der Vater die kühle Landluft, mussten sie im Regen stehen, bis er sich an ihr satt geatmet hatte. Sie wuschen die Gummistiefel im Keller, ließen sie wie alle anderen vor der Zimmertür stehen. Hier stinkt es nach Kuhmist, beschwerte sich die Mutter. Die Töchter gaben ihr recht, der Bruder weinte oft stundenlang. Der Vater fand, sie seien undankbar, sie sollten froh sein über den Regen, er müsse auf der Baustelle sogar mit dem Duschwasser sparen. Die Worte des Mathematikgenies über ihren Vater hatte sie vergessen, genauso alle anderen hässlichen Worte, aber nicht ihr

Versprechen, ihr Gehirn herauszufordern. Ein Versprechen muss man halten, hatte ihr Vater immer gesagt, und dass er sich auf ihr Versprechen verlassen können muss. Ihr Vater hatte ihr drei Versprechen gegeben, erinnerte sie sich, während sie auf die beschlagenen Fenster mathematische Formeln schrieb:

Sie würden alle in dem neuen Haus glücklich sein.

Sie würden alle in der Zukunft glücklich sein.

Sie würde ihn am Blauen Nil besuchen dürfen.

Er hatte das Haus, in dem sie glücklich sein sollten, verlassen, um am Blauen Nil glücklich zu sein.

Die Zukunft war längst da, doch niemand war glücklich in dem Voest-Hotel.

Am Blauen Nil würde sie ihn nie besuchen dürfen, sonst wäre sie jetzt am Blauen Nil und nicht hier, wusste sie.

Je weniger sie redete, desto besser verstand sie seine Andeutungen. Immer wieder erwähnte er, dass es in der Nähe der Baustelle keine Schule gab. Beim Frühstück betonte er, wie wichtig Bildung für ein kluges Mädchen sei. Mittags musste sie sich anhören, dass sie zwar die letzten Monate der Volksschule hätte umgehen können, aber das Gymnasium besuchen müsse. Nur das beste Gymnasium sei gerade gut genug für sie. Abends redete er wieder davon, wie primitiv die Umgebung der Baustelle war, außer dem Bauernmarkt gäbe es nichts, einfach nichts. Natürlich erwarte er nicht, dass sie sich dieses Nichts vorstellen könne oder ein Land mit lauter Analphabeten, aber er hätte sie schließlich noch nie belogen, und wegen dieses rückständigen Kontinents würde er nicht damit beginnen. Sie dachte an all die Rohre und Kräne und Raupenfahrzeuge auf seinen Dias und fand, das Nichts sähe anders aus, aber sie schwieg. Es sei sicher keine Gegend für Mädchen, schmunzelte er. Hin und wieder fügte er die Drohung ein, dass es ausgezeichnete Internate für kluge Mädchen gäbe, wenn auch nicht in Afrika.

Dann sprach er sie direkt an: In der Mathematik gibt es noch Welten für dich zu entdecken! Oder kannst du mir die Wasserkraft berechnen, den Druck, den die Rohrleitungen aushalten müssen? Beschämt senkte sie den Kopf. Ob sie ihm nicht antworten wolle? Wenn sie dies alles berechnen könne, würde er sie sofort als seine Sekretärin mitnehmen – seine Stimme bekam den zynischen Unterton, der ihr Angst machte. Schnell sagte sie den vollkommen überflüssigen Satz: Das kann ich nicht, und fügte dann doch hinzu: noch nicht! Dieses ‚noch nicht' war wie ein Windrad, es löste den Krampf in ihrem Kopf, und sie konnte wieder denken und ihn ansehen. Sie schwor sich, nie wieder den Blick zu senken. In ihrer Erinnerung tauchten die Erklärungen ihrer Krankenhausfreundin auf und wie einfach es plötzlich war, Tetraeder, Oktaeder, Ikosaeder zu verstehen, nur weil ihr diese geometrischen Formen einmal gezeigt wurden. Mit einer Stimme, die seiner zynischen nicht unähnlich klang, sagte sie: Erklär es mir, ich verstehe schnell.

Er sah sie verdutzt an, lachte und ging weg.

Der Vater freute sich vormittags auf das Mittagessen und nachmittags auf das Abendessen. Endlich kein Huhn mehr, seufzte er zufrieden und genoss das Fleisch. Es gab immer Fleisch, viel Fleisch. Deshalb brüllen die Kühe, dachte sie, die sich mit den Kartoffeln begnügte, zu denen es selten Salat gab. Immer saßen sie allein an einem viel zu großen Tisch. Wo immer sie auftauchten, waren sie allein – sie hatte es aufgegeben, auf alle Bewegungen der Eltern, der Gäste zu achten, in die vertrauten und fremden Gesichter zu starren, jedes Wort zu belauschen, all diese entzauberten Worte einzusammeln und umzudrehen, um sie wenigstens erträglich zu machen. Hier, in diesem kleinen Zimmer gab es kein Entkommen in die eigenen Worte, immer sah ihr jemand über die Schulter, sobald sie ihr rotes Heft aufschlug. Nur die Zahlen waren unverfänglich, die geometrischen Zeichnungen, lauter halbe Sachen, die sie auf die beschlagenen Fenster schrieb, und die niemanden interessierten, außer ihren kleinen Bruder, der sie mit seinen winzigen Fingern in unleserliche Zeichen verwandelte. Manchmal ballte er seine Fingerchen, ließ sie auf die Scheiben fallen, ohne sie zu zerbrechen.

Ihre Neugier kümmerte sich nicht darum, dass sie eigentlich nicht mit ihrem Vater reden wollte. Sie musste ihn nach den Löwen fragen, wie viele er gesehen hatte und vor allem, wie nah sie ihn kommen ließen ohne zu brüllen, und ob sie Junge dabei hatten, denn junge Löwen waren noch viel verspielter als erwachsene Löwen! Wenn sie an die jungen Löwen dachte, wäre sie am liebsten sofort nach Afrika gefahren, aber ihre Sehnsucht behielt sie für sich.

Leider, meinte ihr Vater, habe ich noch keinen einzigen Löwen gesehen. Wenn es dort je welche gegeben hat, dann hat sie der Lärm der Baustelle längst vertrieben. Aber du bringst mich auf eine gute Idee! Sobald es möglich ist, werden wir auf Safari gehen, nicht wahr, mein Schatz?

Er legte seine Hände auf die der Mutter, sah nur seine Frau an, die verneinend den Kopf schüttelte und ‚bitte nicht' flüsterte.

In ihrem Kopf explodierten Blitze – sie hatte das Gefühl, als läge er unter einem Hammer. Alles ist so ungerecht, dachte sie. Meine Mutter will nicht auf Safari, sie hat Angst vor Löwen, aber mein Vater will nur mit ihr zu den Löwen! Ich habe keine Angst, ich will sie sehen, aber mich nimmt er nicht mit!

Wortlos rannte sie in den Regen hinaus. Zum ersten Mal gefiel es ihr, durch Kuhmist zu stapfen, ihr Gesicht in den Regen zu halten, ihn auf dem Kopf zu spüren. Wenn sie sich auf den Regen konzentrierte, wurden die hämmernden Kopfschmerzen erträglich. Inmitten der brüllenden Kühe, die sie endlich aus dem Nebel auftauchen sah, und die sich schließlich als Kälber entpuppten, die sie sofort umringten, sich an sie drückten, obwohl sie genauso vor Kälte zitterte wie die Tiere, ahnte sie, dass sie sich verirrt hatte. Sie war einfach losgerannt, immer dem Brüllen nach. Aber welcher Ton würde sie zurück lotsen? Sie spürte keine Angst, nur Neugier, während sie die Tiere streichelte, sich an sie schmiegte, glücklich, dass der Regen immer stärker auf ihren Kopf prasselte, ihr Kopfweh mit diesem Prasseln eins wurde, darin verschwand. Die Kälber brüllten immer lauter, sie brüllte mit ihnen, endlich konnte sie so laut brüllen, wie sie wollte, geschützt von den lauten Tieren.

Plötzlich stand ein junger Mann vor ihr, in Lederhosen und einem grünen Hut, von dem das Wasser rann, als wäre er eine Regenrinne. Er hielt Eimer in der Hand, voll mit Milch, und lachte, meinte, er sei der

Senner, und redete davon, dass die Milch seit Wochen immer wässriger werde, nicht nur durch den Regen, der in die Eimer plätscherte, auch die Milch aus den Eutern sei verdammt dünn.

Wasserkühe, meinte sie lachend, und die Vorstellung, Wasser statt Milch zu melken, fand der Senner ebenfalls zum Lachen.

Er zeigte ihr die Richtung, in die sie gehen musste, beschrieb ihr alte, vermooste Bäume, an denen sie sich orientieren konnte.

Ihre Mutter ging mit ihr in den Waschraum, stellte sie unter die heiße Dusche, ließ sie erst hinaus, als ihre Haut rot war, dann rubbelte sie ihre Große trocken, murmelnd, flüsternd: Ich verstehe dich ja, glaubst du, ich weiß nicht, wie dir zumute ist? Ich kenne ja deine Afrikasehnsucht, die mir ganz fremd ist. Ich würde am liebsten zu Hause bleiben, aber eine Frau gehört zu ihrem Mann und eine Mutter zu ihren Kindern, ach, mach es mir nicht noch schwerer, als es schon ist! Ich bin hier die Zerrissene, bitte, sei ihm nicht böse, es ist die Arbeit, die Voest verlangt zu viel von ihm! Die Engländer sind viele Chefs, er ist der einzige Voest-Chef. Die Voest ist unmöglich, sagen ihm die Engländer jeden Tag, was glaubst du, was er sagt? Nichts, er trinkt einen Whisky mit ihnen und geht nach Hause um zu lernen oder auf die Baustelle, um alles zu kontrollieren. Manchmal stöhnt er im Schlaf und bestellt etwas oder verhandelt mit jemandem, er braucht mich, allein geht er dort zugrunde. Bitte, sieh mich an. Du musst tapfer sein, und sei lieb zu ihm, er braucht uns!

Nein, schrie sie auf, nein! Dich braucht er, mich nicht, sonst würde er mich mitnehmen!

Die Mutter senkte den Kopf, machte eine hilflose Geste, umarmte sie.

Bei ihren Streifzügen durch das Hotel entdeckte sie den Aufenthaltsraum. Es gab viel mehr Spiele als zu Hause, sogar Tischtennis, nur einen Hula-Hoop-Reifen konnte sie nirgends finden. Einmal sah sie einen Vater mit seinem Buben Tischtennis spielen und hoffte inständig, der Vater oder der Bub würden ihr das Spiel beibringen. Als sie sich zu ihnen stellte, gingen sie grußlos weg und kamen nicht zurück.

Eines Morgens saß ein Bub mit dem Rücken zu ihr vor einem Spiel – sie hielt die Luft an und war überzeugt, Milo sei endlich vom Dach der Welt zurückgekehrt. Sie wartete, bis sie wieder ruhig atmen konnte, erst dann öffnete sie leise die Glastür und schlich sich an Milo heran. Sie hielt ihm die Augen zu, und für einen Moment war sie wieder mit ihm an der Traun, schwammen sie in dem reißenden Fluss, tauchte in einer Lichtung das Einhorn auf, zog der Fluss sie weiter.

Ich bin ein Bär, sagte sie, als hätten sie nie aufgehört, Tiere zu spielen. Der Griff, mit dem der Bub ihre Handgelenke umklammerte, war neu, ihr Körper sendete Alarmsignale, sie öffnete die Augen und sah in ein fremdes Gesicht.

Entschuldige, murmelte sie, ich habe dich verwechselt.

Du nervst, sagte der Bub und verließ den Aufenthaltsraum. Als sie ihn wieder allein an einem Tisch vor einem Spiel sitzen sah, setzte sie sich zu ihm.

Wieder sagte er nur: du nervst!

Aber alleine sind diese Spiele doch langweilig, sagte sie schnell.

Du nervst!

Verblüfft fragte sie ihn: Kennst du wirklich nur diese zwei Worte?

Er schlug mit der Faust auf den Tisch, die Dominosteine fielen um, er kümmerte sich nicht darum, ging wortlos weg.

Sie überredete ihre Eltern, mit ihnen zu spielen, und eines Abends, nach dem Essen, war es wirklich so weit: Sie gingen mitsammen in den Aufenthaltsraum, die Kleine und sie sprachlos vor Glück. Obwohl der Raum leer war, wählte der Vater einen Ecktisch und wollte ausgerechnet ‚Mensch ärgere dich nicht' spielen, ein Spiel, bei dem er fast immer verlor – dabei hasste er es, zu verlieren, wie sie alle wussten. Das Glück schrumpfte und schrumpelte, während sie das schönste Spiel holte, sich viel Zeit ließ beim Auswählen, um das Glück noch ein paar Minuten länger festhalten zu können, dieses kaum mehr spürbare Glück. Der Vater nahm die schwarzen Kegel, die Mutter die roten, die Kleine die gelben, ihr blieben die blauen, mit denen sie noch nie gewonnen hatte. Sie bat die Würfel inständig, ihren Vater gewinnen zu lassen, dafür wollte sie gerne die Letzte werden. Uns ist es ganz egal, wenn wir verlieren, flüsterte sie ihrem Bruder ins Ohr, der auf ihrem Schoß schlief. Wie immer hatte die Mutter am meisten Glück und brachte als erste einen Kegel ins Ziel. Die Stirn des Vaters runzelte sich mehr und mehr, in seinen Stirnfalten verschwanden die letzten Glücksspuren. Nach einer verlorenen Partie wurde es ihm zu langweilig, nicht einmal eine Revanche wollte er. Afrika hat ihn müde gemacht oder die Sehnsucht nach Afrika macht ihn ebenso müde wie meinen

Bruder, dachte sie. Sie sah, wie die Augen der Mutter dunkelbraun wurden, alles Grün aus ihnen verschwand. Gleich würde sie dem Vater nachlaufen, wusste sie, ohne Vater wollte die Mutter nicht spielen, ihre Augen verrieten sie, bevor sie sagte: Ich kann ihn nicht allein lassen!

Drei Kinder vor einem ‚Mensch-ärgere-dich-nicht'-Spiel, eines schlafend und viel zu klein für das Spiel. Lustlos spielte sie mit ihrer Schwester noch eine Partie. Nach diesem Abend hatte sie den Aufenthaltsraum für sich: Sie knallte die Tischtennisbälle gegen die Wand, bis alle kaputt waren.

Sie träumte, wie sie ihren Vater umstimmen konnte. Den Traum verschwieg sie vorsichtshalber, fragte ihn jedoch beim Frühstück, ob es am Blauen Nil wirklich keine Lehrerinnen für die Kinder gäbe.

Es gibt nicht einmal eine Schule, meinte er.

Das ist ungerecht, sagte sie laut. Warum dürfen die Kinder am Blauen Nil nichts lernen?

Vielleicht wollen sie nichts lernen, warf ihre Mutter ein.

Alle Kinder wollen lernen, widersprach sie. Du wolltest auch lernen, sogar Fliegen wolltest du lernen!

Die Mutter atmete heftig und gab ihr Zeichen zu schweigen.

Schnell fügte sie hinzu: Ich lerne gerne, außer in der Schule, dort ist es mir zu langweilig.

Ihr Vater hatte die Angst der Mutter nicht bemerkt. Sie rätselte, warum die Mutter vor dem Vater Angst hatte. Ein magischer Clown ist etwas Wunderbares, dachte sie und wurde traurig, als sie in das abweisende Gesicht der Mutter sah.

Im Gymnasium ist es bestimmt nicht mehr langweilig, sagte ihr Vater zwischen zwei Bissen.

Ich will nicht ins Gymnasium, ich will die Kinder am Blauen Nil unterrichten. Ich kann schon so viel: schreiben, lesen, rechnen, Englisch, Geografie, schwimmen …

Ihr Vater unterbrach sie mit seiner zynischen Stimme: Vor allem kannst du ihre Muttersprache!

Ich lerne schnell, sagte sie verzweifelt. Im Traum konnte sie die Kinder verstehen, lachten sie mitsammen und alle lernten gerne.

Schluss damit, du bist verrückt, sagte ihr Vater und legte seine Semmel weg. Vergiss die Idee, ein Kind kann nicht Kinder unterrichten.

Lass es mich wenigstens versuchen, bitte!

Jetzt wurde er böse: Ich bin der Bauleiter! Wenn die Arbeiter keinen Respekt vor mir haben, ist ihr Leben in Gefahr! Ich lasse mich von dir nicht lächerlich machen!

Zitternd vor Enttäuschung presste sie ihre Lippen aufeinander. Ihr Bruder begann zu weinen, wenigstens durfte sie aufstehen und mit ihm ins Spielzimmer gehen. Sie war vor allem von sich selbst enttäuscht – ihr Traum hatte sie betrogen! Nicht einmal gewarnt hatte er sie vor der fremden Sprache oder der Angst ihres Vaters, sich lächerlich zu machen. Alle haben immerzu Angst, es war, als sei die Angst das Wichtigste im Leben, dabei nimmt sie mir die Luft und macht alle böse aufeinander, dachte sie und fand keinen Ausweg aus diesem Angstlabyrinth.

Ihr Bruder, der kaum noch lachte, lag bei ihr im Bett und schlief die meiste Zeit. Sie ahnte, dass er diese feuchte Kälte noch weniger ertrug als sie und nach Afrika zurück wollte. Es nützte nichts, dass sie ihm die Ohren zuhielt, wenn die Worte auf ihn nieder prasselten, das Prasseln war auf der Haut spürbar, machte die Luft scharf. Ihr Bruder weigerte sich, ein Voest-Kind zu werden, trotz Voest-Vater, der Voest nebenan. Er wollte Afrikaner bleiben, in der Sonne leben. Sie erzählte ihm alle Geschichten, die sie für ihn geschrieben hatte, spürte seine Neugier, spürte den König in ihm wachsen. Er schmiegte sich an sie, und manchmal hörte sie ihn in einer fremden Sprache flüstern, Schwesterchen, komm mit mir, wir bauen uns ein Haus aus Stroh und Palmblättern, mehr brauchen wir nicht am Blauen Nil. Und wenn wir uns an ihm sattgesehen haben, ziehen wir weiter, mitten in den Urwald, zu den Affen und leben mit ihnen. Du wirst mich beschützen, bis ich ein König bin, dann beschütze ich dich. Die Worte klangen himmlisch, wie gerne hätte sie ja, ja, ja, gerufen, doch die Bilder, die sie sah, erstickten die Jubelrufe:

Sie sah, wie ihre Mutter mit dem Vater und dem Baby an den Blauen Nil reiste. Dieses Mal würde die Mutter ewig weg bleiben, nicht nur ein paar Wochen – ewig, ewig, ewig, flüsterte sie ihrem Bruder ins Ohr, und begann leise zu weinen.

Wo immer sie war, es war der falsche Ort. Ihr richtiger Ort, von dem sie nicht wusste, wo er sich befand, sah anders aus, ganz anders. Am richtigen Ort schien immer die Sonne, brüllten keine Kühe und Kälber vor Angst, sondern grasten auf Blumenwiesen, deren Duft vom Wind verbreitet wurde. An ihrem richtigen Ort lebte das Einhorn noch, und Milo spielte mit ihr an der

Traun, aber vor allem war die Sprache voll von Zauberworten, die nicht den Schrecken, sondern das Glück beherbergten. Die Menschen redeten wenig, denn jedes Wort war kostbar, schwang zwischen ihnen hin und her, ließ sie vor Freude tanzen und bei manchen Worten sogar fliegen. Die Vögel freuten sich mit den Menschen und lehrten sie, den Wind zu verstehen, und die Menschen lehrten den Tieren die Zauberworte, die ihre Wunden heilten. Manchmal träumte sie vom Zauberwortland, von neugierigen Menschen und Tieren, träumte sich weg vom Regen, dem Geruch nach Rindfleisch, bis die fantasielosen Worte sie in das enge Zimmer zurückholten.

Das Mathematikgenie hatte sich geirrt. Manchmal nützte es nichts, sturer zu sein als die Eltern. An den Blauen Nil werden sie mich nie mitnehmen, wusste sie. Alles wird immer an mir vorbei ziehen wie die Versprechen meines Vaters, die Donau, die Traun, wusste sie – als sie sich an das einzige Versprechen erinnerte, das ihre Großmutter je von ihr eingefordert hatte:

Es reicht, sich selbst zu gehören. Versprich mir, es wenigstens zu versuchen.